MELISSA ET SON VOISIN

MEGGIN CABOT

Melissa et son voisin

TRADUIT DE L'ANGLAIS (ÉTATS-UNIS) PAR CÉCILE LECLÈRE

L'ARCHIPEL

Titre original :

THE BOY NEXT DOOR
Publié par Harper Collins USA, 2002.

À : Mel Fuller <melissa.fuller@thenyjournal.com>
De : Ressources humaines <human.resources@thenyjournal.com>
Objet : Retard

Chère Melissa Fuller,

Ceci est un message automatique du département des ressources humaines du *New York Journal*, le principal quotidien new-yorkais de photo-reportage. Veuillez noter que, selon votre supérieur, M. George Sanchez, directeur de rédaction, votre journée de travail au *N.Y. Journal* débute à 9 heures précises. Votre retard aujourd'hui est de 68 minutes. Il s'agit de votre 37ᵉ retard de plus de 20 minutes depuis le début de l'année, Melissa Fuller.

Le département des ressources humaines n'a pas pour vocation de « piéger » les employés retardataires, comme le mentionnait injustement la lettre d'information du personnel la semaine dernière. Le retard est un problème grave et coûteux auquel sont confrontés tous les employeurs des États-Unis. Les employés le traitent généralement à la légère, mais un retard chronique est souvent le symptôme d'un problème plus grave tel que :

• alcoolisme
• dépendance à une drogue
• dépendance au jeu

- violence d'un conjoint
- problème de sommeil
- dépression

et un certain nombre d'autres difficultés. Si vous souffrez de l'un des problèmes susmentionnés, n'hésitez pas à contacter votre référent au département des ressources humaines, Amy Jenkins. Celle-ci se fera un plaisir de vous inscrire au programme d'assistance individuelle du *New York Journal* qui vous orientera vers un professionnel de la santé mentale, capable de maximiser votre potentiel.

Melissa Fuller, le *New York Journal* forme une équipe. C'est en équipe que nous gagnons, et que nous perdons aussi parfois. Ne voulez-vous pas faire partie d'une équipe gagnante ? Alors, s'il vous plaît, jouez votre rôle et faites en sorte d'arriver à l'heure désormais !

Cordialement,
Le Département des ressources humaines
New York Journal

P.S. : Veuillez noter que tout retard pourrait à l'avenir entraîner votre suspension ou votre renvoi.

À : Mel Fuller <melissa.fuller@thenyjournal.com>
De : Nadine Wilcock <nadine.wilcock@thenyjournal.com>
Objet : Tu vas avoir des ennuis

Mel, où es-tu ? J'ai vu Amy Jenkins des ressources humaines rôder autour de ton poste de travail. Tu vas encore te prendre un avertissement pour retard. C'est au moins le cinquantième, non ?

T'as intérêt à avoir une bonne excuse, cette fois, parce que George racontait l'autre jour que les chroniqueurs people se ramassent à la pelle et qu'il pouvait faire rappliquer Liz Smith en une seconde pour te remplacer, s'il le voulait. Je crois que c'était une blague. Mais je ne suis pas sûre parce que le distributeur de boissons est hors service et il n'avait pas encore eu son Coca du matin.

Au fait, que s'est-il passé entre Aaron et toi, hier soir ? Il écoute encore du Wagner dans son bureau. Tu sais à quel point ça énerve George. Une nouvelle dispute ?

On déjeune ensemble, hein ?

Nad ; -)

À : Mel Fuller <melissa.fuller@thenyjournal.com>
De : Aaron Spender <aaron.spender@thenyjournal.com>
Objet : Hier soir

Où es-tu, Mel ? Vas-tu faire l'enfant jusqu'au bout et venir au bureau seulement quand tu seras certaine que j'ai fini ma journée ? C'est ça ?

On ne peut pas en discuter calmement, en adultes ?

Aaron Spender
Journaliste
New York Journal

À : Mel Fuller <melissa.fuller@thenyjournal.com>
De : Dolly Vargas <dolly.vargas@thenyjournal.com>
Objet : Aaron Spender

Melissa,

Ne te méprends pas, ma chérie, JE NE T'ESPIONNAIS PAS, mais seule une AVEUGLE n'aurait pas remarqué la manière dont tu as assommé Aaron Spender avec ton sac à main, hier soir, au Pastis. Tu n'as même pas dû me voir, j'étais au bar. Je tourne la tête, croyant entendre ton nom, va savoir pourquoi – n'étais-tu pas censée couvrir l'inauguration de Prada ? – et là, BOUM ! J'ai vu voler pastilles de menthe et rouges à lèvres.

Mon chou, c'était trop mignon.

Tu vises vraiment bien, tu sais. Mais je doute fort que Kate Spade ait conçu cette adorable petite pochette pour servir de projectile. Je suis certaine qu'elle aurait fait le fermoir plus solide, si elle avait seulement imaginé que les femmes allaient l'envoyer en revers, comme une balle de tennis.

Sérieusement, il faut que je sache : est-ce vraiment fini entre Aaron et toi ? De toute façon, je n'ai jamais trouvé que vous alliez bien ensemble. C'est vrai, il était dans la course pour le Pulitzer, quand même ! Pourtant, je tiens à dire que n'importe qui aurait pu écrire cette histoire sur le petit Éthiopien. Je l'ai trouvée pleurnicharde à souhait. Avec sa sœur, qui se prostitue pour lui acheter du riz... Franchement... Trop Dickens.

Tu ne vas pas en faire un drame, au moins ? Parce que je passe le week-end chez Spielberg, dans les Hamptons, et je pensais inviter Aaron, pour qu'il me fasse des cocktails. Mais je m'abstiendrai, si tu piques une crise à la Joan Collins sur ce thème.

P.S. : Tu aurais vraiment dû appeler si tu ne voulais pas venir aujourd'hui, ma chérie. Je crois que tu as des ennuis. J'ai vu cette espèce de petit troll des ressources humaines (Amy quelque chose ?) traîner autour de ton bureau tout à l'heure.

Bisous bisous

Dolly

Qu'est-ce que tu fiches ? Tu sembles te bercer de la douce illusion que les jours de congé ne doivent pas être déterminés à l'avance avec ton employeur.

Voilà qui ne risque pas de me convaincre que tu as l'étoffe d'une chroniqueuse. Plutôt celle d'une correctrice, Fuller.

George

À : Mel Fuller <melissa.fuller@thenyjournal.com>
De : Aaron Spender <aaron.spender@thenyjournal.com>
Objet : Hier soir

Ce n'est vraiment pas digne de toi, Melissa. Enfin, Barbara et moi étions sur la ligne de front, merde. Des tirs antiaériens explosaient tout autour de nous. Nous pensions être capturés par les rebelles à tout instant. Tu ne peux pas comprendre ça ?

Ça ne signifiait rien pour moi, Melissa, je te le jure.

Je n'aurais jamais dû te le dire. Je te croyais plus mûre… Mais nous faire le coup de la disparition, comme ça…

Enfin, je n'aurais jamais cru ça d'une femme comme toi, c'est tout ce que j'ai à dire.

Aaron Spender
Journaliste
New York Journal

Eh, t'es où ? Je commence vraiment à m'inquiéter. Pourquoi tu ne m'as pas appelée, moi, au moins ? J'espère que tu n'as pas été renversée par un bus ou un truc comme ça. Mais j'imagine que si c'était le cas, on nous aurait prévenus. En supposant que tu avais ta carte de presse sur toi, bien sûr.

En fait, je ne pense pas que tu puisses vraiment être morte. Ce qui m'inquiète surtout, c'est que tu vas te faire virer et moi je vais encore être obligée de déjeuner avec Dolly. J'ai déjà été forcée de commander avec elle à midi, puisque tu es portée disparue, et j'ai failli en mourir. Cette femme prend sa salade sans vinaigrette. Tu imagines ? SANS VINAIGRETTE.

Et elle s'est sentie obligée de commenter le moindre morceau que je mettais dans ma bouche. « Sais-tu combien de grammes de gras contient cette frite ? » « Tu sais, Nadine, le yaourt allégé est un bon substitut à la mayonnaise. »

J'aimerais bien lui dire ce qu'elle peut en faire, de son yaourt allégé.

Au fait, il vaut mieux que tu saches que Spender raconte à tout le monde que ton absence est due à ce qui s'est passé entre vous hier soir.

Si ça ne te fait pas rappliquer ici vite fait, je ne comprends plus.

Nad : -)

12

À: George Sanchez <george.sanchez@thenyjournal.com>
De: Mel Fuller <melissa.fuller@thenyjournal.com>
Objet: Ce que je fabriquais

Puisque, apparemment, il est essentiel, pour Amy Jenkins et toi, que vos employés rendent compte du moindre instant passé en dehors du bureau, je vais te fournir un résumé détaillé des circonstances qui m'ont empêchée de venir travailler.

Tu es prêt ? Tu as pris ton Coca matinal ? J'ai entendu dire que le distributeur du département art est tout à fait opérationnel.

La matinée de Mel :

7 h 15 – Le réveil sonne. J'appuie sur le bouton.

7 h 20 – Le réveil sonne. J'appuie sur le bouton.

7 h 25 – Le réveil sonne. J'appuie sur le bouton.

7 h 26 – Tirée du sommeil par les aboiements du chien de la voisine. J'éteins le réveil.

7 h 27 – Je titube en direction de la salle de bains. Ablutions matinales.

7 h 55 – Je titube en direction de la cuisine. J'ingère de la nourriture sous la forme d'une barre céréalière et d'un reste de poulet Kun Pao à emporter, datant de mardi soir.

7 h 56 – Chien de la voisine aboie encore.

7 h 57 – Je me sèche les cheveux.

8 h 10 – Coup d'œil sur Channel One pour la météo.

8 h 11 – Chien de la voisine aboie toujours.

8 h 12 – Tentative pour trouver quelque chose à me mettre parmi les vêtements entassés dans l'unique et minuscule placard de mon studio.

8 h 30 – J'abandonne. J'enfile jupe et chemise à rayures noires, chaussures plates à brides, noires.

8 h 35 – J'attrape sac à main noir. Recherche de mes clefs.

8 h 40 – Je trouve les clefs dans le sac. Quitte l'appartement.

8 h 41 – Je remarque que l'exemplaire du *New York Chronicle* de Mme Friedlander (eh oui, George, ma voisine de palier est abonnée à notre plus grand concurrent ; n'es-tu pas d'avis, comme moi, que nous devrions faire quelque chose pour attirer les lecteurs seniors ?) est toujours devant la porte de son appartement. Normalement, elle se lève à 6 heures pour aller promener son chien et ramasse le journal au passage.

8 h 42 – Je remarque que le chien de Mme Friedlander aboie toujours. Frappe à la porte pour m'assurer que tout va bien. (Il y a des New-Yorkais qui se soucient de leurs voisins, George. Tu n'es pas au courant, bien entendu, puisque les histoires de ceux qui se préoccupent de leurs concitoyens se vendent mal. Les articles du *Journal*, ai-je remarqué, ont tendance à graviter autour des thèmes de voisins qui se tirent dessus, et non de ceux qui s'empruntent du sel.)

8 h 45 – Malgré des coups répétés, Mme Friedlander n'ouvre toujours pas la porte. En revanche, Paco, son danois, aboie avec une vigueur renouvelée.

8 h 46 – J'essaie d'actionner la poignée de la porte de l'appartement de Mme Friedlander. Étrangement, elle n'est pas verrouillée. J'entre.

8 h 47 – Je suis accueillie par un danois et deux chats siamois. Aucun signe de Mme Friedlander.

8 h 48 – Je trouve Mme Friedlander étendue face contre terre sur le tapis, dans son salon.

Alors, George ? Tu vois ? La femme était inconsciente, chez elle ! Que voulais-tu que je fasse, George ? Hein ? Que j'appelle Amy Jenkins aux ressources humaines ?

Non, George. Les leçons de secourisme que tu nous as fait prendre à tous ont porté leurs fruits, tu vois ? J'ai été capable de sentir que Mme Friedlander avait un pouls, et qu'elle respirait. Alors j'ai appelé les secours et attendu l'ambulance.

Et avec elle sont arrivés des flics, George. Et devine ce qu'ils ont dit ? Ils ont l'impression que Mme Friedlander a été assommée. Par-derrière, George. Un enfoiré a frappé cette vieille femme à l'arrière du crâne !

Tu le crois, ça ? Qui pourrait faire une chose pareille à une femme de 80 ans ?

Je ne sais pas ce qui arrive à cette ville, George, les vieilles dames ne sont même plus en sécurité chez elles. Mais je te le dis : je tiens une histoire, là – et je pense que c'est à moi de l'écrire.

Keske t'en dis ?

Mel

À : Mel Fuller <melissa.fuller@thenyjournal.com>
De : George Sanchez <george.sanchez@thenyjournal.com>
Objet : Histoire

La seule histoire qui m'intéresse, c'est celle que tu ne m'as pas racontée. Autrement dit, à part cet incident avec ta voisine : pourquoi tu n'es pas venue au bureau et n'as appelé personne pour expliquer où tu étais.

Ça, c'est une histoire que j'aimerais vraiment bien entendre.

George

George, tu es sans cœur. Je trouve ma voisine inanimée dans son salon, victime d'une terrible agression, et tu considères que la seule chose dont j'aurais dû me soucier était de contacter mon employeur pour lui expliquer les raisons de mon retard !

Eh bien, je suis désolée, mais cela ne m'a même pas traversé l'esprit. Mme Friedlander est une amie ! Je voulais l'accompagner dans l'ambulance, mais il y avait le petit problème Paco.

Je devrais plutôt dire le gros problème Paco. C'est le danois de Mme Friedlander. Il pèse 58 kg, autrement dit, plus que moi.

Et il avait besoin de sortir. De toute urgence.

Donc, je lui ai fait faire sa promenade, je lui ai donné à manger et à boire, à lui, à Tweedledum et à Mr Peepers, les chats siamois (Tweedledee, malheureusement, nous a quittés l'an dernier). Pendant ce temps, les flics ont cherché des traces d'effraction sur sa porte. Mais il n'y en avait aucune, George.

Tu sais ce que ça signifie ? Elle connaissait sûrement son agresseur. Elle l'a probablement laissé entrer de son plein gré !

Bizarrement, les 276 dollars en liquide que contenait son porte-monnaie n'ont pas été touchés. Idem pour ses bijoux, George. Il ne s'agissait pas d'un cambriolage.

Pourquoi refuses-tu de croire qu'il y a matière à un article ? Il y a quelque chose de louche. Très louche.

Quand je suis enfin arrivée à l'hôpital, on m'a appris que Mme Friedlander était en chirurgie. Les médecins essayaient désespérément de faire baisser la pression sur son cerveau, causée par l'énorme caillot de sang qui s'est formé sous son crâne! Que voulais-tu que je fasse, George? Que je m'en aille? Les flics n'ont pas réussi à contacter sa famille. Elle n'a personne d'autre que moi.

12 heures. 12 heures, il leur a fallu. J'ai dû repartir à l'appartement pour promener Paco deux fois, avant la fin de l'opération. Et quand les médecins sont sortis, ils m'ont annoncé qu'ils n'avaient pas totalement réussi. Mme Friedlander est dans le coma, George! Elle n'en sortira peut-être jamais.

Jusqu'à ce qu'elle se réveille, devine qui va s'occuper de Paco, Tweedledum et Mr Peepers?

Allez, George. Devine.

Je n'essaie pas de t'apitoyer, là. Je sais, j'aurais dû appeler. Mais le travail n'était pas ce qui comptait le plus sur le moment.

Écoute, maintenant que je suis enfin de retour, tu ne pourrais pas me laisser écrire un petit truc sur ce qui s'est passé? Sous un angle du style: «Ne laissez pas entrer n'importe qui chez vous.» Pour l'instant, les flics sont toujours à la recherche du plus proche parent de Mme Friedlander – son neveu, je crois – mais, quand ils l'auront retrouvé, je pourrais l'interviewer. C'était vraiment une femme incroyable, tu sais. À 80 ans, elle fréquentait toujours son club de gym trois fois par semaine et, le mois dernier, elle est allée à Helsinki pour assister à une représentation du *Ring*. Je suis sérieuse. Elle était mariée à Henry Friedlander, la fortune des tortillons Friedlander. Tu sais, ces petits tortillons qui ferment les sacs-poubelles? Elle pèse au moins 6 ou 7 millions de dollars.

Allez, George. Laisse-moi essayer. Tu ne peux pas

me laisser à la rubrique people en page 10 pour toujours.

Mel

À : Mel Fuller <melissa.fuller@thenyjournal.com>
De : George Sanchez <george.sanchez@thenyjournal.com>
Objet : Tu ne peux pas me laisser à la rubrique people en
page 10 pour toujours

Oh si, parfaitement.

Et tu sais pourquoi ? Parce que je suis le directeur de
rédaction de ce journal et je peux faire exactement ce
qu'il me plaît.

En plus, Fuller, on a besoin de toi en page 10.

Je vais t'expliquer pourquoi : parce que justement,
Fuller, ça t'intéresse. Tu t'intéresses aux procès de
Winona Ryder. Au peeling chimique d'Harrison Ford.
Aux seins de Courtney Love, qu'ils soient ou non en sili-
cone.

Reconnais-le, Fuller. Ça t'intéresse.

Ton histoire, on n'en fera pas un papier. Des vieilles
dames se font assommer tous les jours pour leur chèque
de pension.

La prochaine fois, appelle.

Vu ?

Maintenant, balance l'article sur l'inauguration du
magasin Prada.

George

À : George Sanchez <george.sanchez@thenyjournal.com>
De : Mel Fuller <melissa.fuller@thenyjournal.com>
Objet : Je me fous des seins de Courtney Love

Et tu vas te mordre les doigts de ne pas me laisser faire le papier sur Mme Friedlander, George. Je te le dis, c'est bizarre, cette histoire. Je le sens.

Et, au fait, JAMAIS Harrison Ford ne ferait de peeling chimique.

Mel

P.S. : Et qui ne s'intéresse pas à Winona Ryder ? Regarde comme elle est mignonne. Tu n'as pas envie qu'elle soit libérée, toi ?

À : Ressources Humaines <human.resources@thenyjournal.com>
De : Mel Fuller <melissa.fuller@thenyjournal.com>
Objet : Mes retards

Chères ressources humaines,

Que puis-je dire de plus ? Je suis confondue. J'imagine que mes :

- alcoolisme
- dépendance à une drogue
- dépendance au jeu
- violence d'un conjoint
- problème de sommeil
- dépression

et un certain nombre d'autres difficultés m'ont finalement fait toucher le fond. S'il vous plaît, inscrivez-moi au programme d'assistance au personnel sur-le-champ ! Si vous pouviez me brancher sur un psy qui ressemble à Brendan Fraser et, si possible, enlève sa chemise pendant les séances de thérapie, je préférerais.

Le problème dont je souffre le plus est d'être une jeune femme de 27 ans vivant à New York et incapable de trouver un mec bien. Un homme qui ne me trompe pas, ne vive pas chez sa mère et ne se jette pas sur la rubrique arts du *Chronicle* le dimanche matin à l'aube, si vous voyez ce que je veux dire. Est-ce trop demander ???

Voyez si votre programme d'assistance au personnel peut s'occuper de ça.

Mel Fuller
Chroniqueuse en page 10
New York Journal

À : Aaron Spender <aaron.spender@thenyjournal.com>
De : Mel Fuller <melissa.fuller@thenyjournal.com>
Objet : On ne peut pas en discuter calmement, en adultes ?

Il n'y a rien à discuter. Sincèrement, Aaron, je suis désolée de t'avoir lancé mon sac à main à la figure. C'était puéril, je regrette profondément ces débordements.

Et je ne voudrais pas que tu croies que notre rupture a quoi que ce soit à voir avec Barbara. Tout était fini entre nous bien avant que tu ne me parles de votre liaison. Soyons réalistes, Aaron, nous sommes trop différents : tu aimes Stephen Hawking, et moi Stephen King.

Tu sais très bien que ça n'aurait pas pu marcher.

Mel

À: Dolly Vargas <dolly.vargas@thenyjournal.com>
De: Mel Fuller <melissa.fuller@thenyjournal.com>
Objet: Aaron Spender

Je n'ai pas jeté ma pochette. Elle m'a glissé des mains au moment où j'ai voulu attraper mon verre et a accidentellement traversé les airs pour atterrir dans l'œil d'Aaron.

Et si tu le veux, Dolly, je te le laisse.

Mel

À: Nadine Wilcock <nadine.wilcock@thenyjournal.com>
De: Mel Fuller <melissa.fuller@thenyjournal.com>
Objet: Où j'étais

D'accord, d'accord, j'aurais dû appeler. Un vrai cauchemar, toute cette histoire. Mais attends. Tu ne vas pas en croire tes oreilles :

Aaron m'a trompée à Kaboul.

Parfaitement. Et tu ne devineras jamais avec qui. Sérieusement. Essaye de deviner. Tu ne trouveras jamais.

Très bien, je te le dis : Barbara Bellerieve.

Eh oui. Tu as bien lu : Barbara Bellerieve, journaliste respectée d'ABC, présentatrice du magazine d'informations 24h/24, 7j/7, classée le mois dernier par le magazine *People* parmi les cinquante plus belles personnalités du monde.

Est-ce que tu le crois, ça ? Elle a couché avec AARON ??? Attends, elle pourrait se taper George Clooney, que peut-elle bien avoir à faire d'AARON ???

Non que je n'aie rien soupçonné. J'ai toujours trouvé qu'il faisait un peu trop le malin dans les mails qu'il m'envoyait pendant le mois qu'il a passé là-bas.

Tu sais comment je l'ai découvert ? Il me l'a DIT. Il sentait qu'il était « prêt à passer un nouveau cap dans l'intimité » avec moi (cherche de quel cap il s'agit, tu as droit à trois chances) et, pour ce faire, il ressentait le besoin de « soulager sa conscience ». Il prétend que, depuis que c'est arrivé, il est « tenaillé par le remords » et que « tout cela ne voulait rien dire ».

Quel con. Et dire que j'ai perdu trois mois de ma vie à lui courir après.

Il n'y a donc pas un seul type bien dans cette ville ? Je veux dire, à part Tony. Je te jure Nadine, ton mec est le dernier homme valable sur terre. Le dernier ! Tiens-le bien, ne le lâche pas, parce que c'est la jungle, dehors.

Mel

P.S. : Impossible de déjeuner aujourd'hui. Je dois rentrer chez moi pour promener le chien de ma voisine.

P.P.S. : Cherche pas ; c'est une longue histoire.

À : Mel Fuller <melissa.fuller@thenyjournal.com>
De : Nadine Wilcock <nadine.wilcock@thenyjournal.com>
Objet : Ce con

Écoute, ce mec t'a rendu service. Franchement, tu arrivais à imaginer un avenir avec lui ? Non, c'est vrai, il fume la PIPE, quand même ! Et c'est quoi son truc avec la musique classique ? Il se prend pour qui ? Harold Bloom ?

Non. Il n'est que journaliste, comme nous tous. Il n'écrit pas de la grande littérature. Alors c'est quoi, ce buste de Shakespeare sur son moniteur ?

Ce mec est un poseur, et tu le sais, Mel. C'est d'ailleurs

pour cette raison que malgré vos trois mois passés ensemble, tu n'as jamais couché avec lui, je te rappelle.

Nad ; -)

À: Nadine Wilcock <nadine.wilcock@thenyjournal.com>
De: Mel Fuller <melissa.fuller@thenyjournal.com>
Objet: Ce con

Je n'ai pas couché avec lui à cause de son bouc. Tu me vois coucher avec un type qui a la tête de Robin des Bois ?

Il n'avait pas assez envie de moi pour se raser.

Qu'est-ce qui cloche chez moi, Nad ? Je ne vaux pas le coup à ce point ?

Mel

À: Mel Fuller <melissa.fuller@thenyjournal.com>
De: Nadine Wilcock <nadine.wilcock@thenyjournal.com>
Objet: Ce con

Laisse tomber, je ne vais pas te plaindre, Mel. Tu sais très bien que tu es jolie. Ce mec souffre visiblement de problèmes psychiatriques. On devrait lancer Amy Jenkins à ses trousses.

Pourquoi ne veux-tu pas déjeuner avec moi ? Ne t'inquiète pas, je ne t'emmènerai pas au Paradis du Burger. Si je ne rentre pas dans du 42 dans deux mois, le mariage est annulé. Toutes les filles de ma famille ont porté la robe de ma mère à leur mariage. Je refuse d'être la première Wilcock à devoir se traîner chez Pronuptia.

Nad : -)

À : Nadine Wilcock <nadine.wilcock@thenyjournal.com>
De : Mel Fuller <melissa.fuller@thenyjournal.com>
Objet : Déjeuner

Impossible de déjeuner avec toi. Je dois rentrer chez moi et promener le chien de Mme Friedlander.

Tu as entendu la dernière ? Chris Noth et Winona.

Je ne plaisante pas. On les a vus s'embrasser devant le Crunch Fitness Center sur Lafayette Street.

Comment peut-elle être aussi aveugle ? Elle ne se rend donc pas compte qu'il n'est pas bon pour elle ? C'est vrai, regarde ce qu'il a fait à cette pauvre Sarah Jessica Parker dans *Sex and the City*.

Mel

À : Mel Fuller <melissa.fuller@thenyjournal.com>
De : Nadine Wilcock <nadine.wilcock@thenyjournal.com>
Objet : L'épreuve de la réalité

Mel, désolée de devoir te dire ça, mais *Sex and the City* est une fiction. Tu as peut-être déjà entendu parler de ce qu'on appelle les « séries télé » ? Eh bien, voilà, c'est de la fiction. Par exemple, dans la vraie vie, Sarah Jessica Parker est mariée à Matthew Broderick, alors, quoi que le personnage de Chris Noth lui ait fait dans la série, ça n'est pas réellement arrivé.

En d'autres termes, je pense que tu devrais moins t'inquiéter pour Winona et un peu plus pour toi.

Mais ce n'est que mon opinion, bien sûr.

Nad

À : Mel Fuller <melissa.fuller@thenyjournal.com>
Cc : Nadine Wilcock <nadine.wilcock@thenyjournal.com>
De : Tim Grabowski <timothy.grabowski@thenyjournal.com>
Objet : CONFIDENTIEL

Alors, les filles, accrochez vos ceintures. J'ai l'information que vous vouliez, les augmentations de salaires pour l'année prochaine. Ça n'a pas été facile.

Si vous dites à qui que ce soit comment vous avez obtenu les infos, je vous accuserai toutes les deux de dépendance au jeu et vous serez enrôlées d'office dans le programme d'assistance au personnel, avant que vous ayez eu le temps de dire « ouf ».

Voilà :

Nom	Poste	Salaire
Peter Hargrave	Rédacteur en chef	120 000 dollars
George Sanchez	Directeur de la rédaction	85 000 dollars
Dolly Vargas	Rédactrice de mode	75 000 dollars
Aaron Spender	Journaliste	75 000 dollars
Nadine Wilcock	Critique gastronomique	45 000 dollars
Melissa Fuller	Chroniqueuse page 10	45 000 dollars
Amy Jenkins	Administratrice R.H.	45 000 dollars

Sortez vos mouchoirs, les filles.

Timothy Grabowski
Programmeur informatique
New York Journal

À: Mel Fuller <melissa.fuller@thenyjournal.com>
De: Nadine Wilcock <nadine.wilcock@thenyjournal.com>
Objet: CONFIDENTIEL

Je n'arrive pas à croire qu'Amy Jenkins gagne autant que nous. Mais elle fait quoi, elle, CONCRÈTEMENT ? Elle reste assise toute la journée à écouter les gens plcurnicher sur leurs remboursements dentaires.

Non mais je te jure.

Je suis étonnée pour Dolly. Je croyais qu'elle gagnait plus. C'est vrai, comment fait-elle pour se couvrir de carrés Hermès avec ses maigres 75 000 dollars par an ?

Nad ; -)

À: Nadine Wilcock <nadine.wilcock@thenyjournal.com>
De: Mel Fuller <melissa.fuller@thenyjournal.com>
Objet: CONFIDENTIEL

Tu veux rire ? Dolly vient d'une famille friquée. Tu ne l'as jamais entendue raconter ses étés à New-port ?

Je voulais proposer à Aaron de prendre un verre du pardon après le boulot – PAS pour me remettre avec lui, juste pour qu'il arrête tout de suite avec Wagner – mais maintenant que je connais son salaire, je ne veux même pas le voir. Je SAIS que je suis meilleure que lui. Alors pourquoi a-t-il 75 000 dollars par an alors que moi je suis coincée à 45 000, à me coltiner les défilés de mode et les avant-premières ?

Mel

```
À: Mel Fuller <melissa.fuller@thenyjournal.com>
De: Nadine Wilcock <nadine.wilcock@thenyjournal.com>
Objet: CONFIDENTIEL
```

Hum... Parce que tu es bonne ? Pour les défilés de mode et les avant-premières, je veux dire.

Nad ; -)

P.S. : Je dois critiquer le nouveau Canard de Pékin sur Mott. Viens avec moi.

```
À: Nadine Wilcock <nadine.wilcock@thenyjournal.com>
De: Mel Fuller <melissa.fuller@thenyjournal.com>
Objet: Déjeuner
```

Je ne peux pas. Tu sais bien que je ne peux pas. Je dois promener Paco.

Mel

```
À: Mel Fuller <melissa.fuller@thenyjournal.com>
De: Nadine Wilcock <nadine.wilcock@thenyjournal.com>
Objet: Déjeuner et ce chien
```

Bon, ça dure depuis combien de temps ? Toi et ce chien, je veux dire. Je ne peux pas sortir déjeuner toute seule tous les jours. Qui va m'empêcher de commander un double cheeseburger ?

Je suis sérieuse. Cette histoire de chien, ça ne me convient pas du tout.

Nad

Comment veux-tu que je fasse, Nadine ? Je devrais laisser cette pauvre bête toute la journée dans l'appartement jusqu'à ce qu'elle n'y tienne plus ? Je sais que tu n'aimes pas les chiens, mais fais un effort de compassion. C'est seulement en attendant que Mme Friedlander se rétablisse.

Mel

P.S. : C'est tout chaud : Harrison Ford et sa femme ? C'est reparti. Je te jure. Son agent vient d'appeler.

Moi, je suis contente pour les enfants, tu vois ? Parce que c'est ça, le plus important.

Et c'est pour QUAND ? La Terre appelle Mel. Allô, Mel ? Cette femme est dans le COMA. Compris ? Elle est COMATEUSE. À mon avis, il faudrait envisager un autre arrangement pour les animaux de cette dame. Tu te laisses MARCHER DESSUS. Une femme COMATEUSE te MARCHE DESSUS.

Elle a forcément de la famille, Mel. TROUVE-LA.

De toute façon, les gens ne devraient pas avoir de danois dans une grande ville. C'est cruel.

Nad : -(

P.S. : Tu es la seule personne que je connaisse qui s'intéresse encore au couple d'Harrison Ford. Laisse tomber, petite.

À : Mel Fuller <melissa.fuller@thenyjournal.com>
De : Don et Beverly Fuller <DonBev@dnr.com>
Objet : Debbie Phillips

Melissa, ma chérie, c'est maman. Tu as vu, ton père et moi, nous avons un e-mail ! C'est formidable, non ? Maintenant je peux t'écrire, et tu pourras me répondre, pour changer !

Je plaisante, ma puce.

Enfin, papa et moi, nous avons pensé que tu aimerais savoir que la petite Debbie Phillips – tu te souviens de Debbie, n'est-ce pas ? La fille du Dr Phillips, notre dentiste ? Je crois qu'elle était la reine du bal de promo, l'année de ton bac ? Bref. Debbie vient de se marier ! Mais oui ! Le faire-part était dans le journal.

Et tu sais quoi, Melissa ? Le *Duane County Register* est sur la ligne maintenant… Oh, papa me fait remarquer qu'il faut dire «EN LIGNE», pas sur la ligne. Enfin, peu importe, je mélange.

Donc, le faire-part de Debbie est EN LIGNE, alors je te l'envoie, en pièce jointe, comme on dit. J'espère que ça te fera plaisir. Elle épouse un docteur de Westchester ! Remarque, on a toujours su qu'elle réussirait. Une jolie blonde comme elle. Écoute-moi ça, elle est sortie de Princeton avec mention très bien ! Et puis elle a fait son droit. Impressionnant.

Même s'il n'y a rien de mal à être journaliste. Les journalistes sont aussi importants que les juristes ! Dieu sait qu'on a bien besoin de quelques potins de temps en temps. Tu as su pour Ted Turner et Martha Stewart ? J'en suis restée baba.

Allez, amuse-toi bien ! Et fais attention à bien fermer ta porte à clef, le soir. Papa et moi, nous nous inquiétons beaucoup de te savoir toute seule dans cette grande ville.

À bientôt

Maman

Pièce jointe : ✉ (photo glamour des jeunes mariés)

Deborah Marie Phillips, fille du Dr et de Mme Reed Andrew Phillips de Lansing, a épousé la semaine dernière Michael Bourke, fils du Dr et de Mme Reginal Bourke de Chapaqua, dans l'État de New York. La cérémonie a été célébrée par le père James Smith en l'église catholique romaine de Saint Anthony, à Lansing.

Mlle Phillips, 26 ans, est juriste associée de Schuler, Higgins et Brandt, cabinet juridique international établi à New York. Elle est titulaire d'une maîtrise obtenue à Princeton avec mention très bien et d'un diplôme de droit de Harvard. Son père est chirurgien dentiste à Lansing, il exerce à la clinique dentaire Phillips.

M. Bourke, 31 ans, est diplômé de Yale, il est également titulaire d'un MBA de l'université de Columbia. Il est associé de la banque d'investissements Lehman Brothers. Son père, aujourd'hui à la retraite, était le président de Bourke et Associés, une société d'investissements privés.

Après une lune de miel en Thaïlande, le couple s'établira à Chapaqua.

Mon chou, quand j'ai entendu le cri désespéré qui s'est échappé de ton bureau à l'instant, j'ai cru que Tom Cruise avait enfin fait son coming-out. Mais Nadine vient de m'expliquer que tu venais de recevoir un mail de ta mère.

Comme je te comprends. Et je suis tellement contente que ma mère soit bien trop soûle pour apprendre un jour à se servir d'un clavier. Je suggère fortement que tu envoies à tes parents adorés une caisse de Campari pour clore le sujet. Crois-moi, c'est le seul moyen de les faire taire sur le thème tant redouté du « M ». Comme dans : « Pourquoi n'es-tu pas encore M ? Tous tes amis sont M. Tu ne fais aucun effort pour te M. Tu ne veux pas que j'aie des petits-enfants avant ma mort ? »

Comme si j'allais donner naissance UN JOUR. J'imagine qu'un petit de 6 ans bien élevé ferait l'affaire, mais on n'en trouve pas sous cette forme. Il faut les DRESSER.

Fastidieux. Je compatis.

Bisous Bisous

Dolly

P.S. : Tu as remarqué qu'Aaron s'est rasé ? Quel dommage. Je ne m'en étais jamais aperçue, mais il a le menton fuyant.

Chère Mademoiselle Fuller,

Vous trouvez peut-être amusant de tourner en dérision le programme d'assistance au personnel du département des ressources humaines, mais je puis vous assurer que nous avons aidé nombre de vos collègues, qui traversaient des périodes difficiles et douloureuses. Grâce à la parole et à la thérapie, ils ont retrouvé le chemin d'une vie riche et rentable. Je trouve blessant que vous vous permettiez de déprécier un programme qui a apporté tant de bienfaits à tant de personnes.

Veuillez noter qu'une copie de votre dernier e-mail a été placée dans votre dossier personnel, il sera à la disposition de votre supérieur pour votre prochaine évaluation.

Amy Jenkins
Administratrice des ressources humaines
New York Journal

À : Amy Jenkins <amy.jenkins@thenyjournal.com>
De : Mel Fuller <melissa.fuller@thenyjournal.com>
Objet : Programme d'assistance au personnel

Chère Madame Jenkins,

Personnellement, je trouve blessant que, en m'adressant à vous, ainsi qu'à tous les administrateurs des ressources humaines, pour bénéficier d'une aide dont j'ai désespérément besoin, je me sois vue brutalement refoulée. Sous-entendez-vous que mon célibat chronique n'est pas digne d'assistance ? Dois-je vous expliquer combien il est déprimant d'acheter chaque soir son plateau-repas

0 % de matière grasse pour une personne ? Et de commander une unique part de pizza ? Ne pensez-vous pas que, une part déprimante après l'autre, mon estime de moi soit sérieusement entamée ?

Et la salade, alors ? À votre avis, combien de kg de laitue ai-je avalé pour tenter de conserver ma taille 36, espérant ainsi attirer un homme ? Même si cela va à l'encontre des principes féministes, inscrits au plus profond de moi, que de satisfaire les mœurs misogynes existant dans la culture occidentale, selon lesquelles la séduction est égale au tour de taille ?

Si vous sous-entendez qu'être une femme célibataire à New York n'est pas un handicap, alors je vous recommande d'aller faire un tour dans une épicerie de Manhattan le samedi soir. Qui voyez-vous agglutinées autour du rayon salades ?

Eh oui. Les filles célibataires.

Soyez réaliste, Amy. La vie est une jungle. Il faut tuer ou l'on est tué. Je suggère simplement qu'en tant qu'experte en santé mentale, vous acceptiez cette vérité et que vous évoluiez.

Melissa Fuller
Chroniqueuse en page 10
New York Journal

À : Mel Fuller <melissa.fuller@thenyjournal.com>
De : George Sanchez <george.sanchez@thenyjournal.com>
Objet : Laisse tomber

Arrête de taquiner Amy Jenkins des ressources humaines. Tu sais bien qu'elle n'a pas le sens de l'humour.

Si tu as du temps à perdre, tu n'as qu'à venir me voir.

Je te donnerai plein de travail. Le gars de la rubrique nécro vient de démissionner.

George

À : Mel Fuller <melissa.fuller@thenyjournal.com>
De : Aaron Spender <aaron.spender@thenyjournal.com>
Objet : Pardonne-moi

Je ne sais pas par où commencer. D'abord, je ne supporte plus tout ça. Tu veux savoir ce que c'est, « tout ça » ?

Je vais te le dire : « Tout ça », c'est passer mes journées à te voir à ton bureau, en sachant que tu ne voudras plus jamais m'adresser la parole.

Te regarder marcher dans ma direction, en pensant que tu as peut-être changé d'avis, avant de te voir passer devant moi sans même me jeter un regard.

Savoir qu'à la fin de ta journée tu quitteras le bureau sans que j'aie la moindre idée de l'endroit où tu iras, de ce que tu feras, et qu'une éternité se sera écoulée avant que tu reviennes ici le lendemain.

« Tout ça », ce sont les innombrables heures durant lesquelles mon esprit m'échappe et te poursuit jusqu'à la porte dans un voyage vers nulle part, puis revient à son point de départ : moi qui pense à « tout ça ».

Aaron Spender
Journaliste
New York Journal

```
À: Aaron Spender <aaron.spender@thenyjournal.com>
De: Mel Fuller <melissa.fuller@thenyjournal.com>
Objet: « Tout ça »
```

C'était très émouvant, Aaron. Tu as déjà songé à écrire des romans ?

Je suis sérieuse. Je te trouve très doué.

Mel

```
À: Nadine Wilcock <nadine.wilcock@thenyjournal.com>
De: Tony Salerno <chef@fresche.com>
Objet: On a un e-mail
```

Nad !!! Regarde !!! On a un e-mail !!!

C'est pas d'enfer ? Tu peux m'écrire à chef@fresche.com. Eh oui, parce que le chef, en cuisine, c'est moi !

Bref, je voulais juste te faire coucou. Maintenant, on pourra s'envoyer des mails toute la journée !

Comment es-tu habillée ? Pourquoi ne portes-tu jamais ce bustier que je t'ai offert au travail ?

Tu veux connaître les plats du jour ?

— Pointes d'asperges en papillote de saumon
— Crabe à carapace molle
— Bisque de homard
— Pasta puttanesca
— Dorade sur sauce aux orecchiette
— *Filet mignon**
— *Crème brûlée**

Je te garde de la bisque.

---

* En français dans le texte. *(N.d.T.)*

Au fait, mon oncle Giovanni organise une fête pour nos fiançailles le week-end prochain. Quelque chose de simple, une soirée au bord de la piscine, dans sa maison de Long Island. Alors réserve ton samedi !

Je t'adore

Tony

À : Mel Fuller <melissa.fuller@thenyjournal.com>
De : Nadine Wilcock <nadine.wilcock@thenyjournal.com>
Objet : Et une de plus

Écoute, l'oncle de Tony, Gio, nous organise une soirée de fiançailles (oui, encore une) et je te le dis dès maintenant : TU ES OBLIGÉE DE VENIR. Sérieusement, Mel, je ne pense pas pouvoir endurer une nouvelle tournée de Salerno sans toi. Tu les connais.

Et celui-là a une piscine, en plus. Tu sais qu'ils vont me jeter dedans. Tu le sais.

Alors dis-moi que tu viendras pour m'éviter cette humiliation. S'IL TE PLAÎT.

Nad :-0

P.S. : Et n'essaie pas de te servir encore une fois de ce foutu CHIEN comme prétexte.

À : Nadine Wilcock <nadine.wilcock@thenyjournal.com>
De : Mel Fuller <melissa.fuller@thenyjournal.com>
Objet : Je ne peux pas

Tu sais que c'est impossible. Comment veux-tu que j'aille jusqu'à Long Island alors que je dois penser à Paco ? Il doit sortir toutes les quatre à cinq heures. J'use déjà mes Steve Maddens à courir entre le bureau et mon immeuble en essayant d'arriver à temps pour sa promenade. Impossible d'aller jusqu'à Long Island. Le pauvre ne tiendrait pas.

Mel

P.S. : Vivica – tu sais le top model, la toute dernière poupée Barbie de Donald Trump – elle l'a laissé tomber ! Je te jure ! Elle a laissé tomber le Donald ! On raconte qu'il est anéanti, et qu'elle se terre quelque part.

Les pauvres. J'avais vraiment cru que c'était la bonne, cette fois.

À : Mel Fuller <melissa.fuller@thenyjournal.com>
De : Nadine Wilcock <nadine.wilcock@thenyjournal.com>
Objet : Paco

Bon, là c'est ridicule. Mel, tu ne peux pas mettre ta vie sur pause parce que ta voisine de palier est dans le coma. Ça suffit. Il doit bien y avoir quelqu'un dans la famille de cette femme qui peut s'occuper de cet idiot de chien. Pourquoi ce serait TOI ?

Tu en as fait assez, c'est vrai, quoi. Pour commencer, tu lui as sûrement sauvé la vie. Oublie Paco et son programme digestif.

Je suis sérieuse, là. Je refuse d'aller dans cette piscine

toute seule. Et si tu ne trouves pas un proche de cette femme, c'est ce qui va m'arriver.

Nad : - (

P.S. : Excuse-moi, je veux bien comprendre ton inquiétude pour Winona, mais Donald T. ? Et Vivica, la fille Wonder Bra de chez Victoria's Secret ? Ils devraient s'en remettre. Crois-moi.

À : Nadine Wilcock <nadine.wilcock@thenyjournal.com>
De : Mel Fuller <melissa.fuller@thenyjournal.com>
Objet : Paco

« Laisse Paco à quelqu'un d'autre », facile à dire ! La question est : QUI ?

Le seul parent de Mme Friedlander, c'est son neveu, Max, et même les flics n'ont pas réussi à le trouver pour lui apprendre ce qui s'est passé. Je sais qu'il vit quelque part en ville, mais son téléphone n'est pas dans l'annuaire. Apparemment, c'est un photographe qui monte, dont les œuvres sont au Whitney ou je ne sais où. Enfin, à en croire sa tante. Et très populaire auprès de la gent féminine… D'où le numéro sur liste rouge, pour éviter que les maris des femmes en question ne le retrouvent, j'imagine.

Et, bien entendu, sa tante n'a écrit son numéro nulle part, elle devait sûrement le connaître par cœur.

Bref, que puis-je faire ? Je ne vais pas mettre la pauvre bête dans un chenil. Il est déjà assez terrorisé de savoir que sa propriétaire… Voilà, quoi. Comment pourrais-je le laisser enfermé dans une cage ? Sérieusement, Nadine, si tu voyais ses yeux, tu n'en serais pas capable non plus. Il est tellement mignon, bien plus que tous les neveux du

monde. D'ailleurs, s'il était un homme, je l'épouserais.
Je te jure.

Mel

À: Nadine Wilcock <nadine.wilcock@thenyjournal.com>
De: Tony Salerno <chef@fresche.com>
Objet: Comment ça, tu ne viens pas?

Nadine, tu n'as PAS le choix. Cette fête est en TON honneur. Enfin, le tien et le mien. Tu ne peux pas ne pas y aller.

Et arrête de raconter que tu ne veux pas que ma famille te voie en maillot de bain. C'est n'importe quoi. Combien de fois faut-il que je te le répète : tu es la fille la plus sexy au monde. Tu crois que la taille de tes vêtements m'intéresse ? Tu en jettes, ma puce !

Je voudrais juste que tu portes plus souvent le string que je t'ai offert.

Je ne vois pas ce que ça change, que Mel vienne ou non. Pourquoi les femmes veulent-elles toujours faire des trucs ensemble ? Ça me dépasse.

D'ailleurs, si ça te pèse à ce point, tu n'as qu'à dire que tu as une otite et que tu ne peux pas aller dans l'eau.

Vous les femmes, je ne vous comprends pas. Vraiment.

Tony

À : Mel Fuller <melissa.fuller@thenyjournal.com>
Cc : Nadine Wilcock <nadine.wilcock@thenyjournal.com>
De : Dolly Vargas <dolly.vargas@thenyjournal.com>
Objet : Votre petit souci

Mes chéries, je n'ai pas pu m'empêcher d'entendre votre petit *tête-à-tête** à l'instant, dans les toilettes des femmes. J'avais d'autres préoccupations, sinon je me serais jointe à vous (les parois des cabines sont trop fines, nous devrions vraiment nous plaindre). Heureusement, Jimmy – vous savez, le nouveau stagiaire – est d'une souplesse tout à fait étonnante, sinon on n'aurait jamais réussi. ; -)

D'abord, Mel, mon chou, ce n'est pas une vieille photo de Max Friedlander qui traîne au Whitney – tu serais au courant, si tu t'aventurais plus souvent en dehors de Blockbuster Video, à la recherche de Culture avec un grand C. Un éblouissant autoportrait de lui y a été exposé pour la Biennale, où il se montrait en tenue d'Adam. Si tu veux mon avis, c'est un photographe de génie.

Bien que son vrai talent soit peut-être ailleurs, à en juger par ce cliché… Si vous voyez ce que je veux dire.

Je suis sûre que oui.

Cela dit, pour une raison que je ne m'explique pas, il a choisi de se rabaisser et de prostituer son génie en faisant les photos du numéro spécial maillots du *Sports Illustrated* de l'hiver dernier, par exemple. Et il me semble qu'il vient de terminer le catalogue de Noël de Victoria's Secret.

Tout ce que vous avez à faire, les enfants, c'est contacter ces soi-disant publications, je suis certaine qu'ils sauront comment lui faire parvenir un message.

Allez, à plus.

Bisous bisous

Dolly

---

* En français dans le texte. *(N.d.T.)*

P.S. : Oh, Mel, au sujet d'Aaron. Jette-lui un os, tu veux ? Il ne m'est d'aucune utilité dans cet état. Et tout ce Wagner, ça me donne la migraine.

À : Nadine Wilcock <nadine.wilcock@thenyjournal.com>
De : Mel Fuller <melissa.fuller@thenyjournal.com>
Objet : Max Friedlander

Écoute-moi ça : grâce à Dolly, je crois que j'ai enfin réussi à remonter jusqu'à Max Friedlander !

Enfin, personne n'a l'air d'avoir son numéro, mais j'ai une adresse e-mail. Aide-moi à lui rédiger un message. Tu sais que je ne suis pas douée pour les obséquiosités.

Mel

À : Max Friedlander <photoguy@stopthepresses.com>
De : Mel Fuller <melissa.fuller@thenyjournal.com>
Objet : Votre tante

Cher Monsieur Friedlander,

J'espère que vous aurez ce message. Vous ne savez sans doute pas que la police essaye de vous joindre depuis plusieurs jours, maintenant. J'ai le regret de vous annoncer que votre tante, Helen Friedlander, est grièvement blessée. Elle a été victime d'une agression dans son appartement.

Dans un état critique, elle est actuellement à l'hôpital Beth Israël, ici, à New York. Malheureusement, elle est dans le coma et les médecins n'ont aucun moyen de savoir si elle en sortira un jour.

S'il vous plaît, Monsieur Friedlander, si ce message vous parvient, pourriez-vous m'appeler dès que possible sur mon portable au 917-555-2123 ou, si vous préférez, n'hésitez pas à m'envoyer un mail. Il faut que nous discutions du mode de garde que votre tante aurait souhaité pour ses animaux de compagnie pendant son séjour à l'hôpital.

J'imagine que c'est bien la dernière de vos préoccupations pour l'instant, vu la gravité de l'état de votre tante, mais j'ai du mal à croire que cette grande amie des bêtes qu'est Mme Friedlander n'a pas prévu de clause concernant ce type de circonstance. Je suis sa voisine de palier (appartement 15B) et je me suis occupée de Paco et des chats jusqu'à présent, mais, je suis désolée, mon emploi du temps ne me permet pas de continuer ainsi à temps plein. Prendre soin de Paco commence à affecter mes performances professionnelles.

Merci de me contacter dès que possible.

Melissa Fuller

À : Mel Fuller <melissa.fuller@thenyjournal.com>
De : Nadine Wilcock <nadine.wilcock@thenyjournal.com>
Objet : Le message

Ça me plaît. Court mais sensible. Et très clair.

Nad :)

P.S. : Tu as bien fait de ne pas évoquer tes retards répétés. Dans la vraie vie, tout le monde s'en fout. Il n'y a qu'à notre @@@@@erie de boulot qu'on note les retards de tout le monde.

Oui, mais tu crois que ça sera efficace ? D'après ce que les gens m'ont raconté sur Max Friedlander, il semble en passe de porter le concept d'artiste play-boy à des sommets jamais atteints. D'ailleurs, je me demande bien pourquoi je ne l'ai pas encore retrouvé en page 10 !

En plus, j'ai l'impression qu'il est toujours à droite, à gauche. Le mois dernier, il était en Thaïlande et cette semaine, qui sait ? Personne ne semble avoir la moindre idée de l'endroit où il se trouve.

Oh, et inutile d'essayer son portable : si j'en crois *Sports Illustrated*, il l'a perdu en faisant de la plongée à Belize.

Même s'il a bien mon message, tu crois que c'est le genre de type que ça intéresse ?

Je m'inquiète un peu.

Enfin, ce n'est pas trop grave. Je commence à apprivoiser les chats (même si Mr Peepers refuse toujours de sortir de sous le lit) et Paco est devenu mon meilleur ami.

Mais j'ai encore reçu cinq nouveaux avertissements de retard des ressources humaines. Ils vont finir par me suspendre. Comment faire autrement ? Paco A BESOIN d'une bonne heure de promenade le matin.

Tout de même, si je rate un seul pince-fesses de plus à cause du chien, je me fais virer, c'est sûr. J'ai complètement foiré le truc avec Sarah Jessica Parker l'autre soir, parce que Paco ne voulait pas faire. J'ai été obligée de le promener pendant au moins une heure.

George était furax, le *Chronicle* nous a piqué le scoop.

Je ne vois pas vraiment pourquoi le *Chronicle* donne

dans le people, mais bon. J'ai toujours cru qu'ils étaient trop intellos pour ça !

Mel

À la personne concernée :
Merci de transmettre le message suivant à Vivica Chandler, séjournant dans le cottage Sopradilla.

Viv,

En aucun cas – je répète : EN AUCUN CAS – tu ne dois accepter le moindre message, coup de téléphone, mail, etc. m'étant destiné, de la part d'une femme du nom de Melissa Fuller.

Non, ne t'inquiète pas, ce n'est pas une de mes ex. C'est la voisine de ma tante. Apparemment, Helen a fait une chute et cette Fuller essaie de me joindre à propos d'une histoire de chien.

Mais on ne va pas la laisser gâcher notre petite escapade tous les deux, hein ?

Donc, n'ouvre la porte à personne avant que j'arrive. Je finis la séance avec Neve Campbell, je corrigerai les yeux rouges depuis l'aéroport de L.A., et je devrais arriver à temps pour regarder le coucher de soleil avec toi, ma puce. Mets du champagne au frais.

Bisous,

Max

Cher M. Friedlander,

J'ai la joie de vous informer que votre message a été transmis à Mlle Chandler.

Si nous pouvons faire quoi que ce soit d'autre pour rendre votre séjour agréable au Paradise Inn, n'hésitez pas à nous le signaler.

Dans l'attente de vous accueillir demain.

Cordialement,
Tom Barrett
Concierge
Paradise Inn
Key West, Floride

Chère Mademoiselle Fuller

Je suis sous le choc. Profondément traumatisé et horrifié d'apprendre ce qui est arrivé à ma tante Helen. Comme vous le savez sûrement, elle est ma seule famille. Je ne sais comment vous remercier des efforts que vous avez déployés pour entrer en contact avec moi et me prévenir de cette tragédie.

Je suis actuellement en mission en Afrique – peut-être avez-vous entendu parler de la sécheresse qui sévit ici, en Éthiopie ? Je fais une série de photos pour le bénéfice de l'ONG Save the Children –, mais je vais prendre mes dispositions pour un retour immédiat à New York. Si ma tante venait à se réveiller d'ici là, assurez-la bien que j'arrive.

Je vous remercie encore, Mademoiselle Fuller. Tout ce qu'on dit sur l'insensibilité et la froideur des New-Yorkais est visiblement faux dans votre cas. Dieu vous bénisse.

Cordialement,

Maxwell Friedlander

À : John Trent <john.trent@thenychronicle.com>
De : Max Friedlander <photoguy@stopthepresses.com>
Objet : SOS

Mec,

J'ai des ennuis.

Il faut que tu me sortes de là.

Je suis sérieux. Tu n'imagines pas l'enjeu : j'ai une chance de passer des vacances prolongées avec Vivica.

Oui, tu as bien lu. Vivica. Le top model. Celle qui vient de larguer Donald Trump. Celle de la pub pour le nouveau soutien-gorge avec coussinets à eau. Celle qui fait la couverture de *Sports Illustrated*.

Oui. Elle.

Mais ça ne va pas être possible, vieux, si tu ne me rends pas un petit service. Minuscule. C'est tout ce que je demande.

Et je sais qu'il est inutile de te rappeler la fois où je t'ai sauvé de ton tu-sais-quoi à Vegas. Ça te revient ? Nos vacances, après la dernière année de fac ? Je n'ai jamais vu personne boire autant de pichets de margarita que toi ce soir-là. Sans moi, tu serais obligé de payer une pension alimentaire à l'heure qu'il est. Je t'ai SAUVÉ. Et le lendemain, tu m'as juré (près de la piscine, tu te souviens ?) que s'il y avait quoi que ce soit que tu puisses faire pour moi, tu le ferais.

Eh bien voilà, ce moment est venu. Je la réclame, ma faveur.

Merde, ils me font ranger mes appareils électroniques pour le décollage. Réponds, vieux.

Max

À : Jason Trent <jason.trent@trentcapital.com>
De : John Trent <john.trent@thenychronicle.com>
Objet : Max Friedlander

Je le savais. Ça me pendait au nez et ça vient d'arriver : un message de Max Friedlander, exigeant le remboursement d'un service qu'il m'a rendu en dernière année de fac.

Il y a dix ans ! Ce type a la tête comme une passoire. Il est incapable de se souvenir de son propre numéro de Sécu, mais cette « faveur » que je lui dois, ça, il s'en souvient. Qu'ai-je fait pour mériter ça ?

Tu te souviens de Max, n'est-ce pas, Jason ? C'était mon colocataire, le premier avec qui j'ai partagé un appartement quand je suis venu vivre en ville, après la fac. Cet endroit pourri à Hell's Kitchen, où un type s'est fait poignarder dans le dos le soir de notre emménagement – tu te souviens ? C'était dans le journal le lendemain… D'ailleurs, je pense que c'est ce qui m'a décidé à me spécialiser dans les faits divers.

Tu te rappelles que Mim avait proposé de me sortir du bail pour m'installer chez elle, de manière à pouvoir vivre, je cite, « comme un être humain » ? Au bout de deux mois avec Max, j'ai bien failli la prendre au mot, je te jure. Ce type se croyait toujours à la fac – le lundi, la moitié de Manhattan débarquait dans notre salon pour la soirée foot.

Mais on s'est quittés en bons termes. Il m'appelle de temps en temps pour avoir des nouvelles.

Et voilà.

Dieu seul sait ce que Max veut que je fasse pour lui. Venir au secours de ballerines cubaines embarquées sur un radeau, j'imagine. Ou accueillir l'équipe de rugby australienne. Ou lui prêter les cinquante mille dollars qu'il doit à la mafia russe.

J'envisage sérieusement de quitter le pays. Tu crois que Mim me laisserait l'avion pour le week-end ?

John

À : John Trent <john.trent@thenychronicle.com>
De : Jason Trent <jason.trent@trentcapital.com>
Objet : Max Friedlander

J'hésite à te poser la question, mais, en tant que frère aîné, j'estime que j'ai le droit de savoir :

Qu'a fait Max Friedlander, précisément, pour que tu aies cette énorme dette envers lui ?

Jason

P.S. : Stacy demande quand tu passes nous dire bonjour. Les filles te réclament. Brittany fait du galop et Haley a remporté un prix en saut d'obstacles la semaine dernière.

P.P.S. : Aucune chance pour l'avion. Julia s'en sert.

Elle s'appelait Heidi. Elle était danseuse. Elle avait des plumes dans les cheveux et une robe avec un décolleté jusque-là.

Enfin pas exactement, mais elle s'appelait bien Heidi, et elle était danseuse. Et, apparemment, je tenais à faire d'elle la première Mme John Trent.

Tu ne peux pas comprendre, bien sûr, toi qui n'as jamais rien fait d'un tant soit peu déshonorant durant les trente-cinq années de ta vie, mais, essaye de te mettre à ma place, Jason : c'étaient les vacances. J'avais vingt-deux ans. J'étais amoureux.

J'avais bu beaucoup trop de margaritas.

Max m'a traîné hors de la chapelle, a renvoyé Heidi chez elle, a confisqué mes clefs de voiture pour m'empêcher de la suivre, m'a fait dessoûler et m'a mis au lit.

Je pense toujours à elle, de temps en temps. Elle était rousse, avec des petites dents de lapin. Elle était adorable.

Mais elle ne valait pas ÇA.

John

P.S. : Félicite Haley et Brittany de ma part. Vous allez au Vineyard ce week-end ? On pourrait tous s'y retrouver.

Tout dépend du genre de faveur dont Max a besoin.

À : John Trent <john.trent@thenychronicle.com>
De : Jason Trent <jason.trent@trentcapital.com>
Objet : Max Friedlander

Ah, tout est clair, maintenant. Je sais dans quel état te
mettent les rousses.

Alors, quel est ce service ?

Jason

P.S. : Non, on va dans les Hamptons. Tu es le bienvenu.

À : Max Friedlander <photoguy@stopthepresses.com>
De : John Trent <john.trent@thenychronicle.com>
Objet : SOS

J'ose à peine poser la question : qu'attends-tu de moi,
Max ?

Je t'en supplie, rien d'illégal à New York, ni dans
aucun autre État, d'ailleurs.

John

À : John Trent <john.trent@thenychronicle.com>
De : Max Friedlander <photoguy@stopthepresses.com>
Objet : SOS

Tu vas voir, ça va être du gâteau : tout ce que je veux,
c'est que tu sois moi. Pour une semaine ou deux.

Bon, d'accord, un mois, au plus.

Facile, non ? Voici toute l'histoire :

Ma tante – tu sais cette garce bourrée de fric qui me
rappelle toujours ta grand-mère, Mimi, ou je ne sais plus
trop quoi. Celle qui avait dit tant de mal de notre appartement. Alors que le voisinage n'avait rien de si affreux.

50

Bref, ma tante, comme tous les vieux, a, semble-t-il, laissé entrer un psychopathe chez elle. Il l'a assommée, il s'est barré, et maintenant elle est à Beth Israël, réduite à l'état de légume.

Selon ses médecins, elle a une chance de s'en sortir – quoique minime.

Il est bien évidemment hors de question qu'à son réveil elle apprenne que son Maxie chéri ne s'est pas précipité à son chevet dès qu'il a appris l'accident. Selon le testament de tante Helen, 80 % de sa fortune de 12 millions de dollars me reviennent à sa disparition et 20 % vont aux diverses associations caritatives qu'elle soutient. Il serait fâcheux que le moindre changement survienne dans ces pourcentages, simplement parce que Maxie jouait au papa et à la maman avec un top model pendant cette tragédie, n'est-ce pas ?

Bien entendu. Et c'est là que tu entres en scène, mon ami :

Tu vas aller raconter à sa voisine que tu es moi.

C'est tout. Fais comme si tu étais moi, pour que Mlle Melissa Fuller aille rapporter à tante Helen – si elle se réveille, ce qui est pour le moins incertain – que son cher neveu, Maxie, est venu dès qu'il a appris son petit accident.

Oh, et tu seras peut-être obligé de promener le chien une fois ou deux. Histoire de clouer le bec à la voisine.

Bien sûr, si la vieille peau montre le moindre signe d'un retour parmi les vivants, tu m'appelles. Compris ? Et je rapplique vite fait.

Mais, comme j'imagine que la chance de voir une femme de 80 ans se remettre de ce genre de chose est assez maigre, tu n'auras sûrement pas besoin de me contacter.

Tu sais que je ne te demanderais pas une chose

pareille s'il ne s'agissait pas de Vivica. Vu? VIVICA. Il paraît qu'elle est adepte de yoga.

De YOGA, Trent.

Fais ça pour moi et on est quittes, vieux. Keske t'en dis?

Max

À: Max Friedlander <photoguy@stopthepresses.com>
De: John Trent <john.trent@thenychronicle.com>
Objet: SOS

Que je comprenne bien:

Ta tante a été victime d'une agression et tu t'en fous au point de ne pas repousser tes vacances?

Ça, c'est monstrueux, Friedlander. Vraiment.

En gros, ce que tu me demandes, c'est de jouer ton rôle. C'est ça?

Je crois que je préférerais être marié à la danseuse.

John

À: John Trent <john.trent@thenychronicle.com>
De: Max Friedlander <photoguy@stopthepresses.com>
Objet: SOS

Vous êtes tous pareils, les journalistes.

Pourquoi faut-il que tu présentes ça comme un mauvais coup? Je te l'ai dit, Helen est dans le coma. Elle n'en saura jamais rien. Si elle crève, tu me le dis, j'arrive pour organiser l'enterrement. Si elle se réveille, tu me le dis, j'arrive pour la soutenir dans sa convalescence.

Mais tant qu'elle est inconsciente, elle ne fera même pas la différence. Alors pourquoi devrais-je repousser quoi que ce soit?

En plus, il s'agit de Vivica, là.

Tu vois comme la vie est simple, quand on n'analyse pas tout ? T'as toujours été comme ça. Je me souviens des QCM qu'on avait en bio – tu te disais toujours « ça ne peut pas être A, c'est trop facile, ça doit être un piège », tu choisissais D alors que la bonne réponse, ÉVI-DEMMENT, c'était A.

Tant que tante Helen – et son notaire – n'en savent rien, pourquoi ne pas me laisser profiter de mes petites vacances bien méritées ? Calme la voisine. C'est tout ce que je demande. Charge-toi de promener le chien.

Je trouve que c'est bien peu cher payé, alors que je t'ai évité la plus grosse erreur de ta vie. Tu crois que la vieille Mimsy t'inviterait encore à ses soirées au Vineyard, si tu étais marié à une danseuse de Las Vegas ?

Je ne crois pas, moi.

Tu dois une fière chandelle à ton pote Maxie.

Max

À : Jason Trent <jason.trent@trentcapital.com>
De : John Trent <john.trent@thenychronicle.com>
Objet : Max Friedlander

Je suis censé me faire passer pour lui et promener le chien de sa tante, qui est dans le coma, pendant qu'il s'envoie en l'air avec un top model.

J'imagine que ça pourrait être pire. Bien pire.

Mais, je ne sais pas pourquoi, j'ai comme un mauvais pressentiment.

John

À: John Trent <john.trent@thenychronicle.com>
De: Jason Trent <jason.trent@trentcapital.com>
Objet: Max Friedlander

C'est vrai. Ça pourrait être pire. Tu vas accepter ?

Jason

P.S. : Stacy me dit de te dire qu'elle t'a trouvé la femme idéale : la monitrice d'équitation d'Haley, pour le dressage. Vingt-neuf ans, taille 36, blonde aux yeux bleus, la totale. Qu'en penses-tu ?

À: Jason Trent <jason.trent@trentcapital.com>
De: John Trent <john.trent@thenychronicle.com>
Objet: Max Friedlander

Pourquoi pas ?
C'est vrai, promener le chien d'une vieille dame… ça ne doit pas être si terrible ?

John

P.S. : Tu sais que je déteste le dressage. C'est tellement artificiel, d'apprendre à un cheval à danser.

À: John Trent <john.trent@thenychronicle.com>
De: Jason Trent <jason.trent@trentcapital.com>
Objet: Max Friedlander

Le dressage, ce n'est pas pour apprendre aux chevaux à danser, idiot, c'est pour leur apprendre à marcher.

Je ne sais pas si tu y as déjà réfléchi, mais je me demande si Heidi et toi n'étiez pas faits l'un pour l'autre, finalement ? Vu la chance que tu as avec les femmes ces derniers temps, Heidi était peut-être ta dernière occasion de trouver le vrai bonheur.

Imagine, si tu avais suivi ton cœur, et pas la tête de Max Friedlander, ç'aurait pu être toi qui donnerais un arrière-petit-fils à Mim en décembre, et pas moi.

Jason

À : Jason Trent <jason.trent@trentcapital.com>
De : John Trent <john.trent@thenychronicle.com>
Objet : Max Friedlander

T'ai-je rappelé récemment à quel point je te hais ?

John

À : Max Friedlander <photoguy@stopthepresses.com>
De : John Trent <john.trent@thenychronicle.com>
Objet : SOS

D'accord, je marche.

John

À : John Trent <john.trent@thenychronicle.com>
De : Max Friedlander <photoguy@stopthepresses.com>
Objet : Opération Paco

Très bien. Je vais prévenir la voisine de ton arrivée (enfin, de mon arrivée) ce soir, pour la remise des clefs. C'est elle qui détient le double de celles de ma tante. Apparemment, elle ne se demande pas pourquoi tante Helen ne m'a jamais confié son trousseau (ce n'était pas moi qui avais mis le feu à son précédent appartement, c'était un court-circuit).

N'oublie pas, tu es censé être moi, alors essaie de te montrer compatissant à propos de l'hématome de la vieille ou du problème, quel qu'il soit.

Et, s'il te plaît, tant que tu joues mon rôle, fais un effort pour t'habiller avec un peu de… quel mot emploierais-je? Ah oui… de CLASSE. Je sais. Vous, les gosses de riches, instinctivement, vous avez tendance à faire profil bas pour cacher vos milliards.

C'est cool, pas de problème. Je comprends que tu aies préféré prendre un vrai boulot, plutôt que le poste de planqué que ton grand frère t'a proposé dans la boîte familiale.

Personnellement, je n'y vois aucun inconvénient. Et si tu veux faire semblant de gagner seulement 45 000 dollars par an, c'est parfait.

Mais, pendant que tu seras moi, pourrais-tu, S'IL TE PLAÎT, éviter de t'habiller comme un étudiant? Je t'en supplie: pas de t-shirts Grateful Dead. Quant à tes éternelles chaussures bateau… Ça te tuerait de porter des mocassins à glands, de temps en temps?

Et, pour l'amour de Dieu, investis dans une veste en cuir. S'il te plaît. Je sais, ça implique de toucher en partie aux précieux millions hérités de ton grand-père, mais, franchement, ce serait bien que tu possèdes un vêtement ne provenant pas de chez Gap.

C'est tout. C'est tout ce que je demande. Essaye d'avoir de l'allure quand tu joues mon rôle. J'ai une réputation à tenir, quand même.

Max

À : Max Friedlander <photoguy@stopthepresses.com>
De : John Trent <john.trent@thenychronicle.com>
Objet : SOS

Attends, Friedlander, elle travaille pour le *New York Journal* ???

Tu ne l'as jamais mentionné. Tu ne m'as jamais dit que la voisine de ta tante travaillait pour le *New York Journal*.

Tu ne vois pas le problème, Max ? Si ça se trouve, elle me CONNAÎT. Je suis journaliste. On travaille peut-être pour des journaux concurrents, mais le milieu est plutôt réduit ! Imagine, elle ouvre la porte et on réalise qu'on a assisté aux mêmes conférences – qu'on s'est croisés sur les mêmes lieux du crime ?

Tu serais grillé.

Mais tu t'en fous, peut-être ?

John

P.S. : Et comment veux-tu que je lui envoie un mail ? Elle va tout de suite savoir que je ne suis pas toi, en voyant l'adresse.

À : John Trent <john.trent@thenychronicle.com>
De : Max Friedlander <photoguy@stopthepresses.com>
Objet : Opération Paco

Non, je ne m'en fous pas. Et ne t'inquiète pas, j'ai déjà mené ma petite enquête : elle s'occupe de la rubrique people.

Je doute que tu aies rencontré beaucoup de chroni-
queuses mondaines sur les lieux des crimes que tu as
couverts récemment.

Max

P.S. : Tu n'as qu'à te créer une nouvelle adresse e-mail.
P.P.S. : Arrête de me gonfler. Vivica et moi, on aimerait
regarder le coucher de soleil tranquillement.

À : Max Friedlander <photoguy@stopthepresses.com>
De : John Trent <john.trent@thenychronicle.com>
Objet : Ça ne me plaît pas

Elle s'occupe de la rubrique people, Max ? Elle va
FORCÉMENT savoir que je ne suis pas toi.

John

À : Max Friedlander <photoguy@stopthepresses.com>
De : John Trent <john.trent@thenychronicle.com>
Objet : Ça ne me plaît pas

Max ? MAX ??? OÙ ES-TU ?

À : Nadine Wilcock <nadine.wilcock@thenyjournal.com>
De : Mel Fuller <melissa.fuller@thenyjournal.com>
Objet : Max Friedlander

Oh, mon Dieu, Nadine ! J'ai eu des nouvelles !
Il est en mission en Éthiopie, il photographie des
petits enfants qui meurent de faim pour Save the Children ! Et moi qui viens de lui demander de rentrer à la
maison pour s'occuper du chien de sa tante !

Quelle horrible pétasse j'ai dû lui sembler ! Oh, c'est pas vrai… Je savais que je n'aurais pas dû essayer de le contacter.

Mel

À : Mel Fuller <melissa.fuller@thenyjournal.com>
De : Nadine Wilcock <nadine.wilcock@thenyjournal.com>
Objet : Max Friedlander

Qu'est-ce qui est le plus important pour lui ? Un tas de gosses inconnus qui crèvent de faim ou bien le chien de sa tante ?

Je ne voudrais pas paraître insensible, mais, enfants affamés ou pas, cet homme doit prendre ses responsabilités.

De plus, sa tante est dans le coma, Mel. Quand ton unique parent est dans le coma, tu rentres chez toi, enfin ! Même quand des enfants crèvent de faim.

Quand arrive-t-il, d'ailleurs ? Tu pourras venir à la soirée piscine, finalement ? Parce que Tony menace de rompre nos fiançailles, si je n'y vais pas.

Nad : -/

À : Mel Fuller <melissa.fuller@thenyjournal.com>
De : Dolly Vargas <dolly.vargas@thenyjournal.com>
Objet : Max Friedlander

Mon chou, quand je t'ai entendue hurler jusqu'au département art, j'ai bien cru que les acteurs de *Friends* se séparaient.

Je viens d'apprendre que c'est simplement parce que tu as reçu un mail de Max Friedlander.

Mais qu'est-ce que c'est, cette histoire d'Éthiopie ? JAMAIS Max Friedlander n'irait mettre les pieds en Éthiopie. C'est bien trop… poussiéreux, là-bas.

Tu dois le confondre avec quelqu'un d'autre.

Sinon, pour Aaron : je suis tout à fait déterminée à lui faire porter quelque chose dont je n'aurais pas honte devant Steven. Penses-tu qu'il va opposer une forte résistance à ce que je l'aiguille vers Barneys[1] ? Il faut absolument qu'il achète un pantalon en lin, tu ne crois pas ? Il ferait tellement F. Scott Fitzgerald, en lin.

La prochaine fois que tu passes devant son bureau en allant à la photocopieuse, peux-tu dire quelque chose ? Une remarque complètement désobligeante du style « Joli, ton treillis » – je pense que ça aura l'effet escompté.

Bisous bisous

Dolly

À : Don et Beverly Fuller <DonBev@dnr.com>
De : Mel Fuller <melissa.fuller@thenyjournal.com>
Objet : Debbie Phillips

Salut maman. Désolée d'avoir tardé à te répondre. Je suis plutôt occupée en ce moment, comme je te l'ai dit au téléphone. Je continue à promener le chien de Mme Friedlander, mais ce soir son neveu est censé passer et, si tout va bien, nous trouverons une solution.

Il vaudrait mieux, parce que j'ai des ennuis au boulot à cause de mes retards quotidiens. Je ne sais pas pourquoi les ressources humaines ont une dent contre nous,

---

1. Barneys est un célèbre grand magasin à New York. *(N.d.T.)*

les travailleurs. On dirait qu'ils se croient supérieurs, simplement parce qu'ils contrôlent ce qui va dans nos dossiers de performance.

Bref, à part cette histoire avec Mme Friedlander (ne t'inquiète pas, maman, l'immeuble est très sûr. En plus, tu sais que mon appartement est à loyer contrôlé – donc je ne vais pas déménager comme ça. Je ferme bien ma porte à clef, je n'ouvre jamais aux inconnus – en plus, Ralph, le gardien, ne laisserait jamais monter personne sans m'appeler d'abord), ça va. Je suis toujours coincée en page 10 – impossible de convaincre M. Sanchez, mon chef, que je serais capable de faire du reportage de fond, s'il me laissait faire.

À part ça, quoi d'autre? Oh, j'ai rompu avec ce type dont je vous ai parlé. C'était une impasse. Enfin, disons que je ne voyais pas les choses du même œil que lui. En plus, figure-toi qu'il m'a trompée avec Barbara Bellerieve. Bon, il ne m'a pas vraiment trompée puisque lui et moi n'avions jamais rien fait de toute façon – ne laisse pas papa lire ça, hein?

Oh, l'interphone. Le neveu de Mme Friedlander est arrivé. Je dois y aller.

Bisous

Mel

À: Mel Fuller <melissa.fuller@thenyjournal.com>
De: Don et Beverly Fuller <DonBev@dnr.com>
Objet: À propos des inconnus

Melissa! Appelle-moi dès que cet homme est parti! Comment peux-tu laisser entrer chez toi quelqu'un que tu n'as jamais vu? Si ça se trouve, c'est le tueur en série

que j'ai vu dans *Inside Edition*! Celui qui enfile les vêtements de ses victimes et fait un tour avec, juste après
avoir découpé le cadavre en petits morceaux.

Si tu ne nous appelles pas, papa et moi, dans l'heure,
je téléphone à la police. Je suis sérieuse, Melissa.

Maman

À: Mel Fuller <melissa.fuller@thenyjournal.com>
De: Nadine Wilcock <nadine.wilcock@thenyjournal.com>
Objet: Max Friedlander

Alors??? Il est comment???

Nad

À: Mel Fuller <melissa.fuller@thenyjournal.com>
De: Tony Salerno <chef@fresche.com>
Objet: Alors??

NE DIS PAS À NADINE QUE JE T'AI ÉCRIT.

Mais écoute-moi, Mel, il FAUT que ce type se charge
de la promenade du chien à ta place. Parce que si tu ne
peux pas venir à la soirée de fiançailles organisée par
mon oncle Giovanni, Nadine va faire une dépression
nerveuse. Je le jure devant Dieu. Ne me demande pas
pourquoi, mais son poids la tracasse et elle a besoin de
ton soutien moral, ou un truc comme ça, à chaque fois
qu'elle doit enfiler un maillot de bain.

En tant que demoiselle d'honneur, c'est ton devoir
de te montrer à ses côtés lors de cette soirée, samedi.
Alors arrange-toi pour que ce mec sorte le chien, tu
veux?

S'il te donne du fil à retordre, dis-le-moi. Je m'occuperai de lui. Les gens croient que les types qui savent cuisiner ne sont pas des durs, mais c'est faux. Je ferai au visage de ce gars ce que j'ai fait au plat du jour, qui était une piccata de veau – je l'aplatirai complètement avant de l'arroser d'une sauce au vin blanc légère comme tout. Je te donnerai la recette si tu veux.

N'OUBLIE PAS, HEIN !!

Tony

À : John Trent <john.trent@thenychronicle.com>
De : Max Friedlander <photoguy@stopthepresses.com>
Objet : Opération Paco

Tu avais des glands, hein ? Sur tes mocassins ? Quand tu es allé la voir ce soir ?

Dis-moi que tu portais des mocassins à glands.

Max

À : John Trent <john.trent@thenychronicle.com>
De : Jason Trent <jason.trent@trentcapital.com>
Objet : Comment ça s'est passé ?

Je me demandais comment était ton petit numéro de ce soir. Réussi ?

Et Stacy veut savoir si tu viens toujours pour dîner dimanche, comme prévu.

Jason

63

SALUT!! MOI C'EST VIVICA, L'AMIE DE MAX, JE T'ÉCRIS UN MAIL! MAX EST DANS LA BAIGNOIRE, MAIS IL M'A DEMANDÉ DE TE DEMANDER COMMENT ÇA S'ÉTAIT PASSÉ AVEC CETTE DAME BIZARRE QUI A UN PROBLÈME DE CHIEN. EST-CE QU'ELLE T'A PRIS POUR MAX???

ÇA FAIT DRÔLE DE T'ÉCRIRE ALORS QUE JE NE TE CONNAIS MÊME PAS. QUEL TEMPS FAIT-IL À NEW YORK? ICI, IL FAIT 27 °C ET IL Y A DU SOLEIL.

AUJOURD'HUI, ON A VU DES CHATS QUI FONT DES TOURS. C'ÉTAIT FOU!!! QUI AURAIT CRU QUE LES CHATS POUVAIENT FAIRE ÇA???

OH, MAX VEUT QUE TU L'APPELLES ICI À L'HÔTEL DÈS QUE TU AS CE MESSAGE, LE NUMÉRO, C'EST LE 305 555 6576. IL FAUT DEMANDER LE COTTAGE SOPRADILLA. LA SOPRADILLA, C'EST UNE FLEUR. IL Y EN A PARTOUT À KEY WEST. KEY WEST, C'EST À 150 KM SEULEMENT DE CUBA, UN JOUR J'AI POSÉ POUR DES MAILLOTS LÀ-BAS.

OH-OH, JE DOIS Y ALLER, MAX EST LÀ.

VIVICA

Alors, le profil :

1,85 m ou 88, je dirais. Épaules larges. Vraiment carrées. Yeux noisette. Tu vois le genre : parfois verts, parfois bruns, parfois plongeant au plus profond de mon âme…

Je rigole.

Pour le reste :

Je ne sais pas. C'est assez difficile à expliquer. Il n'était pas du tout tel que je me l'étais représenté, ça c'est sûr. D'après ce qu'on m'avait dit, avec les photos de mode et tout, je m'étais imaginé un mec qui se la joue, tu vois ?

Mais, franchement, un mec qui se la joue avec un t-shirt de Grateful Dead ? Et un jean. Et des chaussures bateau sans chaussettes.

Je m'attendais au moins à des mocassins Gucci.

Et tellement modeste, avec ça – je veux dire, pour un type qui a exposé un nu de lui à la Biennale. À mon avis, Dolly a exagéré toute cette histoire. Il n'était peut-être pas nu. Il devait porter une de ces combinaisons couleur chair dont on se sert dans le cinéma.

Il s'est refusé à évoquer son voyage en Éthiopie ! Quand j'ai parlé de son travail pour Save the Children, il a même paru gêné et il a essayé de changer de sujet.

Je te le dis, Nadine, il ne ressemble pas du tout au portrait que Dolly nous a fait.

Même Mme Friedlander ne lui rendait pas justice. Elle parlait de lui comme d'un irresponsable, mais je te jure, Nadine, ce n'est pas l'impression que j'ai eue. Il a voulu plein de détails sur ce qui s'est passé – à propos de l'entrée par effraction, et tout. D'ailleurs, je me demande s'il y a vraiment eu effraction, puisque la porte n'était même pas verrouillée…

Bref, c'était vraiment touchant, toute cette attention pour sa tante. Il m'a demandé de lui décrire où je l'avais trouvée, dans quelle position elle était, s'il manquait quelque chose…

On aurait dit qu'il avait l'habitude des crimes avec violences… Je ne sais pas. Il y a peut-être régulièrement des crêpages de chignons pendant les séances photo pour Victoria's Secret ?!

Autre chose bizarre : il a semblé surpris par la taille de Paco. Pourtant, je sais que Mme Friedlander a reçu Max à dîner il y a quelques mois à peine et Paco a cinq ans, alors il n'a pas pu grandir entre-temps. Quand je lui ai raconté que la semaine dernière Paco avait failli me tordre l'épaule, Max a dit qu'il ne comprenait pas comment une vieille dame fragile pouvait promener régulièrement un chien pareil.

C'est drôle, non ? Il n'y a bien que son neveu pour considérer Mme Friedlander comme une faible femme. Elle m'a toujours paru très robuste. L'an dernier, elle a quand même fait une randonnée à travers le Yosemite…

Enfin, Nadine, je suis vraiment contente que tu m'aies forcée à le contacter ! Il a dit qu'il était gêné que je promène Paco, surtout avec mon épaule blessée, et qu'il allait emménager à côté, pour s'occuper des animaux et surveiller un peu ce qui se passait.

Tu le crois, ça ? Un homme qui prend ses responsabilités ? Je suis encore sous le choc.

Je dois y aller – il y a quelqu'un à la porte. Oh, mon Dieu, c'est la police !

J'y vais…

Mel

À: Nadine Wilcock <nadine.wilcock@thenyjournal.com>
De: Mel Fuller <melissa.fuller@thenyjournal.com>
Objet: Comment il est

Bon, les flics sont partis. Je leur ai expliqué l'obsession de ma mère pour le tueur travesti. Ils ne se sont même pas énervés.

Bref, tu veux savoir autre chose ? Sur Max Friedlander, je veux dire. Si tu peux le supporter...

Depuis l'endroit où je me trouve, à mon bureau, chez moi, je vois son appartement. Enfin, celui de sa tante. Je suis juste en face de la chambre d'amis. Mme Friedlander garde les rideaux tirés en permanence, mais Max les a largement ouverts (pour admirer les lumières de la ville, j'imagine – c'est vrai qu'on a une belle vue, ici, au quinzième étage) et je le vois, allongé sur son lit, il tape quelque chose sur son portable. Tweedledum est sur le lit à côté de lui, et Paco aussi (aucun signe de Mr Peepers, mais c'est normal, il est timide).

Je sais que c'est mal d'épier les gens, mais ils ont l'air tellement mignons et heureux tous ensemble !

Et, en prime, Max a de très jolis avant-bras, ce qui ne gâte rien...

Oh là là ! Je ferais mieux d'aller me coucher. Je crois que je suis en plein délire.

Bisous,

Mel

```
À : Jason Trent <jason.trent@trentcapital.com>
De : John Trent <john.trent@thenychronicle.com>
Objet : Comment ça s'est passé ?
```

Elle est rousse.
Au secours.

John.

```
À : Mel Fuller <melissa.fuller@thenyjournal.com>
De : Dolly Vargas <dolly.vargas@thenyjournal.com>
Objet : Max Friedlander
```

Mon chou, ai-je bien entendu, quand je vous ai croisées Nadine et toi, au Starbucks Coffee, ce matin ? Tu as dit que Max Friedlander avait emménagé à côté de chez toi ?
Et tu l'as espionné ?
Tu l'as vu nu ???
Apparemment, j'ai de l'eau dans les oreilles depuis mon dernier week-end chez les Spielberg, alors je voulais être sûre de vous avoir bien entendues avant d'appeler toutes les personnes de ma connaissance sans exception pour les mettre au courant.
Bisous bisous

Dolly

```
À : Mel Fuller <melissa.fuller@thenyjournal.com>
De : Nadine Wilcock <nadine.wilcock@thenyjournal.com>
Objet : Dolly
```

Mel,
Tu veux bien arrêter ta parano ? À qui veux-tu qu'elle en parle ? Dolly ne connaît pas grand monde, ici au bureau.

Et ceux qu'elle connaît la détestent tellement qu'ils ne la croiraient jamais, de toute façon.

Fais-moi confiance.

Nad

À: Mel Fuller <melissa.fuller@thenyjournal.com>
De: Aaron Spender <aaron.spender@thenyjournal.com>
Objet: Toi

Mel, ai-je bien compris ce que Dolly raconte ? Un homme nu a emménagé à côté de chez toi ? Qu'est-il arrivé à la vieille dame ? Elle est morte, finalement ? Je ne savais pas. Je suis désolé, si c'est le cas. Je sais que vous étiez plutôt proches, pour des voisines à Manhattan.

Cela dit, je trouve incorrect qu'un homme parade nu devant ses voisins. Tu devrais vraiment te plaindre auprès du syndic, Melissa. Je sais que tu n'es que locataire et que tu ne veux pas faire de vagues à cause de la bonne affaire que représente cet endroit, mais ce genre de comportement pourrait être considéré comme une agression sexuelle. Je ne plaisante pas.

Melissa, je me demandais si tu avais un peu réfléchi à ce que je t'ai dit dans l'ascenseur, l'autre jour. Je le pense vraiment. Je crois qu'il est temps.

Je me souviens du jour où nous sommes allés nous promener dans Central Park, à l'heure du déjeuner. Cela me paraît si loin, pourtant c'était seulement au printemps dernier. Tu as acheté un hot-dog à un vendeur ambulant et je t'ai intimé de ne pas le faire, car on trouve des substances cancérigènes dans ce genre de nourriture.

Je n'oublierai jamais l'éclat dans tes yeux bleus quand

tu t'es tournée vers moi pour me dire : « Aaron, pour mourir, il faut bien commencer par vivre un peu. »

Melissa, c'est décidé : je veux vivre. Et la personne avec qui je veux vivre, plus que toute autre, c'est toi. Je me sens capable de m'engager.

Oh, Melissa, fais que cet engagement soit avec toi. Aaron.

Aaron Spender
Journaliste
New York Journal

À : Mel Fuller <melissa.fuller@thenyjournal.com>
De : George Sanchez <george.sanchez@thenyjournal.com>
Objet : Retards

J'apprends par Dolly que tu es enfin entrée en contact avec le type pour le chien. Ce qui expliquerait pourquoi tu étais à l'heure ce matin, pour la première fois depuis vingt-sept jours.

Félicitations, petite. Je suis fier de toi.

Maintenant, si tu voulais bien rendre ton papier à temps, je ne serais pas contraint de te virer. Mais j'imagine que je ne dois pas trop compter dessus, puisque j'ai aussi entendu dire que ce nouveau voisin n'était pas mal, à poil.

George

À : Dolly Vargas <dolly.vargas@thenyjournal.com>
De : Mel Fuller <melissa.fuller@thenyjournal.com>
Objet : Max Friedlander

Dolly, je jure devant Dieu que si tu répètes encore une fois que j'ai vu Max Friedlander nu, je viendrai personnellement jusqu'à ton bureau pour t'enfoncer un pieu dans le cœur, puisque c'est la seule manière d'arrêter quelqu'un comme toi.

Il n'était pas NU, d'accord ? Il était entièrement habillé. ENTIÈREMENT HABILLÉ, TOUT LE TEMPS.

Enfin, excepté ses avant-bras. Mais c'est tout ce que j'ai vu, je le jure. Alors arrête de dire le contraire à tout le monde !

Mel

À : Mel Fuller melissa.fuller@thenyjournal.com
De : Dolly Vargas dolly.vargas@thenyjournal.com
Objet : Max Friedlander

Mon chou, j'ai touché la corde sensible, c'est ça ? Je ne t'avais jamais vue utiliser les capitales aussi vigoureusement. Max a vraiment dû te faire bonne impression pour que tu t'échauffes à ce point.

Mais bon, il fait cet effet-là aux femmes. Il n'y peut rien. C'est les phéromones. Il en est bourré.

Allez, je file. Peter Hargrave m'emmène déjeuner. Oui, tu as bien lu : Peter Hargrave, le rédacteur en chef. Qui sait, à mon retour, j'aurai peut-être hérité d'une bonne grosse promotion.

Mais ne t'inquiète pas, je n'oublierai pas les sous-fifres.
Bisous bisous

Dolly

P.S. : Que penses-tu du nouveau pantalon d'Aaron ? N'est-ce pas qu'il est parfait ? Hugo Boss.
Je sais. Je sais. Mais ce n'est qu'un début.

```
À: Tony Salerno <chef@fresche.com>
De: Mel <melissa.fuller@thenyjournal.com>
Objet: Samedi
```

Juste un petit mot pour te dire de ne pas t'inquiéter – je serai là samedi.

Eh oui, le type au chien est enfin apparu.

À plus !

Je suis fière d'être la demoiselle d'honneur de ta future femme.

Mel

```
À: John Trent <john.trent@thenychronicle.com>
De: Jason Trent <jason.trent@trentcapital.com>
Objet: Alors ?
```

Elle est rousse ? C'est TOUT ? Tu vas me laisser en plan comme ça ? QUE S'EST-IL PASSÉ ?

Jason

P.S. : Stacy aussi veut savoir.

```
À: Jason Trent <jason.trent@trentcapital.com>
De: John Trent <john.trent@thenychronicle.com>
Objet: Alors ?
```

Désolé. J'ai été retardé par une affaire et ensuite j'ai dû rentrer chez la tante de Friedlander pour promener le chien. Max a omis de mentionner que Paco, le mal nommé, est un DANOIS. Ce chien pèse plus lourd que Mim.

Que veux-tu savoir ?

Si elle a cru que j'étais Max Friedlander ? Oui, à mon grand regret.

Ai-je joué le rôle de Max Friedlander à la perfection ? J'imagine que oui, sinon elle ne m'aurait pas pris pour lui.

Ai-je l'impression d'être un salaud de première catégorie à cause de ça ? Oui. J'ai besoin d'une bonne auto-flagellation.

Le pire… Enfin, je t'ai déjà raconté le pire. *Elle pense que je suis Max Friedlander.* Max Friedlander, cet ingrat qui ne s'inquiète même pas qu'on ait mis K.O. sa tante âgée de 80 ans.

Melissa, elle, s'inquiète.

C'est son nom. À la petite rousse. Melissa. On l'appelle Mel. C'est ce qu'elle m'a dit : « On m'appelle Mel. » Elle est venue à New York après la fac, elle doit donc avoir environ vingt-sept ans puisqu'elle vit ici depuis cinq ans. Elle est originaire de Lansing, dans l'Illinois. Tu as déjà entendu parler de Lansing, dans l'Illinois ? Personnellement, je connais Lansing, dans le Michigan, mais pas dans l'Illinois. Elle dit que c'est une petite ville et que les gens lui disent « Oh, salut, Mel » dans la rue.

Juste comme ça : « Oh, salut, Mel. »

Dans sa bibliothèque, parmi tout un tas de livres, on trouve absolument toutes les œuvres de Stephen King. Melissa a une théorie : pour chaque siècle, il existe un auteur qui résume la culture populaire de l'époque. Pour le XIXe c'était Dickens, pour le XXe, Stephen King.

Elle dit qu'il reste à trouver celui qui sera la voix du XXIe siècle.

Tu sais ce que mon ex, Heather (tu te souviens d'Heather, n'est-ce pas, Jason ? Celle que Stacy et toi aviez surnommée « la neuneu » ?), avait dans sa bibliothèque, Jason ?

Les œuvres complètes de Kierkegaard. Elle n'avait

jamais lu Kierkegaard, bien sûr, mais la couverture des livres était assortie à la couleur des coussins de son canapé.

C'était comme ça qu'elle me voyait. Heather, je veux dire. Un chéquier d'un mètre quatre-vingt-huit qui payait ses frais de décoration.

Pourrais-tu me rappeler pourquoi Mim était aussi contrariée quand on a rompu, elle et moi ?

Oh, et quand je suis arrivé chez elle, elle m'a offert une bière. Melissa, pas Heather.

Pas d'eau pétillante. Pas de vin. Pas de whisky on the rocks, pas de cocktail. De la bière. Elle a dit qu'elle en avait de deux sortes : des brunes ou des blondes. J'ai pris une brune. Elle aussi.

Elle m'a montré où la tante de Max range la nourriture du chien et des chats. Elle m'a indiqué où je pourrais en racheter, si je venais à manquer. Elle m'a aussi expliqué quels étaient les parcours préférés de Paco pour sa promenade et comment faire sortir de sous le lit un chat qui s'appelle, je te jure que je ne plaisante pas, Mr Peepers.

Elle m'a posé des questions sur mon travail pour Save the Children et sur mon voyage en Éthiopie. Elle m'a demandé si j'étais déjà allé rendre visite à ma tante à l'hôpital et si je n'avais pas été trop bouleversé de la voir comme ça, avec tous ces tubes partout. Elle m'a donné une petite tape sur le bras et m'a dit de ne pas m'inquiéter, parce que si quelqu'un était capable de sortir du coma, c'était bien ma tante Helen.

Et moi, je suis resté là, à sourire comme un imbécile en faisant semblant d'être Max Friedlander.

Enfin, bref, j'emménage. Dans l'appartement d'Helen Friedlander. Donc si tu veux me joindre, le numéro est le 212-555-8972. Mais n'appelle pas. Je viens de m'apercevoir que les sonneries trop fortes font paniquer Mr Peepers.

Faut que j'y aille.

John

À : John Trent <john.trent@thenychronicle.com>
De : Jason Trent <jason.trent@trentcapital.com>
Objet : Qui êtes-vous ?

Et qu'avez-vous fait à mon frère ?

C'était un être humain rationnel jusqu'à ce qu'il se fasse passer pour Max Friedlander et rencontre cette Melissa.

TU ES DEVENU FOU ??? Tu ne peux pas emménager dans l'appartement de cette femme. Ça va pas, non ? CASSE-TOI TANT QU'IL EST ENCORE TEMPS.

Jason

À : John Trent <john.trent@thenychronicle.com>
De : Jason Trent <jason.trent@trentcapital.com>
Objet : Je trouve ça adorable

Salut, John. C'est Stacy. Jason m'a fait lire ton dernier mail. J'espère que ça ne te dérange pas.

J'espère aussi que tu ne l'écoutes pas. Je trouve que ce que tu fais est adorable : aider cette pauvre voisine à s'occuper des animaux de cette vieille dame. Jason essaye de me dire que tu ne le fais pas pour être gentil, il mentionne aussi une histoire de cheveux roux, mais je ne l'écoute pas. Il a l'esprit très mal tourné. L'autre jour, il m'a même dit que la musique de ma vidéo d'exercices pour la grossesse lui rappelait une musique de porno !

Je voudrais bien savoir quand il a regardé des pornos, d'ailleurs.

Bref, ce que je voulais dire c'est : il n'y a pas de honte à se faire passer pour ce Max. La fin justifie les moyens. Et pourquoi tu n'inviterais pas la petite rousse à dîner dimanche soir ? Je dirais bien aux filles de t'appeler Max. Je suis sûre qu'elles trouveront ça rigolo. Ce sera comme un jeu !

Voilà, c'est tout. J'espère te voir bientôt.

Ta belle-sœur qui t'adore,

Stacy

À : Michael Everett <michael.everett@thenychronicle.com>
De : John Trent <john.trent@thenychronicle.com>
Objet : Coordonnées

Merci de noter que pour les semaines à venir, je serai joignable uniquement sur mon téléphone portable. Ne laisse pas de message sur mon fixe. Je consulterai mes mails, que ce soit sur cette adresse ou sur la nouvelle : jerryisalive@freemail.com
Merci

John Trent
Faits divers
New York Chronicle

À : Jason Trent <jason.trent@trentcapital.com>
De : jerryisalive@freemail.com
Objet : Pour Stacy

Chère Stacy,
Je voudrais juste te remercier de ta compréhension

76

vis-à-vis de ma situation actuelle. Tu vois, mon frère, qui est aussi ton mari, a tendance à avoir un point de vue cynique sur tout.

Ne me demande pas comment c'est arrivé, lui qui a toujours été le plus chanceux des deux, lui qui a la tête pour les affaires, tandis que tout ce que j'ai eu, moi, c'est un corps pour le péché, si tu veux bien me pardonner ce cliché.

Il a aussi la chance de t'avoir, Stacy. J'imagine que c'est facile pour un type marié à une perle comme toi de nous critiquer, nous autres, pauvres nazes, incapables de trouver une géode, encore moins une pépite. J'imagine que Jason ne se souvient pas combien il lui a été difficile de trouver une fille qui soit attirée par lui, plus que par la fortune familiale.

Apparemment, il ne se souvient pas de Michelle. Demande-lui donc de te parler de Michelle, Stacy. Ou de Fiona, d'ailleurs. Ou de Monica, Karen, Louise, Cathy ou Alison.

Vas-y, demande-lui. Je serais curieux de savoir ce qu'il a à dire sur n'importe laquelle de ces filles.

Jason ne semble pas vouloir se rendre compte qu'il a déjà trouvé la meilleure femme du monde. Il oublie que certains pauvres types comme moi sont toujours à sa recherche.

Alors dis à ton mari de me lâcher, s'il te plaît, Stacy.

Et merci pour l'invitation, mais, si ça ne te dérange pas, je passe mon tour pour le dîner de dimanche.

Bisous,
John

P.S. : Écris-moi à ma nouvelle adresse, ci-dessus. Je voudrais vérifier qu'elle marche.

À : jerryisalive@freemail.com
De : Jason Trent <jason.trent@trentcapital.com>
Objet : Ta nouvelle adresse e-mail

John :

Jerry is alive ? Jerry est vivant ? Tu es cinglé ou quoi ? C'EST ÇA, l'adresse que tu as choisie comme e-mail « spécial rousse » ?

Tu seras peut-être surpris d'apprendre que la plupart des filles n'aiment pas Jerry Garcia, John. Elles préfèrent Mariah Carey. Je le sais parce que je regarde les clips sur VH1.

Et arrête d'écrire à ma femme. Maintenant, elle me pose sans cesse des questions du style : qui est Alison ? Qui est Michelle ?

La prochaine fois que je te vois, Jerry, tu es mort.

Jason

Tu te trompes. La majorité des filles préfèrent Jerry Garcia à Mariah Carey. Je viens de faire un sondage au bureau et Jerry a battu Mariah à presque cinq contre un – bien que la fille du courrier n'aime ni l'un ni l'autre, donc son vote ne compte pas.

De plus, j'ai jeté un coup d'œil aux CD de Melissa pendant qu'elle était dans la cuisine pour nous chercher les bières et je n'ai pas vu le moindre titre de Mariah Carey.

Tu ne comprends rien aux femmes.

John

Et toi si, peut-être ?

Jason

Reese,

Je me demandais si tu pouvais me rendre un service. J'aimerais jeter un coup d'œil à tout ce que tu as sur Helen Friedlander, 12-17 West 82nd, Apt 15A. Elle a été victime d'une effraction avec agression, je pense – assez grave, puisqu'elle est en soins intensifs depuis, dans le coma.

Je te remercie, et non, ce n'est pas pour un papier, donc ne t'occupe pas de ton chef.

John Trent
Faits divers
New York Chronicle

Ne t'inquiète pas. Tout s'est bien passé. J'ai prudemment éludé toutes les questions de Mlle Fuller sur mon travail pour les enfants mal nourris. Pas mal, celle-là, d'ailleurs. J'imagine que tu faisais allusion à ces tas d'os de dix-huit ans mâcheuses de chewing-gum que tu passes

tes journées à photographier dans des tenues que seules
des divorcées de cinquante ans peuvent se permettre ?

Tu es vraiment un bel enfoiré.

John

À : John Trent <john.trent@thenychronicle.com>
De : Max Friedlander <photoguy@stopthepresses.com>
Objet : Détends-toi

J'avais oublié quel rabat-joie tu faisais. Pas étonnant
que tu sois célibataire depuis aussi longtemps. Qu'est-ce
qui n'allait pas chez la dernière, déjà ? Ah, oui, ça me
revient : la collection de Kierkegaard assortie au canapé.
Faut te détendre, vieux. Qui s'intéresse aux livres qu'une
femme a dans sa bibliothèque ?

C'est ce qu'elle vaut au pieu qui compte. Héhéhé.

Max

À : John Trent <john.trent@thenychronicle.com>
De : Sergent Paul Reese <preese@89th.nyc.org>
Objet : Helen Friedlander

Trent,

Le dossier arrive. Enfin, disons… une copie du dossier, accidentellement réalisée pendant que le patron
prenait sa pause déjeuner. Si quoi que ce soit sort dans
ton journal, Trent, tu peux dire au revoir à ta Mustang.
C'est comme si elle était déjà à la fourrière.

L'appel remonte à environ 8 h 50 du matin. Femme
inconsciente à son domicile. Une unité se trouvait dans
le parc non loin. Elle est arrivée sur les lieux vers 8 h 55.

A découvert la victime, à qui une femme prétendant être sa voisine prodiguait les premiers secours. Plus tard confirmée comme étant une certaine Melissa Fuller, vivant sur le même palier à l'appartement 15B.

Victime âgée d'environ 80 ans. Trouvée originellement face contre terre dans le salon. Dans sa déclaration, le témoin dit avoir retourné la femme pour vérifier son pouls, ses difficultés respiratoires, etc. À 9 h 02 arrivée du SAMU, la victime respire, pouls faible.

Aucun signe d'effraction ni de pénétration illégale dans ce domicile. Verrou extérieur non trafiqué. Porte non verrouillée, selon la voisine.

D'après ce que disent les médecins, la victime a été frappée sur la nuque avec un objet contondant, peut-être un pistolet de petit calibre. L'agression a eu lieu environ 12 heures avant que la victime ait été découverte. Suite aux questions posées aux gardiens et aux voisins, avons appris que :

a) personne ne s'est rendu dans l'appartement 15A la veille du jour où la victime a été découverte.

b) personne n'a entendu la moindre altercation à ou aux alentours de 21 heures ce soir-là.

J'ajoute que : un certain nombre de vêtements de la victime étaient jetés sur le lit, comme si juste avant l'accident, elle avait cherché quelque chose à se mettre. Cependant, Mme Friedlander a été trouvée portant des vêtements de nuit, incluant bigoudis, etc.

Les journalistes voudraient peut-être analyser ceci comme une nouvelle attaque du tueur travesti. Cependant, il y a une différence majeure : le tueur travesti assassine véritablement ses victimes et il a tendance à s'attarder, pour vérifier qu'elles sont bien mortes.

De plus, les victimes du tueur travesti étaient toutes âgées d'une vingtaine, trentaine ou quarantaine d'années. Mme Friedlander, quoique alerte pour son âge, ne peut être confondue avec une femme plus jeune.

Voilà. Nous n'avons aucune piste. Bien entendu, si la mamie meurt, la donne sera changée, mais pour l'instant, il s'agit d'un cambriolage interrompu.

Je ne vois rien d'autre.

Bonne chance

Paul

À : Nadine Wilcock <nadine.wilcock@thenyjournal.com>
De : Mel Fuller <melissa.fuller@thenyjournal.com>
Objet : Il ne le pensait pas

Nadine, tu sais qu'il ne le pensait pas. Du moins, pas comme tu le crois.

Tout ce que Tony voulait dire, c'est que si tu continues à te plaindre sans cesse de ton poids, pourquoi ne pas faire quelque chose et t'inscrire dans un club de gym ? Il n'a jamais dit que tu étais grosse. Compris ? J'étais là. IL N'A PAS DIT QUE TU ÉTAIS GROSSE.

Tu ne vas quand même pas me faire croire que tu ne t'es pas amusée à cette soirée ? L'oncle Giovanni de Tony est un amour. Ce toast qu'il vous a porté... C'était adorable ! Je te jure, Nadine, parfois je suis tellement jalouse de toi que j'ai envie d'exploser.

Je donnerais n'importe quoi pour trouver quelqu'un avec un oncle Giovanni qui m'organiserait une soirée piscine et me comparerait à une Vénus de Botticelli.

Tu n'avais PAS DU TOUT l'air grosse dans ce maillot. Attends, il y avait assez de Gore-Tex dedans pour gainer la graisse de Marlon Brando. Ton tout petit ventre n'avait pas la moindre chance.

Donc, tu veux bien arrêter ton cinéma tout de suite et te conduire en adulte ?

Si tu es gentille, ce soir, je t'inviterai à mater Max Friedlander avec moi... Oooh, il a un t-shirt moulant...

Mel

À : Mel Fuller <melissa.fuller@thenyjournal.com>
De : Nadine Wilcock <nadine.wilcock@thenyjournal.com>
Objet : Mon cul

Tu mens. Pour le t-shirt moulant et pour ce que Tony voulait dire. Tu sais très bien qu'il en a assez de mes fesses taille 50. Moi aussi d'ailleurs. Et j'ai tout à fait l'intention de m'inscrire dans un club de gym.

Je n'ai pas besoin que Tony me le suggère.

C'est sa faute si je fais cette taille. Je faisais du 42 jusqu'à ce qu'il arrive dans ma vie et commence à me cuisiner tous les soirs ses fameuses pappardelle alla Toscana aux quatre fromages sauce marsala. « Oh, ma chérie, allez, juste une bouchée, tu n'as jamais rien goûté de pareil. »

Tu parles !

Et ses rigatoni alla vodka ? Vodka, mon cul. C'est une sauce à la crème et personne ne pourra me faire croire le contraire.

Quant à ce surnom de Vénus de Botticelli, crois-moi, il y a de meilleures comparaisons.

Bon, et ce type au chien, qu'est-ce qu'il porte, en vrai ?

Nad : -/

Qu'est-ce que ça peut te faire, quels vêtements il porte ? Tu es fiancée.

Mais si tu insistes…

Voyons, il est allongé sur le lit, il est vêtu d'un jean et d'un t-shirt (désolée, pas moulant – tu as raison, je mentais pour voir si tu remarquerais). Il est encore devant son portable. Paco est tout à côté de lui. Paco a l'air tellement heureux, que c'en est écœurant, je dois dire. Ce chien n'a jamais eu l'air content quand j'étais là, moi. Peut-être…

Oh, c'est pas vrai ! Pas étonnant qu'il ait l'air aussi heureux ! Max lui donne du Pal – sur le lit ! Le chien met du Pal plein le couvre-lit en velours de la chambre d'amis de Mme Friedlander ! Il est fou, ce type ! Il ne sait pas que le velours doit être lavé à sec ?

C'est vraiment pathétique. Pathétique, Nadine. C'est vrai, je viens de m'en rendre compte. Je suis là, dans mon appartement, à raconter les activités de mon voisin à ma meilleure amie, qui est fiancée. Nadine, tu vas te marier ! Et moi je fais quoi ? Je suis en survêtement, chez moi, à écrire des mails à ma copine.

JE SUIS PATHÉTIQUE !! Je suis même pire, je suis…

OH LÀ LÀ ! C'EST PAS VRAI, Nadine ! Il m'a vue. Je ne plaisante pas. Il vient de me faire un signe de la main !!

Je suis mortifiée. Je vais mourir. Je vais…

Oh non, il ouvre la fenêtre. Il ouvre la fenêtre. Il me dit quelque chose.

Je t'envoie un mot plus tard.

Mel

À: Mel Fuller <melissa.fuller@thenyjournal.com>
De: Nadine Wilcock <nadine.wilcock@thenyjournal.com>
Objet: ÉCRIS-MOI!!

Si tu ne me renvoies pas un mail ce soir, je te jure que j'appelle les flics. Je me fous de ressembler à ta mère. Tu ne sais rien de ce type, sauf que sa folle de tante habite à côté de chez toi. Et qu'il a exposé un autoportrait nu au Whitney. D'ailleurs, toi et moi devrions aller y faire un tour mardi, pour voir ça.

ÉCRIS-MOI.

Sinon les p'tits gars du secteur 87 vont venir te rendre une petite visite.

Nad

À: Nadine Wilcock <nadine.wilcock@thenyjournal.com>
De: Tony Salerno <chef@fresche.com>
Objet: Arrête

Ça fait deux heures que j'essaie de te joindre, mais ton téléphone est occupé. Soit il est décroché parce que tu ne veux pas me parler, soit tu jacasses en ligne avec Mel, j'imagine. Si c'est la dernière explication, déconnecte-toi et appelle-moi au restaurant. Si c'est la première, arrête, tu pousses un peu, là.

Si tu es aussi flippée pour cette histoire de robe de mariée, prends un coach, fais quelque chose, c'est tout ce que j'ai dit. Non, c'est vrai, Nadine, tu me rends dingue avec cette connerie de taille 42. Qu'est-ce que ça peut BIEN FAIRE? Moi, je m'en fous. Je t'aime telle que tu es.

Et je me fiche pas mal que toutes tes sœurs aient porté la foutue robe de ta mère. Je déteste cette robe de toute façon. Elle est laide. Va t'en acheter une nouvelle, une qui te va telle que tu es MAINTENANT. Tu te sentiras mieux dedans et elle t'ira mieux, aussi. Ta mère comprendra et peu importe ce que tes sœurs en pensent. Qu'elles aillent se faire voir, d'ailleurs.

Je dois te laisser. La table n° 7 vient de me renvoyer son saumon parce qu'il n'était pas assez cuit. Tu vois ce que tu me fais faire ?

Tony

À: Tony Salerno <chef@fresche.com>
De: Nadine Wilcock <nadine.wilcock@thenyjournal.com>
Objet: Pardon…

Mais je n'apprécie pas ton comportement envers mes sœurs. Il se trouve que je les aime bien. Et si je disais que tes frères aillent se faire voir ? Ou ton oncle Giovanni ? Ça te plairait, ça, hein ?

C'est facile pour toi de parler. Tout ce que tu as à faire, c'est d'enfiler un smoking de location. Moi, en revanche, je dois être radieuse.

TU NE COMPRENDS DONC PAS ??
… C'est tellement facile d'être un homme.

Nad

À: Nadine Wilcock <nadine.wilcock@thenyjournal.com>
De: Mel Fuller <melissa.fuller@thenyjournal.com>
Objet: Rien de spécial

C'est juste qu'il ne savait pas comment faire fonctionner l'ouvre-boîte électrique de sa tante. Figure-toi qu'il a acheté du thon pour tenter de faire sortir Mr Peepers de sous le lit. Bien sûr, ça n'a pas marché. Je lui ai suggéré de prendre du thon au naturel plutôt qu'à l'huile, la prochaine fois. Je ne suis pas sûre que les chats aiment tellement l'huile.

Enfin, puisque j'étais là, il m'a demandé quel était le meilleur endroit pour commander du chinois dans les environs. Je le lui ai indiqué, puis il a demandé si j'avais dîné et comme j'ai répondu non, il m'a proposé de commander avec lui, alors j'ai accepté et nous avons pris des travers de porc au barbecue, des nouilles froides au sésame, du porc sauté et du poulet aux brocolis.

Je sais ce que tu vas dire mais non, ce n'était pas un rendez-vous, Nadine. C'est vrai, c'était juste du chinois ! Dans la cuisine de sa tante. Avec Paco à nos pieds, qui attendait que l'un d'entre nous fasse tomber quelque chose pour l'engloutir.

Non, il n'a rien tenté. Je veux parler de Max, pas de Paco. Pourtant, je ne sais pas comment il a pu résister, je devais pourtant être sublime dans mon super survêt du samedi soir.

En fait, Dolly doit sûrement se tromper à propos de Max. Ce n'est pas un homme à femmes. Nous avons passé une soirée très sympa, décontractée. Il se trouve que nous avons beaucoup en commun. Il aime les romans policiers, comme moi, et nous avons évoqué nos polars préférés. Il est très éduqué, pour un photographe. Je veux dire, comparé à certains des gars du département artistique du journal. Tu imagines Larry discutant d'un air entendu d'Edgar Allan Poe ? Pas moi.

Oh, mon Dieu ! Une atroce pensée vient de me traverser l'esprit : et si tout ce que dit Dolly sur Max était vrai, s'il était vraiment un don juan ? S'il ne m'a pas fait d'avances, ça voudrait dire quoi ?

Ça ne peut vouloir dire qu'une chose !
Oh non, je suis laide !

Mel

À: Mel Fuller <melissa.fuller@thenyjournal.com>
De: Nadine Wilcock <nadine.wilcock@thenyjournal.com>
Objet: Prends un Aspro

S'il te plaît. Tu n'es pas laide. Je suis sûre que tout ce que Dolly a raconté sur Max Friedlander n'est pas vrai. Attends, c'est DOLLY, dont on parle, là. Avant, elle était responsable de TA rubrique. Sauf que, contrairement à toi, elle n'avait pas vraiment de scrupules pour remplir sa colonne. Par exemple, je doute fort qu'elle ait été moralement scandalisée par ce que Matt Damon a fait à Winona.

Je suis sûre que Max est un type très bien, exactement comme tu le dis.

Nad : -)

À: Dolly Vargas <dolly.vargas@thenyjournal.com>
De: Nadine Wilcock <nadine.wilcock@thenyjournal.com>
Objet: Max Friedlander

Allez. Balance. C'est quoi l'histoire avec ce type ? Parce qu'il vient d'emménager sur le même palier que Mel et elle est clairement sous le charme, bien qu'elle prétende le contraire. Est-il aussi affreux que tu le dis ou est-ce que tu exagères, comme toujours ?

Et souviens-toi : je suis la critique gastronomique en chef dans ce journal. En un coup de fil, je peux te faire interdire l'entrée chez Nobu. Alors n'essaie pas de m'en-tuber, Dolly.

Nad

À : jerryisalive@freemail.com
De : Jason Trent <jason.trent@trentcapital.com>
Objet : Alors ?

Tu ne me causes plus, c'est ça ? Je t'ai seulement dit au téléphone que ton absence de compréhension des femmes était aussi abyssale que le Grand Canyon. Pour-quoi tu deviens aussi susceptible, tout à coup ?

Jason

P.S. : Stacy veut savoir si tu as déjà invité la petite rousse.

À : Jason Trent <jason.trent@trentcapital.com>
De : jerryisalive@freemail.com
Objet : Alors ?

Je ne joue pas les susceptibles. Qu'attends-tu de moi ? Tout le monde n'a pas une secrétaire personnelle, un chauffeur, une fille au pair, une femme de ménage, un jar-dinier, une équipe de maintenance pour la piscine, un moniteur de tennis, un nutritionniste, ni un travail offert par son grand-père sur un plateau d'argent, tu sais ? Je suis occupé, d'accord ? C'est vrai, quoi, j'ai un travail à plein temps et un danois à promener quatre fois par jour.

John

P.S. : Dis à Stacy que j'y travaille.

À : jerryisalive@freemail.com
De: Jason Trent <jason.trent@trentcapital.com>
Objet : Tu devrais consulter

Écoute, espèce de timbré psychotique : d'où vient toute cette agressivité ? Toi aussi, tu aurais pu avoir un boulot au bureau de ton grand-père si tu l'avais voulu. Idem pour la secrétaire personnelle. Je ne suis pas sûr pour l'équipe de maintenance pour la piscine puisque, vivant à New York même, tu n'en as pas. Mais tu aurais facilement pu avoir tout ce que j'ai, si tu avais abandonné cette quête ridicule visant à prouver que tu peux te débrouiller sans l'argent de Mim.

Il y a bien une chose dont tu as besoin et que tu n'as pas, c'est un psychiatre, mon vieux, parce que tu sembles oublier que tu n'es pas obligé de promener cet imbécile de chien quatre fois par jour. Pourquoi ? Parce que tu n'es pas Max Friedlander. Compris ?

TU N'ES PAS MAX FRIEDLANDER, quoi que tu racontes à cette pauvre fille.

Ressaisis-toi.

Jason

P.S. : Mim veut savoir si tu vas à l'inauguration de la nouvelle aile dont nous avons doté l'institut Sloan-Kettering. Si oui, elle demande que tu portes une cravate, pour une fois.

C'est moi. Max Friedlander, je veux dire. C'est moi jerryisalive@freemail.com. C'est en référence à Jerry

Garcia. Il était le chanteur de Grateful Dead. Au cas où tu ne connaîtrais pas.

Comment vas-tu ? J'espère que tu n'as pas mangé les restes de nouilles au sésame d'hier. Ma part s'est figée dans la nuit, on aurait dit une sorte de plâtre.

Je crois que le pressing s'est trompé, il a livré une partie de ton linge chez ma tante. Enfin, je ne pense pas que ma tante possède un chemisier imprimé léopard de chez Banana Republic – ou du moins, si c'est le cas, elle n'a pas eu la chance de pouvoir le porter récemment – donc j'imagine que c'est à toi, non ? On pourrait se voir plus tard, pour un échange de linge.

Oh, et j'ai vu que le Film Forum projette une copie remasterisée de *L'Ombre d'un doute* demain soir. Je crois me souvenir que c'est ton Hitchcock préféré. On pourrait se faire la séance de 19 heures, si tu n'as rien d'autre de prévu, et ensuite aller manger un morceau quelque part – pas dans un chinois si possible. Dis-moi.

Max Friedlander

P.S. : Je voulais te dire, mes amis m'appellent John. C'est un truc de la fac qui m'est resté.

À : jerryisalive@freemail.com
De : Mel Fuller <melissa.fuller@thenyjournal.com>
Objet : Salut à toi aussi

Pas de problème. La séance de 19 heures, c'est parfait. On pourrait aller au Brothers Barbecue, après. C'est dans la rue du Film Forum.

Merci d'avoir récupéré mon linge. Ralph mélange toujours 15A et B. J'ai régulièrement d'énormes sacs de Friskies livrés devant ma porte. Je passerai vers

21 heures pour récupérer ma chemise, si ce n'est pas trop tard. Je dois assister à une soirée après le travail – un vernissage que je dois couvrir pour ma chronique. C'est un type qui fait des sculptures en vaseline. Ce n'est pas une blague. Il a même des acheteurs.

À plus,

Mel

P.S. : John, c'est bizarre, comme surnom, non ?
P.P.S. : Tu seras peut-être surpris d'apprendre que je connais Jerry Garcia. Je l'ai même vu en concert, un jour.

À : Nadine Wilcock <nadine.wilcock@thenyjournal.com>
De : Mel Fuller <melissa.fuller@thenyjournal.com>
Objet : OHLALA

IL M'A INVITÉE !!
Enfin, genre. Juste une sortie cinéma, mais ça compte, non ?
Tiens, je te renvoie mon message de réponse et dis-moi si ça te paraît trop empressé.

Mel

À : Nadine Wilcock <nadine.wilcock@thenyjournal.com>
De : Dolly Vargas <dolly.vargas@thenyjournal.com>
Objet : Max Friedlander

C'est clair, je vois ce que tu veux dire. Je n'avais pas vu Mel aussi excitée depuis le jour où elle a appris qu'il y avait un double épisode de *La Petite Maison dans la prairie* « 10 ans après ». (Tu te souviens de cette pauvre

Mary, l'aveugle ? Quelle nunuche. Je ne pouvais pas la supporter.)

Dieu merci, Aaron est en mission au Botswana, il n'est pas obligé de subir les couinements ravis qui s'échappent du bureau de Mel. Il est toujours pathétiquement attaché à cette fille. Pourquoi Mel préfère-t-elle laisser tomber ses approches en cours avec Aaron pour une épave telle que Max ? Franchement, ça me dépasse. Au moins, Aaron a un potentiel. J'ai connu beaucoup de femmes qui ont essayé de changer Max, en vain.

En d'autres termes, Nadine, crains le pire, crois-moi, crains-le. Max est exactement le genre d'homme contre lequel nos mères nous ont prévenues (enfin, la mienne m'aurait avertie contre des garçons comme Max si elle avait été un tant soit peu à la maison).

Son *modus operandi* : passionné, jusqu'à ce qu'il couche avec la fille, puis commence à reculer. À ce moment-là, la demoiselle est en général follement éprise de lui et ne parvient pas à comprendre pourquoi Max, si attentionné jusqu'alors, cesse d'appeler. Il s'ensuit une série de scènes pathétiques, durant lesquelles des exclamations telles que « Pourquoi tu n'as pas appelé ? » et « Qui était cette femme avec qui je t'ai vu l'autre soir ? » obtiennent des réponses comme « Arrête, tu m'étouffes » et « Je ne suis pas prêt à m'engager ». Des variations sur ce thème comprennent : « On ne pourrait pas prendre les choses comme elles viennent ? » et « Je t'appelle vendredi. Je le jure ».

Tu comprends mieux ?

Oh, et je t'ai parlé de la fois où, pendant une séance photo de *Sports Illustrated*, Max a forcé tous les mannequins, en maillot de bain, à se passer de la glace sur les tétons parce qu'ils ne pointaient pas assez ?

Mon chou, il va manger notre petite Mel toute crue puis la recracher.

Tu ne pensais pas ce que tu as dit à propos de Nobu, hein ?

Bisous bisous

Dolly

À : Nadine Wilcock <nadine.wilcock@thenyjournal.com>
De : Mel Fuller <melissa.fuller@thenyjournal.com>
Objet : Bon, je mets quoi ?

C'est vrai, la dernière fois que je l'ai vu, j'étais en jogging, alors je veux vraiment assurer. Viens déjeuner avec moi, pour m'aider à choisir quelque chose. Je pensais à cette robe-combinaison que j'ai vue chez Bebe. Tu crois que ça fait un peu trop salope, pour un premier rendez-vous ?

Mel

À : Mel Fuller <melissa.fuller@thenyjournal.com>
De : Nadine Wilcock <nadine.wilcock@thenyjournal.com>
Objet : Il faut qu'on parle

Retrouve-moi aux toilettes dans cinq minutes.

Nad

À : Mel Fuller <melissa.fuller@thenyjournal.com>
Cc : Nadine Wilcock <nadine.wilcock@thenyjournal.com>;
Dolly Vargas <dolly.vargas@thenyjournal.com>
De : George Sanchez <george.sanchez@thenyjournal.com>
Objet : Plus personne ne travaille ici ?

Où êtes-vous toutes passées ? Vous a-t-il traversé l'esprit qu'on a un journal à sortir ?

Dolly, où est ce papier sur lequel tu travaillais, sur les talons aiguilles, « tueurs silencieux » ?

Nadine, j'attends toujours ta critique du nouveau restau de Bobby Flay.

Mel, as-tu assisté à la première du nouveau film de Billy Bob Thornton hier soir, oui ou non ? Je m'attendais au moins à une diatribe de ta part sur sa goujaterie d'avoir largué la blonde de *Jurassic Park* pour cette fille horrible qui en pince pour son frère.

Si je ne vois pas vos culs posés sur des chaises très vite, vous n'aurez pas de gâteau au pot de naissance du bébé de Stella.

Et cette fois, je suis sérieux.

George

À : Jason Trent <jason.trent@trentcapital.com>
De : John Trent <john.trent@thenychronicle.com>
Objet : Moi ? Agressif ?

Regarde-toi un peu dans la glace, Jase. Tu ne perds pas tes cheveux prématurément à cause de tes gènes, vieux. Je suis quasiment ton double génétique et, sans me vanter, j'ai encore tous mes cheveux. Toi, c'est un max d'agressivité refoulée qui tue tes follicules. Et, si tu veux mon avis, elle est exclusivement dirigée contre Mim. Tu ne dois t'en prendre qu'à toi-même si tu l'as laissée régenter ta vie. Tu vois, moi, je m'en suis libéré, et devine ? Pas le moindre cheveu sur mon oreiller le matin, au réveil.

Mais je veux bien laisser de côté ton grave manque d'assurance personnelle pour l'instant et t'informe que je ne pourrai pas assister à l'inauguration demain soir, car j'ai d'autres projets.

Je ne m'étendrai pas sur ce sujet, par crainte de redoublement de courroux fraternel.

Ça me plaît, ça, « redoublement de courroux fraternel ». Je m'en servirai peut-être dans mon roman.

Fraternellement, ton frère fidèle,

John

À : Nadine Wilcock <nadine.wilcock@thenyjournal.com>
Cc : Dolly Vargas <dolly.vargas@thenyjournal.com>
De : Mel Fuller <melissa.fuller@thenyjournal.com>
Objet : On se détend

Il faut vous calmer, toutes les deux. Je sors avec ce type, c'est tout, compris ? Je ne saute pas dans son lit. Comme Aaron peut en témoigner, je ne saute dans le lit de personne aussi facilement, d'accord ? Vous en faites des tonnes. D'abord, Dolly, je ne crois pas à ton histoire de tétons. Et Nadine, je ne suis pas cette épave émotionnelle et fragile que tu imagines. C'est vrai, je m'inquiète pour Winona Ryder, mais ça ne m'empêche pas de dormir. Idem pour Laura Dern.

Je suis assez grande pour m'occuper de moi.

En plus, on va juste au cinéma, merde.

Mais merci de vous inquiéter.

Mel

Non mais attends, c'était quoi, ça? J'ai interrompu quelque chose? J'ai failli avoir une crise cardiaque quand je suis entrée aux toilettes et que je t'ai vue, TOI, avec Dolly. Je n'arrêtais pas de chercher le stagiaire, je l'imaginais planqué dans l'une des cabines avec une boîte de capotes et de l'huile de massage comestible, croyant qu'elle était là par erreur.

Nadine, je me fous de ce que Dolly pense de Max Friedlander. Il n'est pas du tout comme ça. Peut-être par le passé, mais il a changé. Attends, je suis bien placée pour le savoir, quand même. J'ai passé du temps avec ce type. Je l'ai vu avec Paco et surtout avec Mr Peepers (bon, d'accord, je le reconnais, je l'ai espionné par la fenêtre. Je n'en suis pas fière, mais c'est la vérité). Mr Peepers déteste tout le monde, mais il commence vraiment à apprécier Max. Je sais qu'on ne peut pas juger quelqu'un sur ses relations avec les animaux, mais je pense que ça en dit long sur Max, le fait qu'il ait passé assez de temps à apprivoiser ceux de sa tante au point qu'un chat aussi méfiant et, de manière générale, aussi sauvage que Mr Peepers commence à l'apprécier.

Vu?

Bon, d'accord, mon sixième sens s'est peut-être un peu émoussé, surtout si on pense qu'Aaron se tapait Barbara Bellerieve dans mon dos, sans que je m'en sois doutée un instant, mais je ne pense vraiment pas que Max veuille juste coucher avec moi. Parce que si ce que dit Dolly est vrai, Max Friedlander peut avoir n'importe qui. Alors pourquoi moi? Et je ne joue pas à la fille modeste, là. C'est vrai, pourquoi un type comme lui courrait-il après une rousse, courte sur pattes, qui s'occupe des pages people alors qu'il pourrait avoir... je sais pas, Cindy

Crawford, si elle n'était pas heureuse en ménage avec ce mec qui possède le Skybar, ou bien la princesse Stéphanie de Monaco, ou quelqu'un dans le genre ?

C'est vrai, sérieusement, réfléchis-y, Nadine.

C'est tout. Je ne suis pas en colère, ni rien. Juste blessée, disons. C'est vrai, je ne suis pas un bébé.

Mel

P.S. : Pour te rattraper, tu peux venir chez Nine West avec moi pour m'aider à choisir de nouvelles chaussures qui iront avec ma nouvelle robe.

À : Mel Fuller <melissa.fuller@thenyjournal.com>
De : Nadine Wilcock <nadine.wilcock@thenyjournal.com>
Objet : Bien. Sors avec lui. Comme si ça m'intéressait.

Mais je veux un rapport complet à la minute où tu rentres. Compris ?

Et je te préviens, Mel, si ce type te brise le cœur et que tu es déprimée pour mon mariage, je vous tuerai tous les deux de mes propres mains.

Nad : - [

À : John Trent <john.trent@thenychronicle.com>
De : Jason Trent <jason.trent@trentcapital.com>
Objet : Quel roman ?

Parce que maintenant, tu écris ? Tu t'es libéré des chaînes de la fortune familiale, tu mènes une double vie, tu tentes de résoudre le mystère de l'agression de la vieille dame et en plus, tu es écrivain ?

Tu te prends pour qui ? Bruce Wayne ?

Jason

En fait, je ne crois pas que Bruce Wayne ait écrit le moindre roman, ni qu'il se soit libéré des chaînes de sa fortune familiale. Il s'est même plutôt copieusement servi de son argent, je crois, dans ses efforts pour lutter contre le crime. Même si, bien sûr, il a effectivement vécu une double vie.

Quant au mystère de l'agression de la vieille dame, Bruce aurait sûrement fait mieux que moi pour l'instant. C'est juste que je n'arrive pas à comprendre pourquoi quelqu'un tenterait d'assommer une vieille dame sans défense ? La seule explication qu'a trouvée la police est un cambriolage interrompu – mais comment ? Et par qui ?

Mel a mentionné que le concierge confond souvent son appartement, le 15B, avec celui de Mme Friedlander, le 15A. Ce qui me fait penser à ce que me disait un copain flic : cela ressemble au processus du tueur travesti, sauf que la vieille dame ne correspond pas au profil des victimes. Je me demande s'il ne se serait pas trompé d'appartement… si Mme Friedlander n'était pas du tout la victime prévue. En se rendant compte de son erreur, il aurait essayé de faire comme d'habitude, sans pouvoir arriver au bout, et il serait parti sans finir le boulot.

Je ne sais pas. Je réfléchis, c'est tout. J'ai interrogé les gardiens de l'immeuble et aucun ne se souvient avoir envoyé quelqu'un au quinzième étage ce soir-là – il y en a quand même un qui m'a demandé si je m'étais fait couper les cheveux. Apparemment, il avait déjà vu Max et, tout en identifiant que je n'étais pas tout à fait l'original, il n'arrivait pas à savoir précisément ce qui avait changé dans mon apparence. Quand on pense qu'on fait confiance à notre sécurité. Effrayant, non ?

Bref, si tu es gentil, je t'enverrai les premiers chapitres de mon opus. Ça parle d'un groupe de gens qui n'ont aucune valeur – un peu comme les amis de Mim. Ça va te plaire.

Oh là là ! Je file. Je dois être au Film Forum dans un quart d'heure.

John

À : John Trent <john.trent@thenychronicle.com>
De : Jason Trent <jason.trent@trentcapital.com>
Objet : Tu es pas croyable

Au Film Forum ? C'est ça, ton excuse pour ne pas aller à l'inauguration ? Tu vas au *cinéma* ?

Ça a un rapport avec la petite rousse, je parie ?

Jason

À : Nadine Wilcock <nadine.wilcock@thenyjournal.com>
De : Mel Fuller <melissa.fuller@thenyjournal.com>
Objet : Compte rendu de rencard

18 heures

Je commence à me préparer. J'enfile la sublime petite robe bleue que tu m'as aidée à choisir. Je remarque qu'elle est un petit peu trop sublime pour un ciné suivi d'un dîner. J'ajoute un sweat-shirt en coton. Ma mère serait ravie. Souviens-toi de ce qu'elle dit toujours : tu sais comme il peut faire froid au cinéma, l'été.

Une demi-heure d'entraînement de marche avec mes nouvelles mules compensées. Je me tords la cheville deux fois seulement. Je ne peux pas être plus prête.

18 h 30

Départ. Direction : centre-ville. Consciente d'être jolie, puisque je me fais peloter sur la ligne 1 entre Times Square et Penn Station. Coup de coude dans le ventre du peloteur. Salve d'applaudissements de mes covoyageurs debout. Peloteur descend, l'air honteux.

19 heures

Arrivée devant le ciné. Énorme file d'attente ! Cherche nerveusement John dans la queue (je t'ai dit que Max m'a demandé de l'appeler John ? C'est un surnom qui date de la fac). Finalement, je le repère, au bout, tickets déjà en main. Mon plan de partage des frais (faisant de cette soirée une sortie entre amis et non un rencard, ainsi que tu me l'avais suggéré) est instantanément anéanti ! Je me ressaisis en l'informant que j'achèterai le pop-corn et les sodas. Tu seras ravie d'apprendre que John a eu la bonté d'accepter cette idée.

19 heures – 19 h 20

Dans la queue, bavardage sur le thème du trou dans la chaussée sur la 79ᵉ Rue. Tu sais que j'adore les catastrophes naturelles. Eh bien, John aussi ! Cela nous a conduits à une longue conversation sur nos catastrophes naturelles préférées.

19 h 21

La queue avance, John va nous réserver deux places. J'achète le pop-corn et les sodas. Avec consternation, je me rends compte que j'ai oublié de lui dire de me prendre un siège sur l'allée, rapport à ma vessie ridiculement petite.

Mais j'entre dans la salle et c'est exactement ce qu'il

a fait – il m'a gardé le siège qui donne sur l'allée! Attends, avoue, Nadine, Tony t'a déjà réservé la place du bout? Non, jamais, et tu le sais.

19 h 30 – 21 h 30

On regarde le film en mangeant du pop-corn. Je remarque que John peut mâcher et respirer par le nez en même temps – c'est un progrès notable par rapport à Aaron, qui avait un problème avec ça, tu t'en souviens sûrement. Je me demande si Dolly a déjà remarqué.

Et puis, John ne surveille pas sa montre pendant le film. Ça, c'était un des trucs les plus énervants chez Aaron. Je remarque d'ailleurs que John ne porte même pas de montre. Progrès radical par rapport à Aaron, qui non seulement en portait une, mais y jetait un coup d'œil toutes les 20 minutes.

21 h 30 – 22 heures

Direction Brothers Barbecue avant de découvrir que, comme la plupart des petits restos populaires de Manhattan, il est envahi de touristes. Il y a deux heures d'attente pour une table. Je suggère d'aller prendre une pizza chez Joe, qui sert les meilleures de la ville. Sur le chemin, John me raconte une anecdote amusante sur son frère et un pèlerinage arrosé chez Joe, au milieu de la nuit. Je dis que j'ignorais qu'il avait un frère, à quoi il répond qu'il pensait à un frère de sa fraternité, à l'université. Ça me chagrine : je ne sais pas si je t'ai déjà raconté qu'après un incident particulièrement embarrassant, à la fac, impliquant un mec de Delta Upsilon et une chaussette, j'avais fait vœu de ne plus jamais sortir avec un membre de fraternité universitaire.

Puis je me suis souvenue qu'il ne s'agissait pas d'un

rencard, mais bien d'une sortie amicale, comme tu l'as suggéré, et je me suis détendue.

22 h 30 – Minuit

Pizza consommée debout parce qu'il ne restait aucune place assise. En mangeant, je relate une anecdote amusante sur la fois où j'ai croisé Gwyneth Paltrow chez Joe, et où elle avait commandé une pizza aux légumes avec de la sauce mais sans fromage ! Ce qui nous mène à une discussion sur mon boulot et ma très forte envie d'écrire des articles de fond. Il s'avère que John a déjà lu la page 10 et admire mon style vif et incisif ! Ce sont ses propres mots ! Vif ! Et incisif !

C'est tout moi, ça, vive et incisive, non ?

Et là, j'ai tenté de le faire parler de son travail, à lui. Je pensais pouvoir faire subtilement éclater la vérité concernant cette histoire de tétons.

Mais il a refusé de parler de lui ! Il voulait seulement savoir où j'étais allée à l'université, des trucs comme ça. Il n'arrêtait pas de me poser des questions sur Lansing. Comme si ça pouvait avoir un intérêt ! Même si j'ai fait de mon mieux pour agrémenter le tout. Je lui ai raconté la fois où les Hell's Angels sont venus en ville et, bien sûr, celle où la tornade s'est abattue sur la cantine du collège (malheureusement, pendant l'été, ce qui ne nous avait donc même pas empêchés d'aller à l'école).

Finalement, je commençais à m'essouffler, alors j'ai suggéré que nous rentrions à la maison. Mais sur le chemin du métro, nous sommes passés devant un bar où il y avait un concert de blues ! Tu sais que je ne peux pas résister au blues. Je ne sais pas s'il a vu mon air mélancolique, ou quoi, mais il a lancé : « Allons voir. »

Quand je me suis aperçue que l'entrée était à 15 dollars, avec un minimum de deux boissons, j'ai dit : « non, on n'est pas obligés», mais il a proposé de payer les boissons si je me chargeais de l'entrée. J'ai trouvé ça très convenable, parce que tu sais, dans ces endroits, la bière coûte déjà 10 dollars. Bref, nous sommes entrés, j'ai repris des forces et je me suis bien amusée, j'ai bu de la bière, mangé des cacahuètes en jetant les épluchures par terre. L'orchestre a fait une pause, là nous nous sommes rendu compte qu'il était minuit et, tous les deux, nous nous sommes écriés : « Oh non ! Paco ! »

Nous sommes rentrés à la maison à toute vitesse – nous avons partagé un taxi, cher, mais à cette heure-là, ça va quand même plus vite que le métro – et sommes arrivés avant tout accident ou grave crise d'aboiements. Je lui ai souhaité une bonne nuit en sortant de l'ascenseur et il a proposé que nous remettions ça un de ces jours, j'ai répondu que j'aimerais beaucoup, qu'il savait comment me joindre. Je suis rentrée chez moi, j'ai pris une douche pour enlever l'odeur de fumée de mes cheveux et j'ai passé un coup de Febreze sur ma nouvelle robe.

Tu remarqueras qu'aucune avance n'a été tentée (par aucune des parties) et que toute cette soirée s'est déroulée de manière très amicale, correcte et adulte.

Et maintenant, j'espère que tu as honte de toi pour toutes les méchancetés que tu pensais de lui, parce qu'en fait il est adorable, très drôle et il portait le jean le plus joli que j'aie jamais vu, pas trop serré et pas trop large non plus, avec des parties déteintes très intéressantes, et puis il avait les manches remontées juste en dessous du coude et…

Oh-oh, voilà George. Il va me tuer, je ne lui ai toujours pas rendu la chronique de demain. Faut que je te laisse.

Mel

```
À: Nadine Wilcock <nadine.wilcock@thenyjournal.com>
De: Mel Fuller <melissa.fuller@thenyjournal.com>
Objet: Attends voir…
```

Pourquoi n'a-t-il pas tenté de me faire des avances ?
Oh non ! Je dois vraiment être trop moche !

Mel

```
À: Jason Trent <jason.trent@trentcapital.com>
De: John Trent <john.trent@thenychronicle.com>
Objet: Ça a un rapport avec la petite rousse, je parie ?
```

Évidemment.

John

```
À: Mel Fuller <melissa.fuller@thenyjournal.com>
De: Nadine Wilcock <nadine.wilcock@thenyjournal.com>
Objet: Vas-y, fais-moi un procès
```

D'accord. Pour commencer, tu n'es pas « trop moche ».
Où vas-tu chercher des idées pareilles ?

Ensuite, je veux bien admettre mes erreurs donc voilà,
je le reconnais : je me suis trompée au sujet de ce type.

Du moins jusqu'à maintenant.

Je trouve tout de même un peu étrange qu'il veuille
se faire appeler John. C'est pas un surnom, ça. Je vais te
dire, c'est un prénom, pas un surnom.

Enfin : tu as raison. Tu n'es pas un bébé. Tu es assez
grande pour prendre tes décisions. Tu as envie d'aller écouter du blues en mangeant des cacahuètes et en parlant
catastrophes naturelles avec lui ? Vas-y, te gêne pas. Ce n'est
pas moi qui vais t'en empêcher. Ça ne me regarde pas.

Nad

---

c'est quoi ton problème ? Depuis quand ce que je fais
ne te concerne pas ? On se connaît depuis 5 ans et tu as
toujours fourré ton nez dans ma vie privée – et vice
versa. Alors c'est quoi ces conneries de «ça ne me
regarde pas» ?

Se passerait-il quelque chose dont tu ne veux pas me
parler ? Tony et toi, vous vous êtes réconciliés, hein ?
Après cette dispute à propos de ce qu'il a dit chez son
oncle Giovanni. Hein ?

Alors ?

Nadine, Tony et toi, vous ne pouvez pas rompre. Vous
êtes le seul couple que je connais qui semble vraiment
heureux ensemble.

Sans compter James Brolin et Barbra Streisand.

Mel

---

nous nous sommes réconciliés. Ça n'a rien à voir avec
lui. Enfin, pas directement. C'est juste que… (et je ne
veux pas avoir l'impression de m'apitoyer ou de pleurnicher sur mon sort)… mais en fait, Mel, je suis tellement…

GROSSE !!

Je suis tellement grosse et je n'arrive pas à perdre de
poids. J'en ai marre de bouffer des galettes de riz soufflé alors que Tony rapporte à la maison tout le reste de
pain du restaurant et nous fait des tartines beurre-confi-
ture tous les matins…

J'aime Tony, c'est vrai, mais l'idée de me lever devant toute sa famille avec un cul de cette taille me donne envie de gerber. Je suis sérieuse.

Si seulement on pouvait s'enfuir tous les deux…

Nad : - (

À : Nadine Wilcock <nadine.wilcock@thenyjournal.com>
De : Mel Fuller <melissa.fuller@thenyjournal.com>
Objet : Non !

Vous ne pouvez pas vous enfuir ! Sinon, que ferais-je de cette malheureuse robe couleur aubergine que tu m'as fait acheter pour être demoiselle d'honneur ?

Bon, très bien, Nadine. C'est toi qui m'obliges à faire ça. Mais je veux que tu te souviennes d'une chose : c'est pour ton bien.

Mel

À : Mel Fuller <melissa.fuller@thenyjournal.com>
De : Nadine Wilcock <nadine.wilcock@thenyjournal.com>
Objet : À faire quoi ?

Mel, qu'est-ce que tu fais ? Tu m'inquiètes. Je déteste quand tu dis des trucs comme ça.

Et je croyais qu'elle te plaisait, la robe des demoiselles d'honneur.

Mel ? ? ?
MEL ? ? ?

Nad

À: Amy Jenkins <amy.jenkins@thenyjournal.com>
Cc: Nadine Wilcock <nadine.wilcock@thenyjournal.com>
De: Mel Fuller <melissa.fuller@thenyjournal.com>
Objet: Programme de perte de poids

Chère Madame Jenkins,

Puisque vous, en bas, au département des ressources humaines, êtes tellement prévenants à l'égard des journalistes surmenés que nous sommes, ici, en salle de rédaction, je me demandais si vous pouviez nous tenir au courant de toute réduction offerte par le *New York Journal* pour l'adhésion à l'un des clubs de sport alentour.

Merci de me répondre dès que possible.

Melissa Fuller
Chroniqueuse en page 10
New York Journal

À: Mel Fuller <melissa.fuller@thenyjournal.com>
De: Nadine Wilcock <nadine.wilcock@thenyjournal.com>
Objet: Tu as perdu la tête ou quoi?

Non mais ça va pas, non???
Je ne vais pas m'inscrire dans un club de gym! Je suis déprimée, pas suicidaire!
Je vais te tuer...

Nad

À: jerryisalive@freemail.com
De: Mel Fuller <melissa.fuller@thenyjournal.com>
Objet: En parlant de catastrophe

Hé, tu as regardé la chaîne météo ce matin? Grosse dépression tropicale sur les Bahamas. Je crois qu'on peut s'attendre à ce qu'elle se transforme en tempête à tout moment.

Croise les doigts.

Mel

P.S. : La prochaine fois que tu vas voir ta tante, dis-le-moi, j'irai avec toi. Il paraît que les gens dans le coma arrivent à reconnaître les voix, je pourrais peut-être essayer de lui parler, étant donné que je discutais avec elle presque tous les jours…

À : John Trent <john.trent@thenychronicle.com>
De : Max Friedlander <photoguy@stopthepresses.com>
Objet : Moi

Salut ! Comment va ? Ça fait un bail, hein ? Je voulais juste savoir comment ça se passe. Comment va ma tante ? La vieille peau n'a pas encore clamsé ?

Je rigole. Ne sachant pas à quel point tu prends tout ça à cœur, je préfère m'abstenir de tout humour sur le thème des vieilles qui rendent l'âme.

En plus, je l'aime beaucoup, cette mégère. C'est vrai.

Enfin, ici à Key West, tout baigne. Et c'est à prendre au pied de la lettre. Viv et moi avons trouvé une plage nudiste l'autre jour et tout ce que je peux dire, John, c'est que tant qu'on n'a pas nagé à poil avec un top model, jambes arquées, on ne connaît rien à la vie.

Pendant qu'elle est partie se faire son épilation maillot en ville (pour ces occasions où nous nous voyons contraints de nous vêtir, autour de la piscine de l'hôtel, par exemple), je voulais voir comment les choses se passent de ton côté, vieux. Tu sais, tu me tires d'un sacré pétrin et je veux que tu saches que j'apprécie vraiment.

D'ailleurs, j'apprécie tellement que je vais te donner quelques conseils. Des conseils sur les femmes, en fait, puisque je sais comment tu es avec elles. Tu ne devrais pas te montrer aussi distant. Tu n'es vraiment pas mal, physiquement. Et maintenant que, j'ose espérer, tu t'habilles avec un peu plus de classe, grâce à mes recommandations, j'imagine que tu as un peu plus d'occasions de conclure. Il est donc temps, je pense, de passer au Guide complet de la Femme par Max Friedlander.

Il y a sept types de femmes. Compris ? Sept. Pas plus. Pas moins. C'est tout. Ce sont les suivants :

1. aviaire
2. bovin
3. canin
4. caprin
5. équin
6. félin
7. porcin

Cela dit, une combinaison de certains traits est possible. Par exemple, une jeune femme très porcine – hédoniste, gourmande, etc. – peut également être un peu aviaire – rien dans le crâne, un peu écervelée, peut-être. Je dirais que la combinaison parfaite est celle de Vivica : féline – sexy et indépendante – tout en étant équine – altière, quoique poétique.

Ce qu'il faut éviter, ce sont les canines – excessivement dépendantes – ou les bovines – je n'ai pas besoin d'en rajouter. Je fuirais aussi les caprines – joueuses et tout ça.

Voilà, c'est tout pour aujourd'hui. J'espère que ta leçon t'a plu – et que c'était clair. Je suis carrément bourré, là, en fait.

Max

À: Max Friedlander <photoguy@stopthepresses.com>
De: John Trent <john.trent@thenychronicle.com>
Objet: Toi

S'il te plaît, ne m'écris plus.

Je promènerai le chien de ta tante et nourrirai ses chats. Je me ferai passer pour toi.

Mais je te demande de ne plus correspondre avec moi. La lecture de tes divagations pathétiques sur un sujet que tu ne comprendras véritablement jamais, c'est trop m'en demander en ce moment.

John

À: jerryisalive@freemail.com
De: Jason Trent <jason.trent@trentcapital.com>
Objet: La petite rousse

Salut John, c'est moi, Stacy. Jason refuse de poser la question, alors je vais le faire:

Comment ça se passe? Je veux dire, avec cette fille. Et puis toi qui fais semblant d'être Max Friedlander, et tout ça?

Raconte!

Bisous,

Stacy

P.S.: Tu nous as manqué à l'inauguration. Tu aurais dû venir. Ta grand-mère était très blessée, les filles aussi. Elles n'arrêtent pas de me tanner pour savoir si tu reviendras nous voir un jour.

Alors?

À: Jason Trent <jason.trent@trentcapital.com>
De: jerryisalive@freemail.com
Objet: Comment ça se passe?

Tu me demandes comment ça se passe, Stacy?

Eh bien, je vais te dire : ça se passe mal, merci.

Voilà. Terrible. Rien ne va.

Rien ne devrait aller mal, bien sûr. Tout devrait être merveilleux. J'ai fait la rencontre de cette fille *absolument* géniale. Et je pèse mes mots, Stacy, elle est *absolument* géniale : elle aime les tornades et le blues, la bière et tout ce qui a un rapport avec les tueurs en série. Elle dévore les potins de stars avec autant d'enthousiasme qu'elle attaque un plat de canard laqué, elle porte des chaussures à talons bien trop hauts, mais avec lesquelles elle est sublime – tout en parvenant à être aussi sublime en Converse et en survêt.

Et en plus, elle est sympa. Je veux dire véritablement, sincèrement, authentiquement gentille. Dans une ville où personne ne connaît ses voisins, non seulement elle connaît les siens, mais en plus elle *s'inquiète* pour eux. Et elle vit à *Manhattan*. Manhattan, où les gens ont pour habitude de passer par-dessus les SDF pour atteindre leur restaurant préféré. Mel, c'est comme si elle n'avait jamais quitté Lansing, dans l'Illinois, 13 000 habitants. Broadway, c'est la grand-rue, pour elle.

Écoute un peu : l'autre soir, nous sommes sortis au ciné et elle ne voulait pas que je paye sa place. Oui, tu as bien lu : *elle refusait de me laisser payer*. Tu aurais dû voir la tête qu'elle a faite quand elle s'est rendu compte que j'avais déjà acheté les billets : on aurait dit que je venais de tuer un chiot ou je ne sais quoi. Aucune des femmes avec qui je suis sorti (et contrairement à ce que mon frère a bien pu te dire, il n'y en a pas eu tant que ça) n'a jamais payé sa place de cinéma – ni quoi que ce soit d'autre, d'ailleurs, quand elle sortait avec moi.

Payer ne m'a jamais posé problème. C'est juste qu'aucune d'entre elles ne me l'a même jamais *proposé*.

Oui, bon, d'accord, elles savaient toutes qu'elles sortaient avec John Trent, de la famille Trent, de Park Avenue. Je vaux combien aujourd'hui ? Tu gardes un œil sur le NASDAQ ?

Mais elles ne me l'ont jamais proposé.

Tu me suis, jusque-là, Stace ? Après toutes ces Heather, les Courtney, les Meghan (mon Dieu, tu te souviens de Meghan ? Et de sa catastrophique sauce tex-mex ?) et puis toutes ces Ashley, j'ai enfin rencontré une Mel, qui ne saurait pas faire la différence entre une OPA et une OPR, une femme potentiellement plus intéressée par moi que par mon portefeuille d'investissement…

Et je ne peux même pas me présenter sous mon vrai nom.

Non, elle croit que je suis Max Friedlander.

Max Friedlander, dont le cerveau, je commence à en être convaincu, s'est atrophié vers l'âge de 16 ans. Max Friedlander, qui a établi un classement des caractéristiques féminines s'inspirant, j'en jurerais, des dessins animés Hanna-Barbera du samedi matin.

Je sais ce que tu vas dire. Je sais exactement ce que tu vas dire, Stace.

Et la réponse est non, je ne peux pas. Si je ne lui avais jamais menti, peut-être. Si depuis notre toute première rencontre, je lui avais dit : « Écoute, je ne suis pas Max. Il ne pouvait pas venir. Comme il se sent très mal à cause de ce qui est arrivé à sa tante, il m'a envoyé à sa place », peut-être.

Mais je ne l'ai pas fait, d'accord ? J'ai merdé. J'ai merdé dès le départ.

Et à présent il est trop tard pour rétablir la vérité, parce qu'elle douterait de tout ce que je lui dirais à partir de maintenant. Elle ne l'avouerait peut-être pas. Mais ça resterait toujours au fond de son esprit : « Peut-être qu'il ment à propos de ça, aussi. »

N'essaye pas de me persuader du contraire, Stace.

Elle veut venir avec moi rendre visite à la tante de Max. Tu y crois ? À la tante dans le coma ! Elle dit qu'elle a lu que les gens dans le coma sont parfois capables d'entendre ce qui se passe autour d'eux, même de reconnaître des voix.

Ah ça, tante Helen ne reconnaîtra sûrement pas la mienne en tout cas !

Et voilà. Ma vie en enfer, en deux mots. Tu as un conseil pour moi ? Quelques mots de sagesse féminine à m'envoyer ?

Non. J'en étais sûr. Je suis parfaitement conscient d'avoir creusé ma propre tombe. J'imagine que je n'ai pas d'autre choix que de m'y allonger.

Cadavériquement vôtre,

John

À : Mel Fuller <melissa.fuller@thenyjournal.com>
De : Dolly Vargas <dolly.vargas@thenyjournal.com>
Objet : Max Friedlander

Mon chou, je n'ai pas pu m'empêcher d'entendre ta petite conversation avec Nadine à côté du fax – est-il vrai que vous vous êtes inscrites toutes les deux dans un club de sport et que vous allez commencer les cours de step ?

Eh bien, chapeau, les filles ! La puissance est en vous. Prévenez-moi s'ils ont des gradins, une cabine d'observation ou quelque chose où je puisse aller m'asseoir et vous encourager (et s'ils servent des rafraîchissements, de préférence alcoolisés : ce serait bien la seule manière de me faire mettre un pied dans un club de gym, je vous jure).

Bref, à propos de cet autre sujet que vous avez mentionné. Tu veux savoir pourquoi il ne t'a pas fait d'avances ? Max Friedlander, je veux dire. Si tu y réfléchis, ça se tient… C'est vrai, toutes ces histoires de coureur de jupons invétéré, malgré sa peur de l'engagement, son obsession de la photo parfaite, quel que soit son sujet, son besoin constant d'approbation, son refus de s'installer dans un endroit précis et maintenant cet absurde changement de nom ?

En fait, ça pourrait bien se résumer en une seule petite chose :

Il est gay.

C'est évident, mon chou. C'est pour cette raison qu'il ne t'a pas fait d'avances.

Bisous bisous

Dolly

À : Mel Fuller <melissa.fuller@thenyjournal.com>
De : Nadine Wilcock <nadine.wilcock@thenyjournal.com>
Objet : Calme-toi

Il n'est pas gay. Vu ? C'est Dolly tout craché. Elle te fait tourner en bourrique. Elle s'ennuie. Peter Hargrave refuse de quitter sa femme pour elle. Aaron pense toujours à toi et Dolly n'a rien de mieux à faire que te torturer. Et toi, tu joues son jeu en te mettant dans des états pareils.

Bon, demain, on va au cours de midi ou de 17 h 30 ?

Nad

P.S. : Je n'ai pas besoin de te dire à quel point je déteste ça, n'est-ce pas ? Ces exercices, là… Mais bon, au cas où tu ne t'en serais pas rendu compte : je déteste ça. Je déteste vraiment suer. Ce n'est pas naturel. Franchement.

À : Nadine Wilcock <nadine.wilcock@thenyjournal.com>
De : Mel Fuller <melissa.fuller@thenyjournal.com>
Objet : Mais ça expliquerait

pourquoi il n'a pas essayé de m'embrasser ni de mettre son bras autour de mes épaules ni rien ! Il est gay !

Et moi qui lui ai proposé de l'accompagner la prochaine fois qu'il va rendre visite à sa tante…

Il doit penser que je suis la fille la plus lourde de l'univers !

Mel

P.S. : Allons au cours de midi, comme ça, on est débarrassées. Je sais que tu détestes ça, Nadine, mais c'est bon pour toi. Et suer, c'est naturel. Les gens font ça depuis des milliers d'années.

À : Mel Fuller <melissa.fuller@thenyjournal.com>
De : Nadine Wilcock <nadine.wilcock@thenyjournal.com>
Objet : Tu ne serais pas

en pleine dépression synaptique ?
D'abord, il n'est pas gay.

Ensuite, même s'il l'était, le fait que tu aies proposé de l'accompagner voir sa tante n'est pas lourd du tout. C'est même très gentil.

Je t'ai déjà dit de ne pas écouter Dolly.

Tu te souviens du dessus-de-lit en velours? Le soir où tu l'as vu donner du Pal au chien sur le lit? Comment un gay pourrait-il faire ça à du velours, hein?

Nad

À: Nadine Wilcock <nadine.wilcock@thenyjournal.com>
De: Mel Fuller <melissa.fuller@thenyjournal.com>
Objet: Oh!

Oui. Tu as raison. Jamais un gay ne pourrait infliger un tel traitement à du velours.

Dieu merci, tu es là, Nadine.

Mel

P.S.: Mais s'il n'est pas homo, comment se fait-il qu'il n'ait pas répondu? Il y a super longtemps que je lui ai envoyé ce message sur les dépressions tropicales et depuis, elles se sont même transformées en tempêtes!

À: jerryisalive@freemail.com
De: Jason Trent <jason.trent@trentcapital.com>
Objet: Oh je t'en prie,

appelle cette fille, tu veux? Pendant que tu es là à t'autoflageller, n'importe quel autre homme pourrait bien te la piquer sous ton nez!

Ne t'en fais pas, l'histoire de Max Friedlander finira par s'arranger toute seule. Tu ne croirais pas les mensonges que Jason me racontait au début où nous nous fréquentions… le plus gros étant quand même qu'il était sorti avec Jodie Foster. Il n'avait pas précisé que c'était parce qu'elle se trouvait par hasard sur le même ferry que lui pour aller à Catalina.

Ah ça, il était «sorti» avec elle, c'est sûr.

D'ailleurs, ta grand-mère m'a montré une photo de cette Michelle que ton frère persiste à considérer comme la plus belle femme qu'il ait jamais rencontrée : faut la voir, on dirait un pit-bull…

Voilà Jason, il crie, je ne sais pas… Quelque chose à propos de fromage brûlé et pourquoi est-ce que je ne me créerais pas ma propre adresse e-mail et pourquoi faut-il toujours que je squatte la sienne et maintenant il essaye de me pousser de la chaise, bien que je sois enceinte de 7 mois de son fils à naître et la mère de ses filles, qui plus est.

Stacy

À : jerryisalive@freemail.com
De : Jason Trent <jason.trent@trentcapital.com>
Objet : Va-t…

Juste pour que tu saches : pendant que tu accables ma femme de tes problèmes foireux – qui sont tous, d'ailleurs, de ton propre fait – ici, c'est la panique complète. J'ai été obligé de faire déjeuner les filles et le fromage a coulé partout dans le gril et a mis le feu.

Alors je n'ai qu'une chose à te dire : trouve-toi une femme et arrête d'embêter la mienne.

Jason

C'EST NOUS, HALEY ET BRITTANY. MAMAN ET PAPA SE DISPUTENT TRÈS FORT À PROPOS DE CE QUE TU DEVRAIS FAIRE AVEC LA DAME ROUSSE. MAMAN DIT QUE TU DEVRAIS L'APPELER POUR L'INVITER À DÎNER ET PAPA DIT QUE TU DEVRAIS CONSULTER.

SI TU TE MARIES AVEC LA DAME ROUSSE, EST-CE QU'ELLE DEVIENDRA NOTRE TANTE ?

QUAND VIENS-TU NOUS VOIR ? TU NOUS MANQUES. ON A ÉTÉ TRÈS GENTILLES. CHAQUE FOIS QUE LA VEINE SUR LA TEMPE DE PAPA COMMENCE À DEVENIR VIOLETTE, ON CHANTE LA CHANSON QUE TU NOUS AS APPRISE, COMME TU AS DIT. TU SAIS LAQUELLE, LA CHANSON SUR LA DIARRHÉE.

ALLEZ, ON DOIT Y ALLER, PAPA DIT DE FICHER LE CAMP DE SON BUREAU.

ÉCRIS VITE !!!

BISOUS

BRITTANY ET HALEY

À: Mel Fuller <melissa.fuller@thenyjournal.com>
De: jerryisalive@freemail.com
Objet: Grêlons de la taille d'une balle de base-ball et autres anomalies naturelles

Chère Melissa,

Désolé d'avoir été aussi long à répondre. J'avais quelques affaires à régler. Mais apparemment tout est à peu près en ordre maintenant – du moins autant que ça puisse l'être, pour l'instant.

C'est adorable de ta part de te proposer de rendre visite à ma tante, mais tu n'es pas obligée.

Attends. Stop. Je sais ce que tu vas dire.

Alors pour te griller la politesse, puis-je suggérer que nous fassions ça demain soir, si tu n'as rien d'autre de prévu ?

Je pense profiter de cette occasion pour évoquer quelque chose qui pèse plutôt lourdement sur ma conscience depuis que nous nous sommes rencontrés : la grande dette que j'ai envers toi pour avoir sauvé la vie de ma tante.

Stop. Je sais ce que tu vas répondre. Mais c'est bien ce que tu as fait. La police me l'a dit.

Alors, bien que ce soit un moyen assez inadéquat d'exprimer mon immense gratitude et mes remerciements pour ce que tu as fait, j'espérais que tu me permettrais de t'inviter à dîner un de ces soirs. Et, comme je sais à quel point cela risque d'offenser ta susceptibilité du Midwest, je suis prêt à te laisser choisir le restaurant, de crainte que tu t'inquiètes que je ne choisisse un endroit ruineux.

Penses-y et tiens-moi au courant. Comme tu le sais, grâce à Paco, mes soirées sont tout à fait libres jusqu'à 23 heures.

Amicalement,

John

P.S. : Tu as vu ce reportage sur la chaîne météo hier soir ? Pourquoi les gens qui tentent de traverser les rivières en crue subite avec leur 4 × 4 sont-ils toujours ceux qui ne savent pas nager ?

Et il m'a invitée.

Enfin, genre. J'imagine que sa motivation se situe plutôt entre la pitié et le remerciement qu'un vrai rencard.

Mais peut-être que si je trouve la robe parfaite…

Pour les restaus, c'est toi l'experte. Lequel je choisis?

Mel

---

payer ton prochain loyer si tu n'arrêtes pas d'acheter des tenues pour l'impressionner.

J'ai une idée. Porte quelque chose que tu possèdes déjà. C'est impossible qu'il ait déjà vu toute ta garde-robe. Il a emménagé il y a deux semaines et je sais que tu as 10 millions de jupes.

Autre idée: pourquoi ne viendriez-vous pas chez Fresche? Comme ça, Tony et moi on pourrait le voir et te dire ce qu'on pense de lui.

Juste une proposition.

Nad

Tu me prends pour une idiote? Fresche est le dernier endroit où tu nous trouveras. Tu peux toujours courir.

Mel

```
À: Mel Fuller <melissa.fuller@thenyjournal.com>
De: Tony Salerno <chef@fresche.com>
Objet: Alors comme ça on n'est pas assez bons pour toi, hein?
```

J'imagine que c'est au bon dîner qu'on reconnaît ses amis. Il semble évident que tu as un préjugé contre mon restaurant, dont je n'avais jamais entendu parler jusqu'à présent.

Et pourtant, à chaque fois que je t'ai proposé de passer au gril une de mes escalopes de poulet, tu n'as jamais refusé. Cela signifie-t-il que, depuis tout ce temps, tu acceptais juste pour me faire plaisir ?

Et Nadine, alors ? Ce n'est pas vraiment ta meilleure amie, c'est ça ? Tu as sûrement une autre meilleure amie imaginaire cachée dans un coin en cas d'urgence, hein ?

Tout est clair, maintenant.

Tony

```
À: Tony Salerno <chef@fresche.com>
De: Mel Fuller <melissa.fuller@thenyjournal.com>
Objet: Tu sais parfaitement
```

pourquoi je ne veux pas dîner dans ton restaurant. Je n'ai aucune envie que ma meilleure amie et son fiancé me regardent sous toutes les coutures pendant tout le repas !

Mais je ne t'apprends rien.

Tu es vraiment insupportable. Tu as de la chance d'être un cuisinier aussi doué – et beau gosse, bien sûr.

Mel ; -)

Mon chou, tu es folle ? Il faut absolument qu'il t'emmène à La Grenouille. Franchement, c'est le seul restau en ville digne de ce nom.

Et ce n'est pas comme s'il ne pouvait pas se le permettre. Mon Dieu, Max Friedlander s'est fait une fortune grâce aux photos de cette créature, Vivica, pour la nouvelle campagne de pub Maybelline.

Après tout, tu as quand même donné les premiers soins à sa tante. Il te doit une babiole de chez Tiffany's ou Cartier, tout au moins.

Bisous bisous

Dolly

À: Mel Fuller <melissa.fuller@thenyjournal.com>
De: George Sanchez <george.sanchez@thenyjournal.com>
Objet: Corner Bistro

Voilà où il faut que ce type t'emmène. Les meilleurs burgers de la ville. En plus, tu peux regarder les matchs en mangeant.

George

À: Mel Fuller <melissa.fuller@thenyjournal.com>
De: Jimmy Chu <james.chu@thenyjournal.com>
Objet: Pas d'hésitation,

allez à la Maison du Canard Laqué et nulle part ailleurs. Tu sais qu'ils ont le meilleur canard laqué de la ville.

Jim

À: Mel Fuller <melissa.fuller@thenyjournal.com>
De: Tim Grabowski <tim.grabowski@thenyjournal.com>
Objet: Homo-radar

Nadine m'a transmis le dernier mail de ton ami John, que tu avais dû lui envoyer, j'imagine. Je peux te dire explicitement, en tant qu'homosexuel, que cette personne est hétéro. Jamais un gay ne laisserait une femme choisir le restau, même si elle avait sauvé la vie de sa tante.

Dis-lui de t'emmener chez Fresche. Nadine, toute la bande et moi, nous resterons au bar en faisant semblant de ne pas te connaître. Allez, sois mignonne, dis-lui de t'emmener chez Fresche...

En tout cas, passez une bonne soirée et on n'oublie pas de sortir couvert, compris ?

Tim

À: Nadine Wilcock <nadine.wilcock@thenyjournal.com>
De: Mel Fuller <melissa.fuller@thenyjournal.com>
Objet: Pour l'amour du ciel,

Veux-tu bien arrêter de raconter ma vie privée à tout le monde ? C'est trop humiliant ! Tim Grabowski, de l'informatique, vient de m'envoyer un mail. Et si l'informatique est au courant, tu sais que dans quelques minutes, ça atteindra le département art. Et si quelqu'un de l'Art connaît Max Friedlander et va lui raconter que toute la rédaction parle de lui ?

Non, c'est vrai, qu'est-ce que tu essayes de faire, là ?

Mel

À: Dolly Vargas <dolly.vargas@thenyjournal.com>; Tony Salerno
<chef@fresche.com>; Tim Grabowski <tim.grabowski@thenyjour-
nal.com>; George Sanchez <george.sanchez@thenyjournal.com>;
Jimmy Chu <james.chu@thenyjournal.com>
De: Nadine Wilcock <nadine.wilcock@thenyjournal.com>
Objet: Mel

Bon, lâchez-la. Ça l'énerve encore plus. Et je suis
sérieuse, Dolly, alors tu oublies les embuscades dans les
toilettes des femmes.

Nad

P.S.: De toute façon, vous savez bien qu'elle est incapable de garder un secret, même si sa vie était en jeu.
Elle finira par cracher le morceau et on la coincera. ; -)

Cher John,
Salut! C'est vraiment adorable de m'inviter à dîner,
mais tu n'es pas obligé, tu sais.

J'ai été heureuse de pouvoir aider ta tante. Si seulement j'avais pu faire plus.

Mais si tu insistes, franchement, peu importe l'endroit
où l'on va dîner.

Enfin, pas tout à fait. Il y a un endroit où je ne veux
VRAIMENT PAS aller, c'est Fresche. Tout autre restau
sera parfait. Tu n'as qu'à me faire la surprise.

Je te retrouve au quinzième étage ce soir à 18 heures
(les horaires de visite en soins intensifs sont uniquement
entre 18 h 30 et 19 heures).

Mel

À: Mel Fuller <melissa.fuller@thenyjournal.com>
De: jerryisalive@freemail.com
Objet: Dîner

Pas de problème.

Je fais des réservations pour 21 heures. Cela dit, j'espère que tu sais ce que tu fais, en me laissant choisir le resto. J'ai un faible pour les abats.

John

À: jerryisalive@freemail.com
De: Mel Fuller <melissa.fuller@thenyjournal.com>
Objet: Je ne te crois pas

Tu essayes juste de me faire peur.

J'ai grandi dans une ferme. On avait des tartines aux abats tous les matins au petit dèj.

Mel

À: Mel Fuller <melissa.fuller@thenyjournal.com>
De: jerryisalive@freemail.com
Objet: Là, c'est toi

qui me fais peur.

À tout à l'heure.

John

À: John Trent <john.trent@thenychronicle.com>
De: Sergent Paul Reese <presse@89th.nyc.org>
Objet: Hier soir

Trent,

Écoute, vieux, je ne sais pas comment m'excuser.
J'ignore ce qui se passe entre toi et cette nana, la petite
rousse, mais je ne voulais pas tout foutre en l'air. J'étais
tellement surpris de te voir là ! C'est vrai… John Trent,
dans une clinique vétérinaire ? Sur quel genre de piste
pouvait-il bien être ? Sûrement un gros poisson…

Plus sérieusement, nous on venait juste faire ausculter
Hugo, le clebs renifleur de bombes du secteur 89.
Un crétin lui a donné un reste de KFC du déjeuner et tu
sais ce qu'on dit sur les chiens et les os de poulet…

Eh bien c'est vrai. Mais Hugo sera bientôt sur pattes.

Mais toi, que faisais-tu là ? Tu avais l'air tendu. Enfin,
pour un type au bras d'une fille aussi sexy que celle-là.

Dis-moi si je peux faire quoi que ce soit pour répa-
rer… Faire sauter quelques PV, peut-être ? Coffrer le
mari de la rousse pour le week-end, sans possibilité de
libération sous caution. Dis-moi.

N'importe quoi, pourvu que je puisse arranger les
choses.

Paul

À: Sergent Paul Reese <presse@89th.nyc.org>
De: John Trent <john.trent@thenychronicle.com>
Objet: Tout est pardonné,

du moins maintenant. Hier soir, j'aurais pu t'étrangler.

Non que ça ait été le moins du monde ta faute. C'est
vrai, tu m'as vu et tu as dit « Comment ça va, Trent ? »
comme toute personne normale l'aurait fait.

Comment aurais-tu pu deviner que je vis actuellement sous un nom d'emprunt ?

Mais ce qui avait commencé comme la soirée la plus désastreuse de tous les temps – qui sait que les chats mangent des élastiques ? Certainement pas moi – s'est terminé de manière idyllique.

Alors tu peux te considérer comme pardonné, mon ami.

Pour ce qui est de la petite rousse, eh bien, c'est une longue histoire. Je te la raconterai peut-être un jour. Tout dépend de la suite des événements, bien sûr.

Bon, pour l'instant, je dois retourner à la clinique vétérinaire pour faire sortir le chat, qui est censé s'être gentiment remis de sa chirurgie intestinale. Et sur le chemin du retour, je vais acheter à cet animal le poisson le plus gras et le plus odorant qu'on ait jamais vu, en guise de remerciement pour avoir eu la bonne idée d'ingérer cet élastique.

John

À : Mel Fuller <melissa.fuller@thenyjournal.com>
De : Nadine Wilcock <nadine.wilcock@thenyjournal.com>
Objet : Alors ???

Qu'est-ce que tu avais mis ? Vous êtes allés où, finalement ? C'était sympa ?
QUE S'EST-IL PASSÉ ???

Nad

> Qu'est-ce que tu avais mis ?

>> J'avais mis ma petite jupe portefeuille noire, Calvin Klein, avec mon pull en soie bleu, manches trois quarts, col en V avec sandales à brides sur la cheville et talon de sept cm.

> Vous êtes allés où, finalement ?

>> Nulle part. Pour dîner, du moins.

> C'était sympa ?

>> OUI.

> QUE S'EST-IL PASSÉ ?

>> Tout.

Enfin, pas vraiment, mais presque. Je te raconte. J'étais en train d'appliquer la dernière couche de rouge à lèvres quand on frappe à ma porte. C'était John. En cravate, figure-toi ! Je n'arrivais pas à y croire. Il était superbe – mais très inquiet. Alors moi, tout de suite : « Qu'est-ce qui ne va pas ? »

Et là, il me dit : « C'est Tweedledum. Il a un problème. Tu veux bien venir jeter un coup d'œil ? »

Ce que j'ai fait. Et effectivement, Tweedledum, qui est le plus actif et le plus affectueux des deux chats de Mme Friedlander, était couché sous la table de la salle à manger avec l'air d'un gosse qui aurait mangé trop de bonbons. Il refusait qu'on le touche, il grognait à chaque fois que j'approchais.

Bref. Tout à coup, j'ai eu une illumination et j'ai dit à John : « Oh mon Dieu, est-ce que tu enlèves l'élastique autour du *Chronicle* quand tu le ramasses ? »

Parce que tu sais que le *Chronicle* se croit tellement supérieur qu'il est livré avec un élastique pour empêcher les suppléments de tomber, puisque ses abonnés piqueraient leur crise s'il leur en manquait le moindre bout, les pages finance, par exemple.

Et là John a dit : « Non, pourquoi ? Je suis censé le faire ? »

C'est à ce moment-là que je me suis souvenue que j'avais oublié de lui dire la chose la plus importante, à savoir quand on garde le chien et les chats de sa tante : Tweedledum mange les élastiques. Comme le faisait son frère, Tweedledee. Et c'est la raison pour laquelle Tweedledee n'est plus des nôtres aujourd'hui.

— Nous devons immédiatement emmener ce chat à l'hôpital ! me suis-je écriée.

John a eu l'air abasourdi.

— C'est une blague, c'est ça ?

— Non, je suis sérieuse.

Je suis allée chercher le panier de transport du chat au fond, à l'endroit où Mme Friedlander le rangeait toujours, sur la dernière étagère de son placard à linge.

— Enveloppe-le dans une serviette.

John n'avait pas bougé.

— Tu es vraiment sérieuse ?

— Tout à fait, ai-je dit. Il faut qu'on fasse enlever cet élastique avant qu'il ne bloque quelque chose.

En fait, je ne sais pas si un élastique peut bloquer quoi que ce soit, mais rien qu'à voir les yeux vitreux de Tweedledum, on sentait bien que cet animal était malade.

Alors John a pris une serviette, nous avons emmailloté Tweedledum (John a reçu plusieurs méchantes égratignures) et nous l'avons emmené à la clinique vétérinaire, qui est l'endroit où Mme Friedlander avait conduit Tweedledee suite à sa rencontre fatale avec l'élastique du *Chronicle*. Je m'en souviens parce qu'elle avait demandé que des dons lui soient envoyés après la disparition de Tweedledee, au lieu des traditionnelles fleurs et couronnes.

Ils ont tout de suite pris Tweedledum en charge et se sont dépêchés de lui faire passer des radios. Il ne nous restait plus qu'à attendre et prier.

Mais c'était assez difficile de rester là à prier, je n'arrêtais pas de me dire : « Je détestais déjà le *Chronicle* et maintenant, à cause de lui, mon super rencard est gâché. » Enfin, ce qui aurait dû être un rencard. Je gambergeais sur le *Chronicle*, qui nous pique toujours nos scoops et organise sa soirée de Noël au super chic Water Club, alors que nous sommes cantonnés au bowling de Bowlmor Lanes. En plus, leur diffusion est d'au moins 100 000 exemplaires de plus que nous et puis ils sont toujours récompensés par les prix journalistiques, leur supplément mode est en couleur et ils n'ont même pas de page people.

Et je me suis mise à rire. Je ne sais pas pourquoi. Mais j'ai ri parce qu'encore une fois, le *Chronicle* venait me pourrir la vie.

À ce moment, John m'a demandé pourquoi je riais et je lui ai raconté (pas la partie à propos du *Chronicle* qui gâche mon rencard, mais le reste).

Du coup, il s'est esclaffé, lui aussi. Je ne sais pas trop pourquoi, sauf qu'il n'a pas l'air très branché prière non plus. Il n'arrêtait pas de glousser, par petits hoquets. On voyait bien qu'il essayait de se retenir mais, parfois, c'était plus fort que lui.

Pendant ce temps, des gens arrivaient, tous plus bizarres les uns que les autres, et avec les urgences les plus incongrues ! Il y avait une dame qui était là parce que son labrador avait avalé tout son Prozac. Une autre parce que son iguane s'était jeté de son balcon du septième étage (et avait atterri, apparemment indemne, sur le toit de l'épicerie juste en dessous). Une troisième s'inquiétait de son hérisson qui « n'était pas dans son assiette ».

« Je me demande bien ce que pourrait faire un hérisson dans une assiette », me chuchota John.

Ce n'était pas très drôle. Mais là, nous ne pouvions vraiment plus nous arrêter de rire. Tout le monde nous fusillait du regard et ça me faisait repartir de plus belle. Nous étions là, tous les deux, les mieux habillés de la salle d'attente, feignant d'être installés confortablement sur nos chaises en plastique et essayant de ne pas rire, tout en pouffant quand même…

Enfin ça, c'était avant l'arrivée des flics. Ils venaient pour un de leurs chiens renifleurs de bombes qui s'était étranglé avec un os de poulet. L'un d'eux a vu John et lui a dit : « Hé, Trent, qu'est-ce que tu fais là, toi ? »

C'est à ce moment-là que John a arrêté de rire. Il est devenu très rouge, tout à coup, et il a dit : « Oh, bonsoir, Sergent Reese. »

Il a bien insisté sur le mot « sergent ». Le policier a eu l'air décontenancé. Il allait ajouter quelque chose, mais à ce moment-là, le vétérinaire est arrivé et a appelé : « M. Friedlander ? »

John a bondi sur ses pieds en disant : « C'est moi » et s'est précipité vers le véto.

Celui-ci nous a confirmé que Tweedledum avait bien avalé un élastique, qu'il était emmêlé dans son intestin grêle, qu'une intervention était nécessaire sans quoi le chat mourrait à coup sûr. Ils acceptaient de l'opérer immédiatement, mais c'était très coûteux, 1 500 dollars, plus 200 pour la nuit à l'hôpital.

1 700 dollars ! J'étais abasourdie. Mais John s'est contenté de hocher la tête, il a sorti son portefeuille et il était sur le point de tendre sa carte de crédit…

Mais il l'a rangée très vite en disant qu'il avait oublié que ses cartes de crédit avaient toutes atteint le plafond, et qu'il irait chercher du liquide au distributeur.

Du liquide ! Il allait payer 1 700 dollars en liquide ! Pour un chat !

Sauf que je lui ai rappelé qu'on ne peut pas retirer autant d'argent en un jour au distributeur.

« On n'a qu'à régler avec ma carte de crédit et tu me rembourseras plus tard », ai-je proposé.

(Je sais ce que tu vas dire, Nadine, mais ce n'est pas vrai : il m'aurait remboursée, je le sais.)

Il a catégoriquement refusé. Et en moins de deux, il était parti convenir d'un plan de paiement avec le caissier en me laissant toute seule avec le véto et tous les flics, toujours plantés là, à me dévisager. Ne me demande pas pourquoi. Sûrement la faute de ma jupe, trop courte.

Puis John est revenu et a dit que tout était arrangé, les policiers sont partis et le vétérinaire nous a suggéré de rester jusqu'à la fin de l'opération, au cas où il y aurait des complications. Alors nous sommes allés nous rasseoir et j'ai fait : « Pourquoi le policier t'a appelé Trent ? »

Et lui m'a répondu : « Oh, tu sais comment sont les flics, ils inventent toujours des surnoms aux gens. »

Mais j'ai eu comme l'impression qu'il me cachait quelque chose.

Il a dû s'en rendre compte, parce qu'il m'a dit que je n'étais pas obligée d'attendre avec lui, qu'il me paierait un taxi pour rentrer et qu'il espérait que je voudrais bien reporter notre dîner.

Là, je lui ai demandé s'il était fou et il a dit qu'il ne pensait pas l'être. Je lui ai fait remarquer qu'une personne avec autant de surnoms devait sûrement avoir un tas de problèmes, il partageait mon avis, et, durant les deux heures suivantes, nous avons débattu plaisamment des tueurs en série les plus dérangés de toute l'histoire de l'humanité. Finalement, le véto nous a annoncé que Tweedledum se remettait et que nous pouvions rentrer, ce que nous avons fait.

Il n'était pas trop tard pour dîner, à Manhattan – 22 heures seulement – et John était partant, même si notre réservation était fichue, à l'endroit où il comptait m'emmener. Mais je n'étais pas en état d'affronter la foule des dîneurs tardifs, il était de mon avis et a proposé : « Tu veux qu'on se commande du chinois ou quelque chose ? » J'ai dit que ce serait peut-être une bonne idée d'aller réconforter Paco et Mr Peepers, qui devaient sûrement être désarçonnés par la disparition de leur frère félin. En plus, j'avais lu dans le programme qu'il y avait *L'Introuvable*, à la télé.

Nous sommes donc rentrés chez lui – chez sa tante, devrais-je dire – et nous avons encore commandé du porc sauté. La livraison est arrivée juste quand le film commençait, alors nous avons dîné sur la table du salon de Mme Friedlander, installés sur son canapé en cuir noir bien confortable, sur lequel j'ai laissé tomber non pas un, mais deux rouleaux de printemps imbibés de cette espèce de sauce orange, là, tu sais.

Et c'est à ce moment-là qu'il m'a embrassée, au fait. Je te jure. J'étais en train de me répandre en excuses pour avoir fichu de la sauce orange collante plein le canapé de sa tante quand il s'est penché, a mis le genou en plein dedans et a commencé à m'embrasser.

Je n'avais pas été aussi estomaquée depuis la fois où

mon tuteur d'algèbre, en seconde, avait fait quasiment pareil. Sauf qu'il n'y avait pas de sauce orange et qu'on parlait de nombres entiers relatifs, pas d'essuie-tout.

Et je vais te dire, Max Friedlander embrasse bien mieux que mon prof de maths. Il maîtrise. J'avais peur que mon crâne explose. Je te jure. Il assure à ce point.

Ou peut-être pas tant que ça. Ça fait tellement longtemps qu'on ne m'a pas embrassée avec conviction – vraiment beaucoup de conviction, même – que j'avais oublié ce que c'était.

John embrasse sérieusement. Genre, c'est vraiment du sérieux.

Quand il s'est arrêté, j'étais dans un tel état de choc, la tête me tournait, et tout ce que j'ai trouvé à faire, c'est de lui balancer : « Mais pourquoi tu as fait ça ? », ce qui devait sûrement avoir l'air grossier, mais il ne l'a pas pris mal. Il a juste dit : « Parce que j'en avais envie. »

J'y ai réfléchi une fraction de seconde et j'ai mis mon bras autour de son cou en disant : « C'est bien. »

Et après, c'est moi qui l'ai embrassé. C'était très agréable parce que le canapé de Mme Friedlander est très moelleux et douillet. John était affalé sur moi et moi je m'enfonçais dans le canapé ; nous nous sommes embrassés très longtemps. En fait ce baiser a duré jusqu'à ce que Paco décide qu'il avait besoin de sortir et vienne coller sa grosse truffe mouillée entre nos fronts.

C'est alors que je me suis rendu compte qu'il valait mieux que j'y aille. D'abord, tu sais ce que nos mères disent toujours sur le fait d'embrasser un garçon avant le troisième rendez-vous. Et deuxièmement, je ne veux pas te dégoûter, mais il commençait à y avoir de l'action un peu plus bas, si tu vois ce que je veux dire.

Preuve que Max Friedlander n'est carrément PAS

homo. Les gays ne bandent pas quand ils embrassent des filles. Même une petite provinciale comme moi sait ça.

Donc, pendant que John traitait Paco de tous les noms, je me suis arrangée et j'ai lancé, très sagement : « Eh bien, merci pour cette charmante soirée, mais je crois que je vais y aller. » J'ai filé et lui continuait à dire : « Mel, attends, il faut qu'on parle. »

Je n'ai pas attendu, je ne pouvais pas. Il fallait que je me tire avant de perdre le contrôle de mes fonctions motrices. Je te dis, Nadine, les baisers de ce mec suffisent à t'anesthésier le tronc cérébral, tellement c'est bon.

Alors, que dire ?

Juste une chose : Nadine, je t'informe dès maintenant. Je viendrai à ton mariage accompagnée.

Faut que j'y aille. J'ai des crampes dans les doigts à force d'écrire et je dois encore pondre la chronique de demain. Tout va mieux pour Winona et Chris Noth. Il paraît qu'ils songent à un séjour à Bali. Je n'arrive pas à croire que Winona et moi, on ait chacune trouvé quelqu'un en même temps ! C'est comme quand Gwyneth et elle sortaient avec Matt et Ben – mais en mieux ! Parce que c'est moi !

Mel

À : Mel Fuller <melissa.fuller@thenyjournal.com>
De : Nadine Wilcock <nadine.wilcock@thenyjournal.com>
Objet : J'ose espérer

que tu l'as laissé payer le traiteur chinois.

Nad

À: Nadine Wilcock <nadine.wilcock@thenyjournal.com>
De: Mel Fuller <melissa.fuller@thenyjournal.com>
Objet: Mais, évidemment

qu'il a payé le chinois. Enfin, sauf le pourboire. Il n'avait pas de monnaie.

Pourquoi tu es comme ça ? J'ai passé une super soirée. J'ai trouvé ça charmant.

Ce n'est pas comme si je l'avais laissé me tripoter, merde.

Mel

À: Mel Fuller <melissa.fuller@thenyjournal.com>
De: Nadine Wilcock <nadine.wilcock@thenyjournal.com>
Objet: Je pense juste

que tout ça va trop vite. Je ne l'ai même pas encore rencontré. Sans vouloir te vexer, Mel, tu n'as pas les meilleurs antécédents en matière d'hommes. C'est vrai, rappelle-toi le gars de Delta Upsilon et cette histoire de chaussette que tu mentionnais toi-même l'autre jour.

Je dis seulement que je serais un peu plus à l'aise avec tout ça si je l'avais rencontré. Nous avons eu quelques retours sur lui de la part de Dolly, quand même. Comment veux-tu ? Tu es un peu la petite sœur que je n'ai jamais eue. Je veux seulement être sûre que tu ne souffriras pas.

Alors si tu pouvais lui demander de passer te prendre pour déjeuner un de ces jours ? Je serais ravie de manquer le cours de step...

Ne m'en veux pas.

Nad

Mais, oui, si tu insistes, j'imagine que je pourrais arranger une rencontre fortuite entre vous.

Oh là là ! Ce qu'il ne faut pas faire pour ses amis.

Mel

Cher John,

C'est ta grand-mère qui te parle. Ou t'écrit, plutôt. J'imagine que tu es surpris d'avoir de mes nouvelles par ce biais. J'ai choisi le courrier électronique pour correspondre avec toi parce que tu n'as donné suite à aucun de mes coups de téléphone et ton frère m'assure que, si tu n'écoutes pas ton répondeur, tu communiques parfois par mails.

Donc, allons au fait :

Je peux te pardonner d'avoir choisi d'oublier toute prudence pour t'engager dans une carrière dans un domaine qu'aucun Trent – ou Randolph, d'ailleurs – digne de ce nom ne songerait même à envisager.

Je peux aussi te pardonner d'avoir choisi de quitter l'immeuble pour vivre seul, tout d'abord dans ce bouge de la 37e Rue avec ce malade à cheveux longs, puis dans le quartier où tu résides présentement, Brooklyn, dont on me dit que c'est le plus charmant de la ville, si l'on veut bien excepter les émeutes raciales et autres effondrements de supermarchés qui y surviennent parfois.

Je peux même te pardonner d'avoir choisi de ne pas toucher à ta part d'héritage gardée en fidéicommis depuis le décès de ton grand-père. Un homme doit suivre son propre chemin dans le monde, tant que faire se peut, et ne pas dépendre financièrement de sa famille. J'applaudis ton effort dans ce sens. C'est bien plus que ne l'ont fait mes autres petits-enfants. Ton cousin Dickie, par exemple. Je suis certaine que si ce garçon avait une vocation comme la tienne, John, il ne passerait pas autant de temps à s'enfiler dans le nez des choses qui ne devraient pas s'y trouver.

Mais ce que je ne peux tout simplement pas te pardonner, c'est d'avoir manqué l'inauguration, l'autre soir. Tu sais combien mes œuvres sont importantes pour moi. Surtout cette aile réservée au traitement du cancer, cette maladie qui m'a enlevé ton bien-aimé grand-père. Je comprends que tu aies pu avoir un engagement antérieur mais tu aurais pu, au moins, avoir la courtoisie d'envoyer un mot.

Je ne te mentirai pas, John. Je souhaitais tout particulièrement te voir assister à cet événement parce que je tenais à te présenter une jeune femme. Je sais, je sais ce que tu penses des filles de mes amies. Mais Victoria Arbuthnot, dont tu te souviens sûrement – quoique cela remonte à tes étés d'enfance au Vineyard : les Arbuthnot ont cette maison à Chilmark ; Victoria, donc, est devenue une belle jeune femme, elle a même surmonté cet affreux problème de menton qui afflige tant d'Arbuthnot.

Et, si j'ai bien compris, c'est une battante, elle est dans la finance. Puisque les femmes ambitieuses t'ont toujours attiré, j'avais fait en sorte que Victoria soit présente à l'inauguration, l'autre soir.

À cause de toi, j'ai eu l'air idiote ! J'ai été obligée de

laisser Victoria aux bons soins de ton cousin Bill. Et tu sais ce que je pense de lui.

Tu te flattes d'être le mouton noir de la famille, John – bien que je ne voie vraiment pas pourquoi nous devrions rager de voir un homme travailler pour vivre, et, de plus, dans un domaine qui lui plaît. Mais tes cousins et cousines, avec leurs dépendances variées et grossesses peu convenables, sont bien plus exaspérants.

Cependant, ce genre de comportement est tout à fait déconcertant, venant de toi. J'ose espérer que tu as une très bonne explication. De plus, j'aimerais que tu prennes le temps de répondre à cette lettre. Il est très grossier de ta part de ne pas m'avoir rappelée.

Baisers, malgré tout,

Mim

À : Geneviève Randolph Trent <grtrent@trentcapital.com>
De : John Trent <john.trent@thenychronicle.com>
Objet : Tu me pardonnes ?

Mim

Que dire ? Je suis tout à fait honteux. J'ai exagéré en ne te rappelant pas. Mais il est vrai que je ne consulte plus aussi assidûment mon répondeur car, ces derniers temps, je vis chez un ami. Enfin, pas chez lui, en fait – chez sa tante, pour être exact. Elle est hospitalisée et avait besoin de quelqu'un pour garder ses animaux.

Même si, après ce qui vient d'arriver à l'un de ses chats, je ne suis pas convaincu d'être la personne la plus qualifiée.

Bref. Sache que je n'ai pas manqué l'inauguration par mépris de toi ou de l'événement. J'avais simplement autre chose à faire. Une chose très importante.

Tant que j'y pense : Vickie Arbuthnot ferait mieux de ne pas attendre après moi, Mim. J'ai rencontré quelqu'un.

Et non, ce n'est personne de ta connaissance, à moins que tu aies entendu parler des Fuller de Lansing, dans l'Illinois. J'en doute fort.

Je sais, je sais. Après la débâcle Heather, tu avais perdu tout espoir. Eh bien, il en faut plus pour abattre un homme comme moi que de découvrir qu'une fille à qui je n'étais même pas encore fiancé s'était déjà inscrite chez Bloomingdale en tant que la future Mme John Trent (et ce, pour des draps à 1 000 dollars, rien que ça).

Mais avant que tu n'exiges de la rencontrer, permets-moi de démêler quelques petits… nœuds. Les relations amoureuses à New York ne sont jamais simples, mais celle-ci est encore plus compliquée que les autres.

Je suis confiant, néanmoins. Ça va s'arranger. Il le faut.

Bien que je n'aie pas la moindre idée de ce que je dois faire pour y arriver.

Voilà, avec mes excuses les plus aimantes, j'espère que tu ne m'en voudras pas plus longtemps.

Baisers,

John.

P.S. : Pour me rattraper, je serai au gala du Lincoln Center pour la sensibilisation sur le cancer, la semaine prochaine. Je sais que tu fais partie de ses plus fidèles soutiens. Je vais même taper dans mon héritage et faire un chèque à quatre zéros. Cela contribuera-t-il à calmer le jeu ?

Bonjour ma chérie, c'est encore maman qui t'écrit un mail. J'espère que tu fais bien attention à toi parce que, hier soir, j'ai vu à la télé qu'un de ces atroces effondrements de chaussée s'est encore produit à Manhattan. Et juste devant l'immeuble d'un journal, figure-toi !

Ne t'en fais pas. C'est celui que tu détestes, le prétentieux. Mais, maintenant que j'y pense, ça aurait pu être toi, ma puce, assise dans ce taxi, faisant une chute dans ce trou de 6 m ! Sauf que tu ne prends jamais de taxi parce que tu dépenses tout ton argent dans des vêtements.

Quand je pense à cette pauvre femme ! C'est vrai, il a fallu trois pompiers pour la faire sortir de là (mais toi, tu es tellement menue qu'un seul aurait suffi, si tu veux mon avis).

En tout cas, je voulais juste te dire : FAIS ATTENTION ! Regarde bien où tu mets les pieds – et en l'air aussi, parce que j'ai entendu dire que des climatiseurs tombent des fenêtres, parfois : quand ils ne sont pas bien fixés, ils peuvent s'écraser sur les piétons, en dessous.

Le danger est à tous les coins de rue, dans cette ville. Pourquoi ne reviens-tu pas travailler pour le *Duane County Register* ? J'ai vu Mabel Fleming l'autre jour au supermarché et elle a dit qu'elle t'embaucherait sur-le-champ pour la rubrique culture.

Réfléchis-y, d'accord ? Il n'y a rien de dangereux à Lansing, au moins – pas de trou dans la chaussée, pas de chute de climatiseur, ni de tueur travesti. Il y a bien eu ce type qui avait abattu tous les clients de l'épicerie, mais c'était il y a des années.

Bisous,

Maman

P.S. : Tu ne devineras jamais ! Un de tes ex-petits amis s'est marié ! Je te joins le faire-part.

Pièce jointe : ✉ (Photo d'un gros naze et d'une fille avec beaucoup de cheveux)

Crystal Hope LeBeau et Jeremy « Jer » Vaughn, tous deux originaires de Lansing, se sont mariés à l'église de Lansing samedi dernier.

Les parents de la mariée sont Brandi Jo et Dwight LeBeau, de Lansing, propriétaire de Vins et Alcools Buckeye, situé dans le centre-ville de Lansing. Les parents du marié sont Joan et Roger Vaughn. Joan Vaughn est femme au foyer. Roger Vaughn est employé chez Smith Auto.

Une réception avait été organisée à la loge maçonnique de Lansing, dont M. LeBeau est membre.

La mariée, âgée de 22 ans, est diplômée du lycée de Lansing et travaille actuellement au salon de beauté Beauty Barn. Le marié, 29 ans, est également diplômé du lycée de Lansing et est employé aux Vins et Alcools Buckeye.

Après leur lune de miel à Hawaii, le couple résidera à Lansing.

À : George Sanchez <george.sanchez@thenyjournal.com>
De : Mel Fuller <melissa.fuller@thenyjournal.com>
Objet : Moral de la rédaction

Cher George,

Dans une tentative pour remonter le moral du bureau, qui, je pense que tu ne me contrediras pas, est à chier – pour reprendre une expression que tu emploies souvent –, puis-je suggérer que, au lieu d'une réunion du personnel cette semaine, nous partions en excursion jusqu'au coin de la 53ᵉ et de Madison, pour admirer le gigantesque trou qui s'est ouvert dans la chaussée, juste devant l'immeuble de bureaux abritant notre ennemi et principal concurrent, le *New York Chronicle* ?

Je suis certaine que tu admettras qu'il s'agit là d'une rupture rafraîchissante de notre routine, consistant à écouter les gens se plaindre de la fermeture du Krispy Kreme du coin et de la piètre qualité des beignets qu'on nous sert depuis, lors de la réunion hebdomadaire.

De plus, étant donné que l'eau a été coupée dans tout le bâtiment du *Chronicle*, nous aurons la joie de voir nos estimés confrères se précipiter au Starbucks Coffee d'en face pour faire usage de ses toilettes.

Merci de bien vouloir accorder à cette requête toute l'attention qu'elle mérite si largement.

Cordialement,

Mel Fuller
Chroniqueuse page 10
New York Journal

À : Mel Fuller <melissa.fuller@thenyjournal.com>
De : George Sanchez <george.sanchez@thenyjournal.com>
Objet : Moral de la rédaction

Tu débloques ?

Tout le monde sait que tu veux aller voir ce trou parce que tu adores les catastrophes.

Remets-toi au boulot, Fuller. Je ne te paie pas pour tes beaux yeux.

George

À : Nadine Wilcock <nadine.wilcock@thenyjournal.com>
De : Mel Fuller <melissa.fuller@thenyjournal.com>
Objet : Un gros trou dans la chaussée

Allez. Comment peux-tu résister ? Si tu viens le voir avec moi, je ne te forcerai pas à aller au cours de step aujourd'hui...

Mel

À : Mel Fuller <melissa.fuller@thenyjournal.com>
De : Nadine Wilcock <nadine.wilcock@thenyjournal.com>
Objet : Le gros trou dans ton cerveau

Tu es cinglée. Il fait au moins 30 °C, dehors. Je refuse de passer ma précieuse heure de déjeuner à regarder un gigantesque trou dans la chaussée, même s'il se trouve juste devant le *Chronicle*.

Demande à Tim Grabowski. Il viendra avec toi. Il irait n'importe où, pourvu qu'il y ait une grande concentration d'hommes en uniforme.

Nad

À : Nadine Wilcock <nadine.wilcock@thenyjournal.com>
De : Tim Grabowski <timothy.grabowski@thenyjournal.com>
Objet : Je l'ai rencontré !

Espèce de feignasse. Si tu avais daigné lever tes fesses pour te joindre à nous, tu aurais, comme moi, fait la connaissance de ce type dont notre petite Miss Mel nous rebat les oreilles depuis un mois.

Mais apparemment, certains se croient au-dessus de tout ça.

Tim

À : Tim Grabowski <timothy.grabowski@thenyjournal.com>
De : Nadine Wilcock <nadine.wilcock@thenyjournal.com>
Objet : TU L'AS RENCONTRÉ ??

Alors, raconte, espèce de petite fouine.

Nad

À : Nadine Wilcock <nadine.wilcock@thenyjournal.com>
De : Tim Grabowski <timothy.grabowski@thenyjournal.com>
Objet : À quoi aurai-je droit en échange ?

Espèce de harpie déchaînée, hein ?

Tim

À : Tim Grabowski <timothy.grabowski@thenyjournal.com>
De : Nadine Wilcock <nadine.wilcock@thenyjournal.com>
Objet : Je dois faire la critique

du nouveau restau de De Niro, je t'emmène si tu me dis tout sur Max Friedlander.
Allez, raconte, je t'en supplie.

Nad

À : Nadine Wilcock <nadine.wilcock@thenyjournal.com>
De : Tim Grabowski <timothy.grabowski@thenyjournal.com>
Objet : Tu me forces la main

Bon, d'accord, je te raconte. Sauf que je veux aller dîner chez Bobby De Niro, et pas déjeuner. C'est le soir qu'y vont tous les banquiers d'affaires mignons comme tout.
Alors voilà.

Imagine un peu :

Le décor : au coin de la 53e et de Madison. Un trou de 12 m sur 6 au beau milieu de la chaussée. Autour de ce trou, des barricades installées par la police, des plots orange pour signaler le danger, des bulldozers, des bétonneuses, des camions, une grue, des journalistes télé, une centaine de flics et une vingtaine d'ouvriers du bâtiment plus sexy que tous ceux que le petit informaticien qui t'écrit a pu voir dans sa vie.

Le bruit des marteaux-piqueurs et des coups de klaxon des automobilistes non avertis, ayant omis d'écouter Radio Trafic avant de quitter leur New Jersey, est assourdissant. La chaleur est oppressante. Et l'odeur, ma chère – enfin, je ne sais pas ce que font les types de l'électricité au fond de ce trou, mais je vais te dire, je les soupçonne fortement d'avoir percé le mauvais tuyau.

C'était un peu comme si l'enfer s'était ouvert juste devant ce bastion de tous les maléfices, l'illustre *New York Chronicle*, pour tenter de le ramener auprès de son créateur, M. Satan en personne.

Soudain, au milieu de tout ça, j'aperçois sur le visage de notre Miss Mel – déjà enchantée du spectacle, tu imagines – une expression d'un tel ravissement que j'ai cru, pendant un instant, qu'elle venait de voir apparaître un camion de glace distribuant gratuitement des cônes au chocolat.

Alors, suivant son regard ébloui, je vois ce qui lui valait cet air béat :

Un Apollon. Je n'exagère pas. Un spécimen absolument parfait de beauté masculine. Il se tenait derrière l'une des barricades, les yeux baissés vers le trou, comme s'il venait de sortir d'un magazine de mode avec son treillis baggy et sa légère chemise en jean. Ses cheveux bruns flottaient doucement dans le vent. Et je te jure,

Nadine, si un de ces ouvriers du bâtiment lui avait tendu une pelle, elle aurait paru tout à fait à sa place entre ses mains vigoureuses.

Je ne peux pas franchement en dire autant de mon mec, par exemple.

Mais revenons à nos moutons :

Notre Miss Mel (hurlant pour se faire entendre par-dessus les marteaux-piqueurs) : « John, John ! Par ici ! »

Apollon se tourne. Nous voit. Il vire tout à coup à une profonde, et néanmoins parfaitement séduisante, couleur de terre d'ombre.

Je suis notre petite Miss Mel, qui se fraye un chemin à travers les policiers et les employés du *Chronicle* scandalisés, qui se sont rués sur les pauvres agents municipaux en brandissant leur carte de presse et en exigeant de savoir quand leurs bidets privatifs couleront à nouveau – n'essaye pas de me faire croire qu'ils n'en ont pas, alors qu'ils travaillent dans des bureaux plaqués or. En arrivant à hauteur de la créature divine qu'elle appelle John, pour des raisons qui m'échappent encore, notre Miss Mel poursuit, plus enthousiaste que jamais :

Notre Miss Mel : Qu'est-ce que tu fais là ? Tu es venu prendre une photo du trou ?
Max Friedlander : Heu. Oui.
Notre Miss Mel : Où est ton appareil ?
Max Friedlander : Oh. Heu. Je l'ai oublié.

Hmm. Tout dans le physique et rien dans le crâne. Enfin jusqu'à ce que :

Max Friedlander : En fait, j'ai déjà le cliché que je voulais. Mais j'étais juste là parce que… enfin tu sais que j'adore les catastrophes.

Notre Miss Mel : Et moi donc ! Alors, voilà mon ami,
Tim.

L'ami Tim serre la main du spécimen parfait. Ne se
lavera plus jamais la main.

Max Friedlander : Salut, enchanté.
L'ami Tim : Moi de même.
Notre Miss Mel : Écoute, je suis ravie de tomber sur toi.

Sur ce, elle entreprend de jeter par la fenêtre les règles
les plus élémentaires du protocole amoureux en annon-
çant : «Tous mes amis veulent te rencontrer. Tu penses
que tu pourrais nous retrouver demain soir, chez
Fresche, sur la 10e Rue vers 21 heures. Juste la bande du
journal, pas de panique.»

Je sais, je sais ! Moi aussi j'étais horrifié ! Non mais
qu'est-ce qui lui a pris ? Ce n'est pas possible d'aller
raconter des choses pareilles à un amant potentiel. Et la
subtilité, alors ? Les ruses féminines ? Cracher le morceau de manière aussi éhontée, comme ça… Je vais te
dire : j'étais outré. Ce qui prouve bien qu'on peut sortir
une fille du Midwest, mais le Midwest sera toujours en
elle.

M. Friedlander, je voyais bien, était tout aussi choqué
que moi. Il est devenu presque aussi blanc qu'il était
rouge une minute avant.

Max Friedlander : Heu… D'accord.
Notre Miss Mel : Génial. À demain, alors.
Max Friedlander : Sans faute.

Notre Miss Mel quitte la scène. L'ami Tim aussi. J'ai

jeté un coup d'œil par-dessus mon épaule, Max Friedlander avait déjà disparu – exploit remarquable si l'on considère qu'il n'avait nulle part où aller de ce côté-là du trou, si ce n'est à l'intérieur du bâtiment du *Chronicle*.

Impossible qu'il soit rentré là-dedans. Son âme aurait immédiatement été arrachéc à son corps tandis que des démons aspiraient sa force de vie.

Bref, voilà. J'espère bien te voir ce soir à 21 heures chez Fresche. Et ne sois pas en retard.

Quel cocktail faut-il commander pour ce genre de circonstances ? Je sais ! Consultons Dolly. Elle sait toujours exactement quelle boisson va avec quelle occasion.

Bye bye.

Tim

À : Dolly Vargas <dolly.vargas@thenyjournal.com>; George Sanchez <george.sanchez@thenyjournal.com>; Stella Markowitz <stella.markowitz@thenyjournal.com>; Jimmy Chu <james.chu@thenyjournal.com>; Alvin Webb <alvin.webb@thenyjournal.com>; Elizabeth Strang <elizabeth.strang@thenyjournal.com>; Angie So <angela.so@theny-journal.com>
De : Nadine Wilcock <nadine.wilcock@thenyjournal.com>
Objet : Mel

OK, tout le monde, vous avez entendu parler de lui ; maintenant on va voir s'il est à la hauteur de sa réputation. Fresche. 21 heures. Soyez-y, sinon demain vous ne saurez pas de quoi tout le monde parle à la machine à café.

Nad

À : Max Friedlander <photoguy@stopthepresses.com>
De : John Trent <john.trent@thenychronicle.com>
Objet : New York Journal

Allez, balance, et vite :
Qui connais-tu au *New York Journal* ?
Je veux des noms, Friedlander. Je veux une liste de
noms TOUT DE SUITE.

John

À : John Trent <john.trent@thenychronicle.com>
De : Max Friedlander <photoguy@stopthepresses.com>
Objet : New York Journal

Alors comme ça, tu consens à m'adresser de nouveau
la parole. Tu ne me prends plus de haut, hein, tout à
coup ? Je croyais t'avoir mortellement offensé avec mes
préceptes finement élaborés sur la gent féminine.

Je savais que tu reviendrais en rampant.

Alors que veux-tu savoir ? Si je connais quelqu'un au
New York Journal ? T'es cinglé ou quoi ? Tu es le seul journaliste avec qui je traîne. Je ne supporte pas ces pseudo-
intellos à 2 balles. Ils se croient tellement forts, tout ça
parce qu'ils savent aligner 3 mots pour en faire une phrase.

Pourquoi ça t'intéresse, au fait ?

Hé, Trent, tu ne sors quand même pas en public en te
faisant passer pour moi, au moins ? Hein ? Tu ne fais ça
que dans l'immeuble de ma tante, j'espère ? Pour cette
fille qui en avait marre de promener le chien, hein ?

Rien d'autre, hein ?
HEIN ???

Max

À : John Trent <john.trent@thenychronicle.com>
De : Max Friedlander <photoguy@stopthepresses.com>
Objet : New York Journal

Attends, j'avais oublié : je connais une nana. Dolly quelque chose. Je crois qu'elle bosse au *Journal*. Tu ne vas pas la rencontrer, au moins ?

Max

À : John Trent <john.trent@thenychronicle.com>
De : Genevieve Randolph Trent <grtrent@trentcapital.com>
Objet : Mlle Fuller

Très cher John,

Eh bien, dis-moi. Une échotière, rien de moins. Tu devrais avoir honte. Je pensais qu'au pire, nous aurions droit à une étudiante en troisième cycle. Tu sais, ce genre de filles atroces, à longs cheveux, qu'on voit parfois à Central Park, à lire Proust sur un banc, avec sandales, lunettes et « sac à dos ».

Mais… une échotière ! Non, franchement, John. Où as-tu donc la tête ?

Tu pensais vraiment que je ne le découvrirais pas ? Quelle idiotie ! Ce fut un jeu d'enfant. Un simple coup de fil aux Fuller de Lansing, dans l'Illinois. Je me suis fait passer pour une généalogiste. Une Fuller qui remonterait à l'arrivée du Mayflower. Ah, ça, ils ne se sont pas fait prier pour tout me raconter sur l'exploitation agricole et leur précieuse petite Mel, qui est partie à la grande ville, figurez-vous. Et pas n'importe laquelle des grandes villes, en plus, mais la plus grande du monde, New York.

Franchement, John.

Enfin, tu ferais bien de l'amener pour qu'on voie tous

152

à quoi elle ressemble. La semaine prochaine, par exemple. Mais alors, après le gala. Parce que mon agenda est plein jusque-là.

Baisers,

Mim

À : jerryisalive@freemail.com
De : Jason Trent <jason.trent@trentcapital.com>
Objet : Mim

Un petit mot en vitesse, juste pour te dire que Mim est sur le sentier de la guerre depuis que tu as raté l'inauguration.

En plus, bien que je n'en sois pas certain, elle semble être au courant pour la petite rousse.

Ne me regarde pas. Je ne lui ai rien dit. Je continue de penser que tu es cinglé d'avoir accepté de faire ça.

Stacy, en revanche, veut savoir si oui ou non tu as suivi son conseil.

Jason

P.S. : J'ai vu aux infos que vous aviez un trou dans la chaussée devant ton immeuble de bureau. Je compatis, concernant vos ennuis de sanitaires.

P.P.S : Désolé de t'avoir traité de timbré psychotique. Même si tu en es un.

P.P.P.S : J'oubliais : avec toute cette histoire, Stacy s'est créé sa propre adresse Internet. Elle en avait marre de se servir de la mienne. Son e-mail est jehaisbarneys@freemail.com

---

si tu veux. Je m'en fous.

Et ne t'en fais pas pour Mim. Je m'en fous aussi.

Il me plaît, moi, ce trou dans la chaussée. J'ai même développé une véritable affection pour lui. D'ailleurs, je serai triste quand il sera refermé.

Ouh là, triple agression au couteau à Inwood. Je file.

John

Stace,

Je crois que John ne va pas bien. Je l'ai traité de timbré psychotique la semaine dernière et il s'en fiche. Et je l'ai prévenu pour Mim, il s'en fiche aussi.

Il se fiche aussi de ce gros trou devant son bureau et de l'absence de toilettes en état de fonctionner dans l'immeuble.

Ça me rappelle mon cousin Bill la fois où il a avalé le ver au fond de la bouteille de tequila au Mexique. Il a été obligé de passer un mois en désintox !

Que faire ?

Jason

Jason,
Avant d'expédier ton pauvre frère en désintox, je vais voir ce que je peux en tirer. Il sera peut-être disposé à se confier à moi, puisque moi au moins, je ne le traite pas de tous les noms.

Stacy

À : John Trent <john.trent@thenychronicle.com>
De : Stacy Trent <jehaisbarneys@freemail.com>
Objet : Tu as suivi mon conseil, n'est-ce pas ?

Ne dis pas le contraire. Tu l'as appelée. Allez, raconte.
Et n'omets aucun détail. J'ai 34 ans, ce qui pour les femmes correspond à l'apogée de l'épanouissement sexuel. Je suis également enceinte et ne vois plus mes pieds depuis des semaines : le seul moyen pour moi d'avoir des relations sexuelles, c'est par procuration.
Alors, vas-y, sers-toi de ton clavier, petit galopin.

À : Stacy Trent <jehaisbarneys@freemail.com>
De : John Trent <john.trent@thenychronicle.com>
Objet : Réponse du petit galopin

Tu en dis des cochonneries pour une femme au foyer à temps plein et mère de deux enfants (et demi). Les autres mamans de l'association des parents d'élèves ont l'esprit aussi mal placé que toi ? Voilà qui doit pimenter un peu les kermesses de l'école.
Pour ton information, ce que tu supposes ne s'est pas produit.

Et si les choses continuent à ce rythme, cela ne se produira sûrement jamais.

Je ne sais pas ce qui cloche avec cette fille. Je sais que je ne suis pas le plus raffiné des hommes ; personne me connaissant ne me classerait dans la catégorie des play-boys. Pour autant, je n'ai jamais été accusé d'être un parfait idiot.

Mais quand je suis avec Mel, c'est exactement l'impression que je donne – sûrement un châtiment divin pour n'avoir rien fait d'autre que lui mentir depuis que je l'ai rencontrée.

Quoi qu'il en soit, je ne semble même pas capable d'arranger ne serait-ce qu'un simple dîner pour deux. Comme tu le sais, ma première tentative s'est soldée par une pizza avalée debout (et elle a payé la sienne).

Ma deuxième tentative fut pire : nous avons passé la plus grande partie de la soirée dans une clinique vétérinaire. Et, comble d'insulte, avec une grande élégance, je l'ai harcelée sexuellement sur le canapé de la tante de Max Friedlander. Elle s'est enfuie, comme on dit dans les romans à l'eau de rose, comme un faon effarouché. Et comment lui en vouloir : on aurait dit un ado en chaleur.

Cela comble-t-il ton désir de vivre par procuration mes aventures amoureuses, Stacy ? Et ces orteils, que tu n'as pas vus depuis si longtemps, frétillent-ils d'excitation ?

J'ai failli craquer et tout lui déballer après l'incident du canapé. Si seulement je l'avais fait... Depuis les choses vont de mal en pis.

Parce que chaque jour qui passe est un jour de plus pour lequel elle me détestera quand elle découvrira la vérité.

Et elle va la découvrir, c'est sûr. Un de ces quatre, la

chance va tourner, et quelqu'un qui connaît Max Friedlander va lui dire que ce n'est pas moi, elle ne va pas comprendre quand je vais essayer de lui expliquer – parce que cette histoire est tellement puérile… –, elle va me détester et ma vie sera foutue.

Pourtant, pour quelque insondable raison, au lieu de me mépriser, comme toute femme normale le ferait, Mel semble m'apprécier, figure-toi. Je n'arrive absolument pas à comprendre pourquoi. C'est vrai, avec ce qu'elle sait de moi – de Max Friedlander, devrais-je dire –, elle aurait toutes les raisons de me détester.

Mais non. Au contraire : Mel rit de mes blagues ineptes. Mel écoute mes histoires absurdes. Et, apparemment, elle parle de moi à ses amis et collègues, parce qu'un certain nombre d'entre eux ont exigé de me rencontrer.

Je sais ce que tu te dis. Tu te demandes : *Mais pourquoi a-t-il accepté ?*

Je ne sais pas. Quand elle m'en a parlé, j'étais devant l'immeuble de mon bureau, elle semblait surgir de nulle part. J'étais tellement surpris de la voir – et j'avais tellement peur que quelqu'un m'appelle par mon vrai nom – que je me suis figé sur place. Le soleil brillait, il y avait du bruit et de l'agitation de tous les côtés et, soudain, elle est apparue, avec ses cheveux scintillant autour de sa tête comme un halo, et ses grands yeux bleus me regardant d'un air étonné. Je crois que j'aurais répondu oui, même si elle m'avait demandé de lui manger du verre dans la main.

Et après, plus moyen de reculer, j'avais accepté. Je ne pouvais pas la laisser tomber.

Alors, paniqué, j'ai remué ciel et terre pour essayer de savoir si Max connaissait quelqu'un au *Journal*.

J'y suis allé, je les ai rencontrés. Ils étaient soupçonneux, mais ils prétendaient le contraire, pour Mel, car c'est clairement quelqu'un qu'ils adorent. À la fin de la soirée, nous étions tous les meilleurs amis du monde.

Pour la simple raison que la seule femme qui connaissait Max n'est pas venue.

Je n'ai appris cela, bien sûr, qu'en arrivant sur place quand Mel a dit : « Oh, Dolly Vargas – tu connais Dolly –, elle ne pourra pas venir, parce qu'elle avait des places pour un spectacle de danse. Mais je suis chargée de te transmettre son bonjour. »

Tu vois ? Tu vois comme j'ai eu chaud ? Ce n'est plus qu'une question de temps.

Alors que faire ? Si je lui dis, elle va me détester et je ne la reverrai plus jamais. Si je ne lui dis pas, elle finira par l'apprendre, et là elle va me détester et je ne la reverrai plus jamais.

Après le départ de ses amis, Mel a proposé un petit tour avant de rejoindre notre immeuble en taxi. Nous avons remonté la 10e Rue, qui – s'il te reste des souvenirs d'avant votre fuite en banlieue – est une rue résidentielle ombragée, où s'alignent de vieilles maisons de grès rouge, dont les fenêtres sont toujours allumées le soir, et où l'on peut voir les gens lire ou regarder la télé, bref, faire tout ce que l'on peut faire chez soi à la nuit tombée.

Nous marchions et elle m'a pris la main… Nous avons continué à nous promener, comme ça. Et là, je me suis soudain rendu compte avec horreur que jamais dans ma vie, jamais, je ne me suis promené dans la rue en tenant une fille par la main, et en éprouvant le sentiment que je ressentais alors… le bonheur.

Tout ça parce que, chaque fois qu'une fille m'a attrapé la main, c'était pour me traîner jusqu'à une vitrine et me montrer ce qu'elle voulait que je lui achète. À chaque fois.

Je sais que ça a l'air horrible, on dirait que je m'apitoie sur mon sort, mais ce n'est pas ça. Je te dis seulement la vérité.

C'est ça le plus affreux, Stace. C'est la vérité.

Et maintenant je suis censé tout lui avouer ? Lui révéler qui je suis ?

Je crois que je n'en suis pas capable.

Tu pourrais, toi ?

John

À : Jason Trent <jason.trent@trentcapital.com>
De : Stacy Trent <jehaisbarneys@freemail.com>
Objet : John

Ton frère va très bien, idiot. Il est amoureux, c'est tout.

Stacy

P.S. : On est à court de Cornflakes. Tu peux en prendre une boîte en rentrant du boulot, ce soir ?

À : Stacy Trent <jehaisbarneys@freemail.com>
De : Jason Trent <jason.trent@trentcapital.com>
Objet : Mon frère

John ? Amoureux ? De qui ? De la petite rousse ?
MAIS ELLE NE CONNAÎT MÊME PAS SON VRAI NOM !!

Et ça ne te dérange pas ??

Tous les membres de cette famille ont pété un boulon ou quoi ?

Jason

À : Nadine Wilcock <nadine.wilcock@thenyjournal.com>
De : Mel Fuller <melissa.fuller@thenyjournal.com>
Objet : Redis-moi...

Allez, encore une fois...

Mel

À : Mel Fuller <melissa.fuller@thenyjournal.com>
De : Nadine Wilcock <nadine.wilcock@thenyjournal.com>
Objet : Non

Je refuse.

Nad.

À : Nadine Wilcock <nadine.wilcock@thenyjournal.com>
De : Mel Fuller <melissa.fuller@thenyjournal.com>
Objet : Allez...

Dis-moi. Avoue que tu en meurs d'envie. Tu me DOIS BIEN ÇA !

Mel

À : Mel Fuller <melissa.fuller@thenyjournal.com>
De : Nadine Wilcock <nadine.wilcock@thenyjournal.com>
Objet : C'est pas vrai, quelle cinglée

tu fais ! Tu commences vraiment à me gonfler. D'accord, je vais te dire. Mais c'est la dernière fois.
Allez. C'est parti.
Tu as raison. Max Friedlander est très sympa. Nous nous sommes tous trompés à son sujet. Je m'excuse. Je te dois un Frappuccino.

T'es contente ?

Nad

À : Nadine Wilcock <nadine.wilcock@thenyjournal.com>
De : Mel Fuller <melissa.fuller@thenyjournal.com>
Objet : Un grand

Frappuccino avec du lait écrémé. N'oublie pas.

Mel

P.S. : Tu ne trouves pas adorables les petits plis qu'il a au coin des yeux quand il sourit ? Un peu comme Robert Redford, jeune…

À : Mel Fuller <melissa.fuller@thenyjournal.com>
De : Nadine Wilcock <nadine.wilcock@thenyjournal.com>
Objet : Arrête, je vais vomir.

Trêve de plaisanterie, j'étais comme ça, quand j'ai commencé à sortir avec Tony ?

Si c'est le cas, je ne sais pas pourquoi personne ne m'a abattue sur-le-champ.

Parce que c'est écœurant. Franchement. Arrête ça tout de suite.

Nad

À : Mel Fuller <melissa.fuller@thenyjournal.com>
De : Aaron Spender <aaron.spender@thenyjournal.com>
Objet : Max Friedlander

Oui, je sais, j'ai entendu tout le monde en parler à la machine à café. Apparemment, Fresche était l'endroit où il fallait être hier soir.

Ne t'en fais pas, je ne suis pas vexé de ne pas avoir été invité. Je comprends tout à fait pourquoi tu n'avais pas envie de me voir là-bas.

Et, ne t'inquiète pas, je ne t'écris pas aujourd'hui avec l'intention d'essayer de te récupérer. Je me rends compte – enfin – que tu as trouvé quelqu'un d'autre.

Je t'écris simplement pour te dire à quel point je suis content pour toi. Je n'ai jamais voulu que ton bonheur.

Si tu l'aimes, eh bien, je n'ai pas besoin d'en savoir plus. Si tu l'aimes, Melissa, cette personne doit être véritablement digne, noble. Un homme qui te donne tout le respect que tu mérites. Un homme qui ne te laissera jamais tomber.

Je veux seulement que tu saches, Melissa, que j'aurais tout fait pour être cet homme. Je le pense. S'il n'y avait pas eu Barbara…

Mais avec des si… Ce n'est pas le moment de revenir là-dessus.

Sache que je pense à toi et que je suis ravi de te voir aussi radieuse. Tu le mérites, plus que toute autre personne que j'ai jamais connue.

Aaron

À: Aaron Spender <aaron.spender@thenyjournal.com>
De: Mel Fuller <melissa.fuller@thenyjournal.com>
Objet: Max Friedlander

Merci, Aaron, pour cet adorable message. Ça compte énormément pour moi.

Mel

P.S. : Désolée de devoir aborder le sujet, mais je sais que c'est toi qui as pris la figurine de Xena la Guerrière qui était posée sur mon écran d'ordinateur. Le nouveau stagiaire t'a vu, Aaron.

Rends-la-moi. Je ne veux pas savoir ce que tu fais avec. Je veux que tu me la rendes, c'est tout. Compris ?

À : Mel Fuller <melissa.fuller@thenyjournal.com>
De : Dolly Vargas <dolly.vargas@thenyjournal.com>
Objet : Ton nouveau soupirant

C'est tout toi, ça, mon chou : tu exhibes ton nouveau joujou, alors que je ne suis même pas là pour le vernissage. Ce n'est pas juste. Quand vient-il te chercher pour déjeuner ou quelque chose, pour que je puisse lui parler ? Ça fait tellement longtemps. Je ne me souviens plus à quoi il ressemble. Je devrais peut-être aller jeter un coup d'œil au Whitney pour me rafraîchir la mémoire.
Bisous bisous

Dolly

À : Nadine Wilcock <nadine.wilcock@thenyjournal.com>
De : Mel Fuller <melissa.fuller@thenyjournal.com>
Objet : Nu

OH MON DIEU !!
J'avais complètement oublié cet autoportrait de Max Friedlander soi-disant exposé au Whitney !
Celui où il est nu !!!
QUE FAIRE ?? Je ne peux quand même pas aller le VOIR, si ? Ce serait vraiment pervers !

Mel

P.S. : Rien que d'y penser, j'ai mal au crâne.

À: Mel Fuller <melissa.fuller@thenyjournal.com>
De: Nadine Wilcock <nadine.wilcock@thenyjournal.com>
Objet: Pitié

Évidemment, tu peux aller y jeter un coup d'œil. Lequel est le plus pervers : toi qui vas voir ou lui, qui prend la photo et l'expose aux yeux du monde entier ?

Enfin, bref. Prends ton sac et suis-moi. Laissons tomber le step pour un peu de culture, avec la gracieuse permission du Whitney Museum.

Nad

P.S. : Ton mal de tête, c'est à cause du Frappuccino – moi ça me fait pareil.

À: Stacy Trent <jehaisbarneys@freemail.com>
De: John Trent <john.trent@thenychronicle.com>
Objet: J'ai besoin de ta

recette de flétan au crabe. J'ai pris une décision : puisque toutes mes tentatives pour l'emmener au restau sont un vrai désastre, je vais lui préparer un dîner, dans l'intimité de mon appartement.

Enfin, de l'appartement de la tante de Max Friedlander.

Qui sait, j'aurai peut-être même le cran de lui avouer la vérité.

Sûrement pas, en fait.

Et aussi : comment fais-tu ces espèces de croûtons avec des tomates dessus ?

John

À : John Trent <john.trent@thenychronicle.com>
De : Stacy Trent <jehaisbarneys@freemail.com>
Objet : Mes espèces de croûtons

J'en suis réduite à supposer qu'il s'agit de ma bruschetta. Il suffit de faire griller des morceaux de baguette, que tu frottes ensuite avec de l'ail. Tu coupes quelques tomates et tu...

Oh et puis tu n'as qu'à les commander chez Zabar, John, comme tout le monde. Ensuite, tu fais comme si tu l'avais préparée toi-même. Tu crois peut-être que je sais cuisiner ! La bonne blague ! Mon poulet rôti ? Il vient de chez Kenny Rogers. Mon flétan au crabe ? De Jefferson Market. Mes frites coupées à la main ? Du surgelé !

Voilà, maintenant tu sais. Ne dis rien à Jason. Ça perdrait toute sa magie.

Stacy

À : Dolly Vargas <dolly.vargas@thenyjournal.com>
De : Mel Fuller <melissa.fuller@thenyjournal.com>
Objet : Max Friedlander

Chère Dolly,
Ris, si tu trouves ça drôle. Personnellement, je ne trouve pas cela amusant.

Je ne peux pas dire que je trouve ses parents particulièrement responsables de l'avoir laissé jouer avec un appareil photo dans la baignoire à l'âge de 5 ans. Il aurait pu s'électrocuter ou un truc du genre.

En plus, on ne le reconnaît pas du tout sur cette photo.

Mel

P.S. : Tu es responsable du rhume que je suis en train d'attraper. C'est ta faute si je suis aussi anxieuse, donc susceptible d'attraper ce virus de la grippe qui traîne.

À: Mel Fuller <melissa.fuller@thenyjournal.com>
De: Dolly Vargas <dolly.vargas@thenyjournal.com>
Objet: N'importe quoi.

Tu sais combien j'aime te taquiner. Tu es la petite sœur attardée mentale que je n'ai jamais eue.

Je plaisante, mon chou, je plaisante.

Au lieu de t'énerver après moi, tu devrais plutôt me plaindre. Je suis désespérément amoureuse d'Aaron et il me dit à peine bonjour. Il reste assis à son bureau en regardant la photo de vous deux qu'il a mise en fond d'écran sur son ordinateur. C'est tellement pathétique que j'en ai presque envie de pleurer.

Mais bon, depuis que je me suis fait refaire les paupières, je suis physiquement incapable de verser une larme.

Au fait, il y a un problème avec ta jupe, non ? On dirait que tu es boudinée.

Bisous bisous

Dolly

P.S. : Tu veux bien arrêter de tousser aussi fort ? Ça aggrave ma gueule de bois.

À: George Sanchez <george.sanchez@thenyjournal.com>
De: Mel Fuller <melissa.fuller@thenyjournal.com>
Objet: Ma santé

Cher George,
Je t'écris depuis chez moi, pour te dire que je ne vien-

drai pas travailler aujourd'hui, étant donné que je me suis réveillée avec un mal de gorge, de la fièvre et le nez qui coule.

J'ai laissé mes feuillets sur ton bureau hier soir et j'ai assez d'infos pour Ronnie demain. Dis-lui que tout est dans le dossier vert sur mon bureau.

Si tu as la moindre question, tu sais où me trouver.

Mel

P.S. : S'IL TE PLAÎT, signale à Amy Jenkins aux ressources humaines que, si je n'ai pas pointé aujourd'hui, c'est parce que je suis malade ! Mon dernier congé maladie a été compté comme un retard dans mon dossier personnel.

P.P.S. : Peux-tu t'assurer que ma figurine de Xena la Guerrière est de retour sur mon écran d'ordinateur ? Quelqu'un me l'a prise, mais il est censé la remettre. Dis-moi simplement s'il l'a fait ou non.

Merci,

Mel

À : Don et Beverly Fuller <DonBev@dnr.com>
De : Mel Fuller <melissa.fuller@thenyjournal.com>
Objet : Mes dernières volontés et mon testament

Salut. Je vous écris pour vous dire que j'ai une grippe terrible et que je vais sûrement mourir. Le cas échéant, sachez que je vous lègue, à tous les deux, la totalité de l'argent placé sur mon fonds de pension. Faites en sorte que Kenny et Richie puissent aller à l'université. Je sais qu'ils refuseront sûrement, puisqu'ils ont pour projet d'être basketteurs à la NBA quand ils seront grands, mais, au cas où le sport professionnel ne marcherait pas, ils devraient tout de même pouvoir se financer un semestre ou deux grâce à mes 24 324,57 dollars.

Donnez tous mes vêtements à Crystal Hope, la nouvelle femme de Jer. Apparemment, elle en a bien besoin.

Je ne sais pas ce que vous pourriez faire de ma collection de poupées. Robbie et Kelly auront peut-être une fille la prochaine fois. Dans ce cas, je leur laisse.

Mes seuls autres biens sont des livres. Dans l'éventualité de mon décès, pouvez-vous faire en sorte qu'ils reviennent au neveu de ma voisine de palier, John ? En fait, son vrai nom est Max. Il te plairait, maman. Toutes les personnes du bureau l'ont rencontré et apprécié. Il est très drôle et gentil.

Et non, maman, nous ne couchons pas ensemble.

Ne me demande pas pourquoi non plus. Ne laisse pas papa lire tout ça : je commence à me demander si j'ai un problème quelque part. Je ne parle pas de mon rhume, là. Mais, John et moi, on s'est seulement embrassés une fois et depuis, rien, *nada, niente*.

Peut-être que j'embrasse très mal. Ça doit être ça. C'est sûrement la raison pour laquelle tous les types avec qui je suis sortie ont fini par me larguer, Jer compris. Je suis petite, j'ai une vessie minuscule, je suis rousse et j'embrasse super mal.

Soyons réalistes : à ma naissance, maman, le médecin a-t-il mentionné les termes «mutation génétique» ? A-t-il jamais employé… je ne sais pas… le mot «mutante» ?

Parce que c'est vraiment l'impression que j'ai. Oh, je sais : Robbie n'a pas eu de problème, lui. De toute évidence, il a hérité du chromosome du baiser qui me fait défaut. C'est ça ou bien Kelly embrasse mal, elle aussi, et elle n'a jamais été capable de faire la différence.

J'imagine que… Ahhh ! On sonne !

C'est John. Et moi qui ai l'air horrible ! Maman, je dois y aller…

Mel

À : Mel Fuller <melissa.fuller@thenyjournal.com>
De : Don et Beverly Fuller <DonBev@dnr.com>
Objet : Ton dernier mail est absurde

Melissa Ann Marie Fuller !

Comment peux-tu donc écrire des sottises pareilles ? Tu as un petit rhume, ma chérie. Tu n'es pas à l'agonie. Tes poupées resteront à leur place, dans leur vitrine, dans ta chambre, à côté de tes médailles du mouvement de la jeunesse agricole et de ton diplôme du lycée du comté de Duane.

Et cette histoire de garçon qui pense que tu n'embrasses pas bien ? Eh bien si c'est ce qu'il croit, tu n'as qu'à lui dire d'aller se jeter dans un lac. Je suis sûre que tu embrasses très bien.

Ne t'en fais pas, Melissa. Il y a beaucoup de poissons dans l'océan. Tu n'as qu'à remettre celui-là à l'eau. Ton bateau finira par arriver. Tu es bien plus jolie que toutes ces filles que je vois à la télévision, surtout celle qui a couché avec le Président. Tu peux avoir mieux que ce garçon qui pense que tu embrasses mal, et que l'autre, qui a couché avec Barbara Bellerieve. D'ailleurs, j'ai entendu dire qu'elle avait des dents sur pivot !

Alors tu dis à ce garçon de ficher le camp, tu te mets bien au chaud sous la couette, devant la télé, et tu bois beaucoup, surtout du bouillon de poulet. Tu seras guérie en un rien de temps.

Je ne devrais pas te le dire – je voulais te faire la surprise – mais je t'ai envoyé un petit quelque chose qui devrait te remonter le moral. Allez, je le dis, je t'ai fait des biscuits à la cannelle, ceux que tu préfères.

On efface cette grimace et on fait un beau sourire, jeune fille !

Baisers

Maman

À : Nadine Wilcock <nadine.wilcock@thenyjournal.com>
De : Mel Fuller <melissa.fuller@thenyjournal.com>
Objet : Merci

Merci, merci, merci !

John m'a dit qu'il avait appelé et que tu lui avais appris que j'étais à la maison, malade. Devine ce qu'il a fait, du coup ? Je ne veux pas être pénible, mais je meurs d'envie de le raconter à quelqu'un, alors je t'ai choisie comme victime :

Il est allé chez un traiteur m'acheter du bouillon de poulet !

Je te jure ! Un gros bol ! Et, ensuite, il est passé chez moi avec la soupe, du jus d'orange, une vidéo et de la glace (vanille toute simple, il ne doit pas savoir qu'il y a mieux. Tu as raison, il faut les éduquer, parfois).

Je devais avoir l'air absolument horrible (en pyjama imprimé vache avec mes grosses pantoufles en forme de lapin, et tu aurais dû voir l'état de mes cheveux… oh là là !), pourtant, quand je lui ai proposé de rester avec moi pour regarder le film (*Fenêtre sur cour* – je sais ce que tu penses, Nadine, mais je suis certaine qu'il ne sait pas que je l'espionne. De plus j'ai toujours poliment détourné le regard quand il se déshabillait. Sauf une fois, mais c'était juste pour en finir avec cette question essentielle : slip ou caleçon), bref, il a accepté mon invitation !

Comme je tournais la télé pour la remettre en direction du canapé, il a dit que je devrais rester au lit (que je venais d'abandonner pour ouvrir la porte, selon toute évidence – je ne m'étais pas embêtée à le faire ni rien, tu aurais dû voir l'océan de Kleenex usagés qui l'entourait). Alors il m'a obligée à y retourner et il a réorienté l'écran face au lit.

Ensuite, il est allé dans la cuisine – j'étais très gênée, vu le nombre d'assiettes dans l'évier – et quand il en est ressorti, il avait posé le bouillon et le jus d'orange sur ce plateau petit déjeuner que j'avais acheté, tu te souviens ? Sauf que je ne m'en étais servie que pour poser mon portable sur la baignoire, comme la femme dans la pub, la fois où j'avais eu le coup de soleil mal placé et que George avait été assez méchant pour me faire travailler de la maison.

Nadine, c'était vraiment adorable ! Il s'est installé de l'autre côté du lit (pas sous les couvertures, au-dessus) et nous avons regardé le film. J'ai mangé ma soupe et puis nous avons attaqué la glace à la cuillère, directement dans le pot. Quand le passage qui fait peur a commencé, on l'a complètement oubliée et elle a fondu, il y en a un peu sur mes draps qui sont tout collants, maintenant, mais peu importe.

À la fin du film, nous avons jeté un coup d'œil à la chaîne météo, il y avait un direct depuis la côte de Trinidad, ravagée par l'ouragan Jan. Nous avons regardé un moment et puis je ne sais pas ce qui s'est passé, j'ai dû prendre trop de médicaments... Il m'a souhaité une bonne nuit, a dit qu'il me verrait demain et quand je me suis réveillée, il était parti, il faisait nuit et il avait fait toute la vaisselle.

Pas seulement le bol de soupe et le verre du jus d'orange. TOUTE la vaisselle qui était dans mon évier avait été lavée et posée sur l'égouttoir.

Pendant un instant, j'ai vraiment cru à une hallucination, mais ce matin, elle y était toujours. Nadine, il a fait ma vaisselle pendant que je dormais et ronflais, sûrement, à cause de mon impressionnante congestion nasale.

N'est-ce pas la chose la plus adorable que tu aies jamais entendue ? AVOUE ! Jamais un homme ne m'avait fait ma vaisselle.

Voilà, c'est tout. Je voulais juste me vanter. À part ça, je suis toujours dans un piteux état, je ne sais pas quand je vais revenir au boulot.

Xena est-elle de retour à sa place ? À ton avis, qu'est-ce qu'il lui a fait ? Je suis tellement soulagée qu'on ait rompu. Ce qu'il peut être BIZARRE, ce type.

Mel

P.S. : Ce n'est pas parce que je suis malade que tu dois manquer les cours de step.

À : Mel Fuller <melissa.fuller@thenyjournal.com>
De : Nadine Wilcock <nadine.wilcock@thenyjournal.com>
Objet : Alors ?

Slip ou caleçon ? Mets fin à ce suspense insoutenable, Fuller.

Nad ; -)

À: Nadine Wilcock <nadine.wilcock@thenyjournal.com>
De: Mel Fuller <melissa.fuller@thenyjournal.com>
Objet: Tsss

Caleçon.

Et très mignon, en plus, avec des petites balles de golf dessus.

Mel; -)

À: George Sanchez <george.sanchez@thenyjournal.com>
De: Mel Fuller <melissa.fuller@thenyjournal.com>
Objet: Ma santé

Cher George,

Je suis toujours malade. Je ne viendrai pas aujourd'hui et probablement pas demain non plus.

Ne te mets pas en colère. Je sais que la période est riche en événements à couvrir, avec toutes les soirées dans les Hamptons, mais que puis-je y faire ? J'ai profité de ma fabuleuse mutuelle, hier, pour consulter un médecin. Sais-tu ce qu'il m'a prescrit ? Rester au lit et boire beaucoup, George ! Ce qui serait impossible dans les Hamptons. Dolly pourrait sûrement, mais pas moi.

Dis à Ronnie que je ne crois pas un mot de cette histoire sur George et Winona à Cannes, elle ferait mieux de vérifier auprès de leurs agents avant de lancer ça. Il est bien trop vieux pour elle.

Mel

P.S. : N'oublie pas de dire à Amy Jenkins que je suis toujours absente pour cause de maladie, et pas en retard.

P.P.S. : Ma figurine de Xena la Guerrière est-elle à sa place ?

Encore en ligne ? J'essaye de te joindre depuis une heure. Je SAIS que tu ne parles pas à Mel, parce que je sors de chez elle à l'instant.

Et je n'étais pas le seul présent, figure-toi. Devine qui m'a ouvert quand j'ai frappé :

Exactement : Mister Parfait en personne.

Je ne devrais pas l'appeler comme ça. Il me plaît bien, moi. Il est plutôt normal, en fait. Pas comme ce taré de Spender. Tu te souviens quand nous sommes sortis tous les quatre et que Spender a commencé à parler des flics ? Ça m'a scié. Je lui ai vite refermé son clapet, hein, quand j'ai répliqué que j'avais quatre cousins dans la police ? Au moins, le nouveau ne raconte pas autant de conneries que Spender.

Bref, je venais livrer ce que tu m'avais demandé et John a ouvert. Au début, j'étais plutôt embêté, je te le dis. J'ai cru que j'avais interrompu un truc sexuel. Mais il était tout habillé et il m'a invité à entrer.

Mel était là, avec son pyjama bizarre, blanc avec des grosses taches noires, comme une vache. Elle était couchée, mais elle n'avait pas l'air très malade, si tu veux mon avis. Ils regardaient un film. Apparemment, depuis qu'elle est clouée au lit, ils font ça souvent. Il apporte de quoi manger – rien de ma qualité, je dois dire, mais des produits comestibles, en tout cas – et ils regardent des films.

Je ne sais pas. Ça veut dire que c'est du sérieux, tu crois ? Pas de partie de jambes en l'air, d'après ce que j'ai pu voir. Enfin, il y avait bien des tonnes de Kleenex sur le sol, mais je suis presque sûr que c'était pour le nez de Mel et rien d'autre.

Hé, ne t'énerve pas après moi. Je ne suis que le messager.

Bon. J'ai dit : « Voilà les trucs pour le boulot et je t'ai fait une tarte aux pêches. » Bien entendu Mel a adoré, parce que comme toute gourmande qui se respecte, elle considère ma tarte aux pêches comme un cadeau des dieux. Elle a insisté pour que nous en mangions un morceau tous ensemble. John est allé mettre la tarte sur un plat, j'ai eu comme l'impression qu'il connaissait la cuisine, ce qui en dit long, surtout quand on sait que Mel range ses Tupperware dans son four et ses bières dans le bac à légumes du frigo.

Bref, il a rajouté de grosses boules de glace à la vanille sur ma tarte, ce qui, comme tu le sais, souille la pureté de sa texture. Enfin bon. Nous nous sommes assis tous les 3 sur le lit et nous avons mangé. Je dois reconnaître, même si c'est moi qui le dis, que c'était la meilleure tarte aux pêches jamais créée, malgré la glace.

J'ai essayé de regarder le film un moment, parce que Mel me l'avait proposé, mais je voyais bien que lui se disait très franchement : « Mais il va s'en aller, oui ? » Alors j'ai prétendu que je devais retourner travailler, Mel m'a remercié, elle a ajouté qu'elle se sentait mieux et qu'elle serait de retour au boulot lundi. Bon, moi j'étais là « ouais d'accord… ». John m'a raccompagné, il m'a dit : « sympa de t'avoir revu, salut » et m'a quasiment refermé la porte au nez.

Je ne peux pas lui en vouloir. Moi c'était pareil au début où on sortait ensemble. Sauf que je ne t'aurais jamais laissée acheter un pyjama pareil. Mel n'a donc aucune lingerie ?

Même avec ce pyjama, je te le dis, ce type l'a dans la peau. Bien plus que Spender ne l'a jamais eue.

J'imagine que, comme toujours, Mel ne s'en doute pas

le moins du monde, n'est-ce pas ? Tu ne crois pas que quelqu'un devrait lui dire ?

Tony

À : Tony Salerno <chef@fresche.com>
De : Nadine Wilcock <nadine.wilcock@thenyjournal.com>
Objet : Mel

Maintenant c'est toi qui ne décroches plus !

J'imagine que tu es en salle, à éblouir les clients avec ton tartare de saumon sur lit d'endives.

Enfin, merci d'avoir apporté les trucs à Mel. Alors il était encore là, hein ? Hier soir aussi. Je crois que tu as raison, il l'a dans la peau.

Mais bon, c'est réciproque.

Et non, je ne pense pas qu'ils aient besoin de notre aide. Personne ne nous a aidés, nous, si ? Et tout s'est bien passé, pourtant.

Tu n'as pas dit à Mel que j'avais fait sauter le cours de step, au moins ?

Nad

P.S. : Je te signale que la seule lingerie dont tu es censé te préoccuper, très cher, c'est la mienne. Ce que Mel Fuller porte au lit, ça la regarde. C'est moi qui lui ai offert ce pyjama vache pour son anniversaire. Je le trouve mignon.

176

Chère maman,

Merci beaucoup pour les biscuits ! Ils sont délicieux – enfin, si je retrouvais le sens du goût, je suis sûre qu'ils le seraient.

Je vais bien mieux – pas suffisamment pour aller travailler, mais mieux quand même. J'ai toujours l'air d'aller assez mal pour que mon chef ne soupçonne rien quand je l'appelle pour prévenir de mon absence, c'est déjà ça.

Aussi, à propos du fait que j'embrasse mal : je m'excuse de vous avoir accusés, papa et toi, de ne pas m'avoir transmis le gène du baiser. Finalement, j'embrasse bien mais John est timide.

Bien sûr, ce n'est pas facile d'embrasser quelqu'un quand on a le nez complètement bouché, mais c'est en forgeant que l'on devient forgeron.

Enfin, encore merci pour les biscuits, je t'appelle.

Bisous,
Mel

P.S. : John aussi adore tes biscuits !

––

À: Mel Fuller <melissa.fuller@thenyjournal.com>
De: Don et Beverly Fuller <DonBev@dnr.com>
Objet: Biscuits à la cannelle

Melissa, ne m'en veux pas. Je ne voudrais pas me mêler de ce qui ne me regarde pas. J'ai la nette impression – ne te crois pas obligée de me le dire si tu ne le souhaites pas – que ce John Max Friedlander et toi *couchez* ensemble.

Alors, tu es grande et tu dois prendre des décisions par toi-même, mais je pense qu'il faut que tu saches plusieurs choses :

Il n'achètera pas la vache s'il peut avoir le lait gratis. C'est vrai. Crois-moi, c'est vrai. Il faut une bague à ton doigt avant d'écarter les cuisses, ma chérie.

Bon, je sais, je sais. Toutes les filles le font de nos jours.

Eh bien s'il faut vraiment que tu fasses comme les « branchés », prends au moins tes précautions, d'accord, ma chérie ? Promets à maman.

Oh là là ! Je dois y aller. On a rendez-vous avec l'équipe de bowling de papa au restaurant ce soir.

Bisous,

Maman

À : Don et Beverly Fuller <DonBev@dnr.com>
De : Mel Fuller <melissa.fuller@thenyjournal.com>
Objet : Biscuits à la cannelle

Oh mon dieu, maman, je NE couche PAS avec lui, compris ? Je parlais d'embrasser, c'est tout. Comment es-tu passée des baisers au sexe ?

Oui, enfin bon, j'imagine que c'est une progression naturelle, mais quand même. Cette histoire de vache est absurde. Tu trouves que je ressemble à une vache ?

Et la devise selon laquelle « il faut essayer un pantalon avant de l'acheter », hein ? C'est le conseil que papa a donné à Robbie avant qu'il ne parte pour l'université.

Et moi j'ai droit à quoi ? À cette imbécillité sur les vaches !

Pour ton information, mère, je pourrais bien avoir envie d'essayer un pantalon. Ça ne t'a jamais traversé l'esprit ? C'est vrai, il y a beaucoup de pantalons dans le monde, et comment trouver le bon si je n'essaye pas tous les candidats potentiels ? Du moins, après sélection.

BIEN ENTENDU, si je décide d'essayer ce pantalon en particulier, je prendrai les plus grandes précautions. C'est vrai, à la fin, on est au XXIe siècle, quoi.

MERCI de ne rien dire de tout cela à papa. Je t'en supplie.

Mel

À : Mel Fuller <melissa.fuller@thenyjournal.com>
De : Don et Beverly Fuller <DonBev@dnr.com>
Objet : Biscuits à la cannelle

Tu n'es pas obligée de crier, ma chérie. Je te lis très bien en minuscules.

Bien sûr, je te fais confiance, je sais que tu prendras la bonne décision.

Et je suis certaine que tu as raison pour le pantalon. Je sais que tu feras pour le mieux. C'est ce que tu fais toujours.

Cela dit, le bon sens voudrait qu'on n'essaye pas de pantalon qui n'a jamais mentionné le mot avec un grand A. Je connais beaucoup de pantalons – français ou italiens en particulier – qui donnent du A pour un oui ou pour un non, mais je crois que les Américains sont un peu plus réticents. Quand ils le disent, généralement, ils le pensent.

Alors sois gentille et attends que le mot avec un grand A soit prononcé, tu veux ? Parce que je te connais, Melissa. Je sais comme ton petit cœur se brise facilement. J'étais là pour Jer, n'est-ce pas ?

Alors tu vas attendre d'avoir entendu le mot qui commence par un A, d'accord ?

Aux infos, j'ai vu que le tueur travesti avait fait une nouvelle victime, dans l'Upper East Side, cette fois ! J'espère que tu fermes ta porte la nuit, ma chérie. Il semble particulièrement apprécier la taille 36, alors il faut vraiment que tu aies des yeux dans le dos quand tu sors le soir, ma puce.

Sans oublier de faire attention aux trous dans la chaussée !

Bisous

Maman

P.S. : Et aux chutes de climatiseur.

À : Nadine Wilcock <nadine.wilcock@thenyjournal.com>
De : Mel Fuller <melissa.fuller@thenyjournal.com>
Objet : À l'aide

J'ai fait l'erreur de raconter à ma mère que John et moi étions sortis ensemble et maintenant elle n'arrête pas de me parler de vaches et d'un truc qu'elle appelle le mot avec un grand A.

Du coup, je me demande : Quelle est la règle ? Je veux dire, quand on couche ensemble ? Après combien de rendez-vous a-t-on le droit de coucher ensemble ? Sans passer pour une salope, je veux dire ? Est-ce qu'on peut parler de rencard quand on est malade et qu'il apporte de la glace ?

À la vanille, pour être exacte.

Mel

Qu'est-ce que «salope» veut dire, pour toi? C'est un mot très subjectif, si tu veux mon avis. Par exemple, j'ai couché avec Tony le premier soir. Est-ce que ça fait de moi une salope?

Reprenons:

Ce type te plaît. Tu as envie de lui sauter dessus.

Mais tu t'inquiètes de savoir s'il va te traiter de salope si tu couches avec lui trop tôt.

As-tu vraiment envie d'être avec quelqu'un qui emploierait des termes aussi péjoratifs? Non, bien sûr que non.

En conclusion, la réponse à ta question: «Après combien de rencards a-t-on le droit de coucher avec quelqu'un?» est:

Il n'y a pas de bonne réponse.

C'est différent pour chacun.

Désolée de ne pas pouvoir t'aider.

Nad

À: Mel Fuller <melissa.fuller@thenyjournal.com>
De: Tony Salerno <chef@fresche.com>
Objet: Sexe

Chère Mel,

Salut. J'espère que ça ne te dérange pas, mais Nadine a évoqué ton petit problème – à quel moment passer à l'acte dans une relation. Je pense avoir une réponse pour toi:

Si c'est bon, fais-le.

Je suis sérieux. J'ai toujours suivi ce principe dans ma

vie et regarde où j'en suis ? Je suis chef cuisinier dans mon propre restaurant et je vais épouser une femme super sexy qui porte un string sous son tailleur bleu marine.

Avec ça, on ne peut pas se tromper.

Tony

À : Mel Fuller <melissa.fuller@thenyjournal.com>
De : Nadine Wilcock <nadine.wilcock@thenyjournal.com>
Objet : Je te prie d'excuser

mon petit ami. Je ne sais pas si je t'ai déjà parlé de ses problèmes de compréhension.

Nad

À : Nadine Wilcock <nadine.wilcock@thenyjournal.com>
De : Mel Fuller <melissa.fuller@thenyjournal.com>
Objet : Ça ne me gêne pas

que tu évoques ma vie sexuelle – ou son inexistence, d'ailleurs – avec Tony mais tu ne racontes pas ça à tout le bureau, au moins ?

HEIN ?

Mel

À : Peter Hargrave <peter.hargrave@thenyjournal.com>
De : Dolly Vargas <dolly.vargas@thenyjournal.com>
Objet : Mel Fuller

Évidemment, il faut qu'elle fonce, chéri. Qu'a-t-elle à perdre ? Elle ne rajeunit pas : bientôt la loi de la gravitation va commencer à attirer vers le bas les parties de son corps qu'elle a le plus envie de voir pointer vers le soleil. Et tu sais ce qu'on dit, il faut profiter du soleil.

D'ailleurs, Aaron me fait faux bond ce week-end. Qu'en dis-tu ? La maison de Steven est un rêve, tout le monde sera très discret. Ce sont des gens du cinéma, chéri. Ce n'est pas comme s'ils avaient la moindre idée de ce que tu fais dans la vie.

Tiens-moi au courant.

Bisous, bisous

Dolly

À : Tim Grabowski <timothy.grabowski@thenyjournal.com>
De : Jimmy Chu <james.chu@thenyjournal.com>
Objet : Mel Fuller

Ouais, mais si elle couche avec lui et que ça ne marche pas entre eux, elle va être obligée de le voir tous les jours, puisqu'il habite à côté. Ça risque d'être bizarre. Surtout si elle – ou lui – sort avec quelqu'un d'autre.

Tu perds à tous les coups dans cette situation. Sauf s'ils se marient par exemple et, franchement, quelles sont les chances pour que cela se produise ?

Jim

À : Stella Markowitz <stella.markowitz@thenyjournal.com>
De : Angie So <angela.so@thenyjournal.com>
Objet : Mel Fuller

Il est trop vieux pour elle. Quel âge a-t-il ? 35 ans ? Et

elle ? 27. Elle est trop jeune. C'est un bébé. Elle devrait se trouver quelqu'un de son âge.

Angie

À : Adrian De Monte <adrian.demonte@thenyjournal.com>
De: Les Kellogg <leslie.kellogg@thenyjournal.com>
Objet : Mel Fuller

Oui, mais tous les mecs de son âge bossent dans l'Internet et ils peuvent se taper autant de top models qu'ils veulent, alors pourquoi voudraient-ils sortir avec Mel qui est mignonne, certes, mais pas un top model pour autant ?
Sinon, ce sont des skateurs professionnels.
Alors c'est pas grave si ce type est si vieux.

Les

À : Nadine Wilcock <nadine.wilcock@thenyjournal.com>
De: George Sanchez <george.sanchez@thenyjournal.com>
Objet : Mel Fuller

Et pourquoi ce type est-il encore célibataire à 35 ans, de toute façon ? Est-ce qu'il ne serait pas homo, par hasard ? Personne n'a pensé à ça ? Quelqu'un ne devrait-il pas en discuter avec Mel avant qu'elle ne se ridiculise avec cette histoire de sexe ?

George

À : Mel Fuller <melissa.fuller@thenyjournal.com>
De : Nadine Wilcock <nadine.wilcock@thenyjournal.com>
Objet : Les gens du bureau parlent-ils de toi ?

Tu veux rire ? Tu te flattes. Nous avons mieux à faire que nous occuper de ta vie amoureuse.

Nad

À : Stacy Trent <jehaisbarneys@freemail.com>
De : John Trent <john.trent@thenychronicle.com>
Objet : Poulet de chez Kenny Rogers

Tu n'as quand même pas osé faire passer quelque chose d'aussi bon pour ta propre cuisine ? Je n'y crois pas.

John

À : John Trent <john.trent@thenychronicle.com>
De : Genevieve Randolph Trent <grtrent@trentcapital.com>
Objet : Le gala de bienfaisance

Juste pour te rappeler ta promesse de m'accompagner au gala, mon cher enfant. Ainsi que ton charmant petit chèque.

Voilà plusieurs jours que je n'ai pas eu de tes nouvelles. J'espère que tout va pour le mieux.

Mim

P.S. : Es-tu au courant pour ta cousine Serena ?

À : Genevieve Randolph Trent <grtrent@trentcapital.com>
De : John Trent <john.trent@thenychronicle.com>
Objet : Mais non, je n'ai pas

oublié. Je suis ton cavalier, je te rappelle. J'ai même ressorti du placard, et épousseté, mon vieux smoking.

On se voit là-bas.

John

P.S. : Oui, je sais pour Serena. C'est la faute de ses parents, ils n'avaient qu'à pas lui donner ce prénom. Qu'espéraient-ils ?

À : Mel Fuller <melissa.fuller@thenyjournal.com>
De : George Sanchez <george.sanchez@thenyjournal.com>
Objet : Comment ça,

tu ne reviens pas au bureau avant lundi ? Je crois que tu oublies un détail, mon ange.

Le gala du Lincoln Center pour la sensibilisation sur le cancer. Rien moins que le plus gros événement mondain de la saison. Si j'en crois Dolly, toutes les pointures y seront.

Tu pourrais bien saigner par les yeux, Fuller, je m'en tape : tu y vas.

Je t'envoie Larry pour les photos. Assure-toi de ne pas manquer tous ces vieux richards, les Astor, les Kennedy, les Trent. Tu sais qu'ils adorent se voir dans le journal, même une feuille de chou comme la nôtre.

George

P.S. : Ton idiote de poupée est de retour sur ton ordinateur. C'était quoi cette histoire ?

À : Nadine Wilcock <nadine.wilcock@thenyjournal.com>
De : George Sanchez <george.sanchez@thenyjournal.com>
Objet : Oh !

Arrête de crier. Si elle est assez en forme pour songer à coucher avec un type, elle aura sûrement la force de traîner ses fesses hors du lit pour faire son fichu boulot.

George

P.S. : Je suis capitaine d'un navire, et il ne s'appelle pas le *Tire-Au-Flanc*, Wilcock !

À : Mel Fuller <melissa.fuller@thenyjournal.com>
De : jerryisalive@freemail.com
Objet : Écoute,

j'ai frappé chez toi tout à l'heure, mais tu n'as pas répondu, j'imagine que tu dormais. Je n'ai pas voulu appeler et te réveiller. En fait, j'ai une mission ce soir, alors je ne pourrai passer que tard. Ça ira ? J'apporterai de la glace. Cette fois, j'en choisirai une avec plein d'amandes au chocolat que tu pourras picorer.

John

P.S. : L'ouragan Jan avance à deux cent quinze kilomètres à l'heure vers la Jamaïque. L'œil devrait passer au-dessus ce soir. Ça a l'air assez terrible. Voilà qui devrait te redonner la forme.

À : Mel Fuller <melissa.fuller@thenyjournal.com>
De : Nadine Wilcock <nadine.wilcock@thenyjournal.com>
Objet : Hier soir

Comment ça s'est passé ? J'ai essayé de dissuader George de t'y envoyer, mais il s'est montré catégorique. Il a dit que tu étais la seule journaliste qu'il connaissait qui soit capable d'obtenir des infos sans offenser personne. J'imagine que Dolly n'était pas vraiment brillante dans le circuit des événements caritatifs. Sûrement parce qu'elle a couché avec tous les maris de ces dames de la haute.

J'espère que tu n'es pas en pleine rechute.

Nad

À : Jason Trent <jason.trent@trentcapital.com>
Cc : Stacy Trent <jehaisbarneys@freemail.com>
De : John Trent <john.trent@thenychronicle.com>
Objet : Maintenant, je fais quoi ?

Bon, hier soir, j'accompagne Mim au Lincoln Center et là, qui vois-je débouler avec son petit calepin, stylo en main… Mel.

Eh oui. Melissa Fuller, chroniqueuse en page 10 du *New York Journal* qui, la dernière fois que je l'avais vue, était au fond de son lit avec un numéro de *Cosmo* et une température de 37,8 °C. Et voilà que je la retrouve devant moi, talons hauts et minijupe, qui demande à Mim si elle pense que son travail de sensibilisation sur le cancer permettra de guérir cette maladie un jour.

Tout à coup, elle me remarque, s'interrompt et s'écrie : « John ! »

Et Mim – vous la connaissez – tourne la tête, repère les cheveux roux et l'accent du Midwest, invite illico Mel

188

à s'asseoir avec nous et lui propose une coupe de champagne.

Je crois pouvoir affirmer, sans me tromper, que c'était la première fois dans la carrière de Mel que l'un des sujets de sa rubrique l'invitait à sa table. Je sais aussi que c'était la première fois que Mim accordait un entretien privé à un journaliste.

J'ai dû me contenter de rester assis, à donner des coups de pied à Mim sous la table chaque fois qu'elle commençait à dire des choses ressemblant de près ou de loin à «mon petit-fils», autrement dit des millions de fois.

Donc Mel sait qu'il y a quelque chose de bizarre. Elle ignore ce dont il s'agit, bien sûr. Elle croit que Mim est amoureuse de moi. Elle pense que je ne devrais pas me gêner puisqu'une vieille aussi friquée que Mim pourrait combler le trou de mon compte bancaire. Cela dit, elle m'a averti que tous les enfants de Genevieve Trent avaient fini soit en cure de désintox (oncle Charles, tante Sara, tante Elaine), soit en prison (oncle Peter, oncle Joe, papa). Elle a omis de mentionner les suicides (tante Claire et oncle Frank). Ce qui prouve, une fois encore, que grand-père a eu raison de soudoyer le coroner.

Quelles belles origines nous avons, hein, Jason ? Stacy, tu devrais prendre les filles avec toi et t'enfuir très loin d'ici, tant que tu le peux encore.

Alors que faire ? Je le lui dis ? Ou je continue à mentir à tire-larigot ?

L'un d'entre vous pourrait-il me tirer une balle, s'il vous plaît ?

John

_____

À: John Trent <john.trent@thenychronicle.com>
De: Jason Trent <jason.trent@trentcapital.com>
Objet: Dis-le-lui

Tout simplement. S'il te plaît. Je t'en supplie. Je ne suis pas sûr de pouvoir supporter ça plus longtemps.

Jason

À: John Trent <john.trent@thenychronicle.com>
De: Stacy Trent <jehaisbarneys@freemail.com>
Objet: Ne le lui dis pas

avant d'avoir couché avec elle.

Je suis sérieuse. Parce que, si tu es bon au lit, elle s'en fichera.

Je sais que je suis une obsédée et c'est à toi de voir, bien sûr, mais c'est ce que je ferais.

Stacy

À: Stacy Trent <jehaisbarneys@freemail.com>
De: John Trent <john.trent@thenychronicle.com>
Objet: Bon, d'accord, merci

Je devrais coucher avec elle. Bien sûr. Pourquoi n'y avais-je pas pensé?

QU'EST-CE QUI NE VA PAS CHEZ TOI??

À part ton mariage avec mon frère, je veux dire.

Tu ne te souviens pas ce que c'est que d'être célibataire? On ne couche pas avec quelqu'un comme ça. Enfin, oui, si, on peut, mais ça ne marche jamais. ET MOI JE VEUX QUE ÇA MARCHE.

C'est pour ça qu'il est important que, AVANT de coucher ensemble, nous partagions une longue et chaleureuse amitié.

Compris ? Ce n'est pas ce qu'on préconise dans le talk-show d'Oprah, pourtant ?

John

À : John Trent <john.trent@thenychronicle.com>
De : Stacy Trent <jehaisbarneys@freemail.com>
Objet : Mais tu ne crois pas

que tu as déjà bâti une relation chaleureuse et aimante ? C'est vrai, tu lui as apporté de la glace et tu as fait sa vaisselle, quand même. Elle t'est redevable. Elle va coucher, t'inquiète.

Stacy

À : Stacy Trent <jehaisbarneys@freemail.com>
De : John Trent <john.trent@thenychronicle.com>
Objet : Excuse-moi, mais

est-ce le fils de Satan ou mon neveu que tu portes en toi ? Ça va pas, non ? « Elle va coucher, t'inquiète. »

Les filles ne couchent pas parce qu'on leur apporte de la glace. Si c'était vrai, alors les vendeurs de Miko…

Enfin, tu m'as compris.

Non. Je veux faire les choses bien. Mais le plus triste dans cette histoire c'est que toutes les femmes avec qui je suis sorti ont toujours eu un œil sur mon portefeuille – et particulièrement celles que Mim m'a présentées, la crème de la crème de la haute société new-yorkaise, qui ne devaient pourtant pas manquer d'argent – et les mettre dans mon lit n'a jamais été un problème. En général, c'était plutôt pour les en faire sortir que j'avais du mal.

Mel, en revanche, n'est pas franchement du genre fille facile. Elle est même plutôt timide.

Je ne sais pas ce que je vais faire. J'étais sérieux, au fait, j'aimerais bien me prendre une balle entre les deux yeux, à condition qu'on abrège mes souffrances et que Mel ne soit pas obligée de recommencer à sortir Paco.

John

À : John Trent <john.trent@thenychronicle.com>
De : Stacy Trent <jehaisbarneys@freemail.com>
Objet : Oh, ça suffit maintenant…

Fonce.

Frappe à sa porte et quand elle ouvre, tu l'attires dans le couloir, tu commences à l'embrasser, tu lui mets ta langue dans la bouche. Ensuite tu la pousses contre le mur, tu enlèves sa chemise de son pantalon et tu glisses ta main sous son soutien-gorge et…

Stacy

À : John Trent <john.trent@thenychronicle.com>
De : Jason Trent <jason.trent@trentcapital.com>
Objet : Je te demande

de bien vouloir excuser ma femme. Elle n'est plus qu'une masse d'hormones frémissante en ce moment. J'ai même été obligé de la mettre au lit avec une compresse froide.

J'apprécierais que tu réfrènes toute discussion d'ordre sexuel avec elle jusqu'à la naissance du bébé. Et même 6 à 8 semaines après, si tu veux savoir. Comme elle te l'a certainement expliqué, elle est actuellement en pleine maturité sexuelle. Et pourtant, comme tu le sais sans doute, son médecin l'a avertie que, à ce stade de la grossesse, il pourrait être dangereux pour le bébé que nous entreprenions de...

Enfin, tu vois ce que je veux dire.

Donc si tu voulais bien fermer ton bec sur toutes ces histoires de sexe entre toi et cette fille ?

Et, pendant qu'on y est, que dirais-tu d'une invitation à dîner ? Hein ? Ça marche toujours dans les films. Tu organises un petit dîner romantique pour une fille, pourquoi pas une balade en carriole dans Central Park (à moins qu'elle soit du genre à trouver ça ringard) et, si tu as de la chance, ça se finit au lit. Non ?

Emmène-la dans un endroit sympa. Tu ne connais pas le type qui tient le Belew ? N'est-ce pas le plus charmant resto de la ville ? Invite-la.

Et cette fois, si ce foutu chat tombe malade, laisse-le crever.

Mais ce n'est que mon avis.

Jason

À : John Trent <john.trent@thenychronicle.com>
De : Brittany et Haley Trent <onadorebarneys@freemail.com>
Objet : SALUT ONCLE JOHN

QUE DIS-TU DE NOTRE NOUVELLE ADRESSE E-MAIL ? PAPA NOUS L'A CRÉÉE POUR QU'ON ARRÊTE DE SE SERVIR DE LA SIENNE.

ON A ENCORE ENTENDU PAPA ET MAMAN PARLER DE TOI ET DE LA DAME ROUSSE. ILS ONT DIT QUE TU NE SAVAIS PAS TROP

COMMENT LUI MONTRER QUE TU L'AIMAIS BIEN.

EN CE1, QUAND UN GARÇON AIME BIEN UNE FILLE, IL DOIT LUI DONNER SA CARTE POKÉMON PRÉFÉRÉE OU BIEN LUI TIRER LES CHEVEUX, MAIS PAS ASSEZ FORT POUR LA FAIRE PLEURER, QUAND MÊME.

SINON TU PEUX LUI DEMANDER DE FAIRE DU ROLLER À RECULONS AVEC TOI ET LUI TENIR LA MAIN POUR PAS QU'ELLE TOMBE.

ON ESPÈRE QUE ÇA T'AIDE !

BISOUS

BRITTANY ET HALEY

À : John Trent <john.trent@thenychronicle.com>
De : Genevieve Randolph Trent <grtrent@trentcapital.com>
Objet : Je ne vais même pas

te demander d'explications sur ce qui s'est passé au gala. Tu as sûrement perdu l'esprit, comme tous tes cousins.

Je suppose que c'était la demoiselle Fuller des Fuller de Lansing, Illinois. Je ne vois absolument pas pourquoi tu nous la caches ainsi. Je l'ai trouvée tout à fait charmante. J'imagine qu'elle avait un rhume, ce qui expliquerait qu'elle prononçait tous les m comme des b.

Pourtant, tu sembles visiblement la mener en bateau. Je tiens à te dire que ma cheville est toute bleue, à cause des coups que tu lui as fréquemment infligés.

Tu as toujours été un cas désespéré avec les femmes alors permets-moi de te donner un conseil : quel que soit le jeu que tu joues avec elle, John, cela ne va pas marcher. Les filles n'aiment pas jouer. Même celles de Lansing, dans l'Illinois, me dit-on.

Mim

À : jerryisalive@freemail.com
De : Mel Fuller <melissa.fuller@thenyjournal.com>
Objet : L'autre soir

J'ignore si c'est dû aux décongestifs que j'ai avalés avant de sortir, mais n'était-ce pas carrément bizarre ?

Je ne savais pas que tu serais là. Je devais déjà être sortie quand tu as envoyé le message. Mon méchant chef m'a forcée à y aller. Je ne voulais pas. Je ne me sentais pas bien du tout. Mais il m'a obligée. Alors j'ai mis du mascara, une robe et j'y suis allée, malgré mon nez pris, ma fièvre et tout ça.

Ce n'était pas si terrible. Les crevettes étaient bonnes. Même si je n'ai pas vraiment senti leur goût...

Bref, j'ignorais que tu fréquentais ce genre d'événements. Tu étais là pour faire des photos ? Qu'avais-tu fait de ton appareil ? Je ne l'ai pas vu.

Cette Mme Trent était très sympa. Comment l'as-tu rencontrée ? Tu as fait son portrait ou quelque chose ? C'est marrant comme on entend des choses sur les gens et, quand on les rencontre, ils sont à l'exact opposé. J'ai toujours entendu dire que Genevieve Randolph Trent était une horrible garce insensible. Pourtant, elle a été charmante. Si elle n'avait pas au moins 100 ans, je parierais qu'elle a le béguin pour toi, parce que, pendant toute la conversation, elle n'arrêtait pas de te regarder.

C'est bien qu'elle s'occupe d'associations caritatives, avec tout l'argent qu'elle a. J'ai fait des papiers sur tout un tas de gens qui s'en fichent pas mal. Au fait, tous les enfants de Mme Trent (et elle en a eu HUIT, tu savais ?) sont des fainéants en cure de désintox ou en prison. Je suis désolée pour eux. Et pour elle, un peu.

Enfin, je suis de retour au bureau, puisqu'ils ne peuvent vraiment pas se passer de moi, mais je me demandais si tu accepterais que je t'invite à dîner un de ces jours, en guise de remerciement pour avoir veillé sur moi alors que j'étais au plus mal ? Dis-moi quand tu es libre… Mais Mme Trent doit avoir la priorité, parce que si tu l'épousais, tu pourrais renflouer toutes tes cartes de crédit et ne plus jamais avoir à t'inquiéter à ce sujet.

C'est juste une suggestion.

Mel

À : Mel Fuller <melissa.fuller@thenyjournal.com>
De : jerryisalive@freemail.com
Objet : Dîner

Non, ce n'était pas toi. L'autre soir était bel et bien très bizarre. Enfin, sauf toi, je veux dire. Toi, tu n'es jamais bizarre. Je voulais juste parler des circonstances.

Je connais Genevieve Trent depuis longtemps. Depuis toujours, en fait. Mais je ne crois pas la moindre évolution romantique envisageable entre elle et moi, même s'il est vrai que ce serait une solution à tous mes problèmes de cartes de crédit.

Elle a été ravie de te rencontrer, d'ailleurs. Et cet article à propos de la soirée était très touchant. J'imagine que tous les galas de bienfaisance vont t'inviter maintenant, pour que tu écrives à leur sujet, tu fais ça tellement bien.

Pour ce qui est du dîner, j'en serais ravi. Mais je préférerais que ce soit moi qui t'invite. Je t'en dois toujours un pour avoir sauvé ma tante Helen, tu te souviens ?

Demain soir, qu'en penses-tu ? Si tu te sens d'attaque, je veux dire. Je me charge des réservations – ce sera une surprise.

Mais je te jure que nous n'irons pas chez Fresche.

John

À : jerryisalive@freemail.com
De : Mel Fuller <melissa.fuller@thenyjournal.com>
Objet : Dîner

D'accord, si tu insistes. Mais tu n'es vraiment pas obligé.

Tu sais, si tu me laissais cuisiner, tu dépenserais moins et tu pourrais renflouer ton compte en banque. C'est original, je sais, mais c'est ce que font les gens normaux.

Mais apparemment, nous ne sommes pas normaux, ni l'un ni l'autre. C'est vrai, les gens normaux ne sont pas vraiment obsédés par les ouragans ni les trous dans la chaussée, n'est-ce pas ?

On peut donc exclure la normalité en ce qui nous concerne.

Enfin.

Promets-moi que tu ne dépenseras pas trop. Je ne suis pas du genre champagne. La bière me va très bien.

Mel

Cher David,

Tu te souviens quand j'avais demandé à Patty de faire un papier sur les restaurants où l'on a du mal à réserver une table, et qu'elle avait déclaré que le tien était le seul qui valait ses trois mois d'attente ? Tu avais dit que je pouvais avoir une table quand je voulais ?

Eh bien j'en veux une. Pour deux. Et il faudrait me la réserver au nom de Max Friedlander. Quand j'arriverai, c'est sous ce nom que le personnel devra m'accueillir, d'accord ?

Et si tu pouvais faire en sorte d'avoir de la glace avec des morceaux dedans, en dessert. Enrobés de chocolat, c'est mieux.

C'est tout ce qui me vient à l'esprit pour l'instant. J'appellerai plus tard pour confirmer.

John

John, désolé de te décevoir, mais chez Belew, quatre étoiles dans l'illustre journal où tu trimes quotidiennement, trois étoiles au guide Michelin, déclaré meilleur restaurant de New York par le guide Zagat et lauréat de non pas un mais deux Beard Awards, grâce au talent culinaire de ton serviteur, nous ne servons pas de « glace avec des morceaux dedans ».

Non, même pas enrobés de chocolat.

Bien entendu, je ferai en sorte qu'une table te soit

réservée et je donnerai même l'instruction au personnel de t'appeler Max Friedlander. Mais, je suis désolé, je n'irai pas jusqu'aux morceaux dedans.

David

À: Mel Fuller <melissa.fuller@thenyjournal.com>
De: Nadine Wilcock <nadine.wilcock@thenyjournal.com>
Objet: Tu dois te sentir mieux

Ou bien y a-t-il une autre raison pour que tu fredonnes « I Feel Pretty[1] » ?

Ce qui, d'ailleurs, est un tout petit peu agaçant pour ceux qui sont obligés de travailler à côté de toi.

Nad

À: Nadine Wilcock <nadine.wilcock@thenyjournal.com>
De: Mel Fuller <melissa.fuller@thenyjournal.com>
Objet: Je fredonne

Que dis-tu de ça ? Je me sens mieux ET je suis heureuse. Je sais. Ça paraît difficile à croire. Mais c'est vrai.

Tu veux savoir pourquoi je suis heureuse ? Parce que je sors ce soir. J'ai rendez-vous. Un vrai rendez-vous. Avec un homme.

Tu te demandes qui ? Eh bien, Max Friedlander, si tu veux savoir. Où allons-nous ? C'est une surprise.

Mais devine ? C'est lui qui paye.

Et même si c'est pour me remercier d'avoir sauvé sa tante – bien que je ne sois pas sûre qu'elle apprécie mes efforts, étant donné sa qualité de vie actuelle – ça reste un rencard.

---

1. « Je me sens belle. » *(N.d.T.)*

En plus, Mme Friedlander peut encore guérir.

Donc, oui, on peut dire que je suis plutôt très heureuse.

Mais, si ça vous énerve, j'arrête de fredonner, évidemment.

Mel

À : Mel Fuller <melissa.fuller@thenyjournal.com>
De : Dolly Vargas <dolly.vargas@thenyjournal.com>
Objet : Quelqu'un a parlé de rendez-vous ?

Mon chou, c'est vrai ? Toi et Max, je veux dire ?

Tu es tellement calme, ma chérie, alors je demande. Comme c'est la première fois qu'un homme t'invite à sortir depuis… enfin, tu sais. D'ailleurs, quand on parle du loup… le voilà, qui boude à côté de la photocopieuse au moment même où je t'écris. Pauvre, pauvre Aaron.

J'imagine que tu vas te précipiter chez Bumble et Bumble pour un brushing et une manucure. Et une pédicure aussi, si tu prévois de sortir tes orteils.

Et je connais un super petit institut pour le maillot – enfin, si tu crois que ce soir est LE soir. Qui ne voudrait pas être au mieux dans son Christian Dior ? J'ai entendu dire que l'intégrale est très en vogue ces temps-ci. Comme je me doute que tu ne sais pas de quoi je veux parler, je vais t'expliquer. C'est quand on épile non seulement le maillot mais la totalité de…

Oh, mince. Peter au téléphone. La suite plus tard, promis.

Bisous bisous

Dolly

D'accord, je sais que ça ne t'est pas arrivé depuis long-temps (votre sortie ciné et pizza ne compte pas – et la soirée chez Fresche où nous l'avons tous inspecté non plus – sans parler de votre soirée à la clinique vétéri-naire), donc je veux m'assurer que tu n'as rien oublié dans ta liste de survie pour les rencards.

Vérifie chacun de ces points avant de quitter l'appar-tement pour être sûre de penser à tout :

1. Rouge à lèvres

2. Poudre

3. Carte de métro (au cas où tu aurais besoin de t'éclipser rapidement)

4. Argent pour un taxi (au cas où tu aurais besoin de t'éclipser rapidement et où il n'y aurait pas de station de métro à proximité)

5. Maquillage pour les retouches au cas où il te laisse-rait tomber, où tu te mettrais à pleurer et où tu aurais besoin de camoufler le mascara qui coule

6. Passeport (au cas où il t'endormirait au chloro-forme, te mettrait dans un avion pour Dubaï et te ven-drait dans le cadre de la traite des Blanches : après ta fuite, tu devras prouver aux autorités que tu es une citoyenne américaine)

7. Pastilles de menthe

8. Brosse à cheveux

9. Sous-vêtements propres (juste au cas où tu passe-rais la nuit avec lui)

10. Capotes (idem)

J'espère que ça te sera utile.

Nad ; -)

À: Nadine Wilcock <nadine.wilcock@thenyjournal.com>
De: Mel Fuller <melissa.fuller@thenyjournal.com>
Objet: La liste

Merci pour cette liste de choses dont je suis censée avoir besoin pour mon rendez-vous, mais tu oublies un point:

ON VIT SUR LE MÊME PALIER.

Donc, si j'ai besoin de sous-vêtements propres, je n'aurai qu'à traverser le couloir.

Maintenant, on arrête d'en parler. De Dolly ou de toi, je ne sais pas laquelle me rend la plus nerveuse.

Ce n'est qu'un dîner, quoi.

Oh là là! Je file sinon je vais être en retard.

Mel

À: Mel Fuller <melissa.fuller@thenyjournal.com>
De: Dolly Vargas <dolly.vargas@thenyjournal.com>
Objet: Encore une chose…

Assure-toi d'utiliser une capote, mon chou, parce que Maxie a vu du pays, si tu vois ce que je veux dire.

Enfin, penses-y. Tous ces mannequins… Impossible de savoir où elles sont allées traîner, ces jolis petits sacs d'os.

Bye!

Bisous bisous

Dolly

Comment ça s'est passé ?

Jason

P.S. : C'est Stacy qui veut savoir.

---

que si ton téléphone est occupé depuis trois heures, c'est parce que tu papotes avec Mel à propos de son rencard. Pourrais-tu accorder à ton fiancé une minute de ton temps pour répondre à cette question sérieuse :

Qui as-tu l'intention de placer à côté de ma grand-tante Ida à la réception ? Parce que ma mère dit que cette personne devra s'assurer qu'Ida ne boit pas de champagne. Tu te souviens de l'incendie du camping qu'elle a provoqué lors de la dernière réunion de famille, n'est-ce pas ?

Dis-moi.

Je t'adore,

Tony

P.S. : Ma mère prévient que, si tu la mets à côté d'Ida, elle se fera hara-kiri sur-le-champ.

---

en train de papoter avec Mel. Je n'ai pas eu de ses nouvelles depuis la dernière fois que je l'ai vue, autrement dit
au moment où elle rentrait chez elle se changer pour son
grand dîner avec Max. Je veux dire John. C'est quoi cette
histoire de nom, de toute façon ? Depuis quand les gens
ont pour surnom « JOHN » ? John n'est pas un surnom.

Bref, j'étais sur Internet, je cherchais des petits cadeaux
pour les invités. Que dis-tu de boutons de manchette
pour les hommes et boucles d'oreilles pour les filles ?

Maintenant qu'on en parle, c'est bizarre que je n'aie
pas de nouvelles de Mel. Ça fait 24 heures. Normalement, elle me rappelle avant.

Sauf le jour où sa voisine a été assommée.

Oh mon Dieu, tu ne crois pas qu'il lui est arrivé
quelque chose ? Tu crois que Max/John aurait pu l'avoir
enlevée ? Et qu'il l'aurait vendue pour la traite des
Blanches ? Dois-je appeler la police ?

Nad

Toute personne ayant acheté Mel Fuller à un spécialiste de la traite des Blanches devrait se faire rembourser. Elle serait nulle, comme esclave. Elle serait toujours
en train de se plaindre que le type n'a pas le câble et
comment ferait-elle pour suivre la vie de Winona Ryder
sans les chaînes people.

Tony

P.S. : Tu n'as pas répondu à ma question sur la grand-tante Ida.

P.P.S. : Mes potes se foutraient de moi si je leur offrais des boutons de manchette. Pourquoi pas des couteaux Wusthof, plutôt ?

À : Mel Fuller <melissa.fuller@thenyjournal.com>
De : Nadine Wilcock <nadine.wilcock@thenyjournal.com>
Objet : Où es-tu ?

Sérieusement, je ne veux pas me mêler de ce qui ne me regarde pas et je sais que tu es assez grande pour te prendre en charge, mais j'ai laissé trois messages et tu n'as toujours pas rappelé. OÙ ES-TU ??? Si je n'ai pas de tes nouvelles bientôt, je te jure que j'appelle la police.

Nad

À : Mel Fuller <melissa.fuller@thenyjournal.com>
De : Ressources humaines <human.resources@thenyjournal.com>
Objet : Retard

Chère Melissa Fuller,

Ceci est un message automatique du département des ressources humaines du *New York Journal*, le principal quotidien new-yorkais de photo-reportage. Veuillez noter que, selon votre supérieur, M. George Sanchez, directeur de rédaction, votre journée de travail au *N.Y. Journal* débute à 9 heures précises. Votre retard est aujourd'hui de 83 minutes. Il s'agit de votre 49ᵉ retard de plus de 20 minutes depuis le début de l'année, Melissa Fuller.

Le département des ressources humaines n'a pas pour vocation de « piéger » les employés retardataires, comme le mentionnait injustement la lettre d'information du personnel la semaine dernière. Le retard est un problème grave et coûteux auquel sont confrontés tous les employeurs des États-Unis. Les employés le traitent généralement à la légère, mais un retard chronique est souvent le symptôme d'un problème plus grave tel que :

- alcoolisme
- dépendancc à une drogue
- dépendance au jeu
- violence d'un conjoint
- problème de sommeil
- dépression

et un certain nombre d'autres difficultés. Si vous souffrez de l'un des problèmes susmentionnés, n'hésitez pas à contacter votre référent au département des ressources humaines, Amy Jenkins. Celle-ci se fera un plaisir de vous inscrire au programme d'assistance au personnel du *New York Journal*, qui vous orientera vers un professionnel de la santé mentale, capable de maximiser votre potentiel.

Melissa Fuller, le *New York Journal* forme une équipe. C'est en équipe que nous gagnons, et que nous perdons aussi parfois. Ne voulez-vous pas faire partie de cette équipe gagnante ? Alors, s'il vous plaît, jouez votre rôle et faites en sorte d'arriver à l'heure désormais !

Cordialement,
Le département des ressources humaines
New York Journal

P.S. : Veuillez noter que tout retard pourrait à l'avenir entraîner votre suspension ou votre renvoi.

Cet e-mail est confidentiel et ne doit servir à aucune

personne autre que le destinataire original. Si vous avez reçu ce message par erreur, merci d'en informer l'expéditeur et de l'effacer de votre boîte de réception.

À : Nadine Wilcock <nadine.wilcock@thenyjournal.com>
De : Tim Grabowski <timothy.grabowski@thenyjournal.com>
Objet : Notre Miss Mel

Eh bien, apparemment, notre petite Miss Mel s'est beaucoup, beaucoup amusée à son rendez-vous, n'est-ce pas ? En tout cas, moi, quand je ne viens pas travailler le lendemain, c'est généralement parce que le rencard n'est pas encore terminé. Clin d'œil.

Personnellement, je suis pour. Ça ne pouvait pas arriver à quelqu'un de plus adorable. Et pourtant j'aurais préféré que ce soit moi ! C'est vrai, tu as vu les bras de ce mec ? Et ses cuisses ? Et ses cheveux vigoureux ?

Excuse-moi, il faut que j'aille au petit coin me passer la tête sous l'eau glacée.

Tim

À : Nadine Wilcock <nadine.wilcock@thenyjournal.com>
De : George Sanchez <george.sanchez@thenyjournal.com>
Objet : Fuller

Où est passée Fuller, bon sang ? Je croyais que c'était fini, tout ça, depuis que ce foutu Friedlander avait emménagé à côté. Ce n'est pas lui qui devait sortir ce chien ?

Alors où est-elle ?

Je te jure, Wilcock, tu peux lui dire de ma part que, si son papier sur la nouvelle montre Paloma Picasso avec bracelet interchangeable n'est pas sur mon bureau à 17 heures, elle peut se chercher un nouveau boulot.

Je ne sais pas ce que vous croyez, mais je dirige un JOURNAL, au cas où vous auriez oublié.

George

À : Mel Fuller <melissa.fuller@thenyjournal.com>
De : Dolly Vargas <dolly.vargas@thenyjournal.com>
Objet : Ce n'est pas mes oignons, mais

tu ne crois pas que c'est un peu… de mauvais goût d'insister aussi lourdement, pour ce pauvre Aaron ? Je veux parler du fait que tu ne te présentes pas au travail le lendemain de ton super rencard. Je veux bien croire que tu n'avais pas passé la nuit avec un homme depuis longtemps et tout, mais c'est franchement grossier.

Voilà, c'est dit. Maintenant, l'essentiel :

Alors, il est bien monté ? Max Friedlander, je veux dire. Il annonce tout de suite la couleur ou ça vient dans le feu de l'action ?

Parce que tu sais, mon chou, j'ai entendu des rumeurs…

Oh, c'est encore Peter. Il n'arrête pas de me harceler. À plus, ma chérie.

Bisous bisous

Dolly

À : John Trent <john.trent@thenychronicle.com>
De : Geneviève Randolph Trent <grtrent@trentcapital.com>
Objet : Ta délinquance

Cher John

Je peux comprendre que tu trouves ta nouvelle vie

indépendante tout à fait captivante – surtout en ce qui concerne les Fuller de Lansing, dans l'Illinois – mais tu te souviens peut-être que tu as une famille et qu'ils apprécient d'avoir de tes nouvelles de temps en temps. Je crois savoir que ton frère a tenté de te joindre plus d'une fois ces derniers jours et que tu l'as «mis dans le vent», comme on dit dans le vocable vulgaire qui a cours de nos jours.

Je te conjure de te garder en mémoire une vieille chanson scout de ma jeunesse :

Fais-toi de nouveaux amis
Sans perdre les plus vieux.
Les uns sont d'argent
Et les autres d'or.

Cela s'applique également à la famille.

Mim

P.S. : Sais-tu qu'il existe DEUX Lansing dans l'Illinois ? Je suis tout à fait sérieuse. L'un est un pittoresque bourg rural et l'autre semble entièrement composé de centres commerciaux. Ta petite demoiselle Fuller est apparemment originaire de la première. Je pensais que cela pourrait t'intéresser.

À : Nadine Wilcock <nadine.wilcock@thenyjournal.com>
De : Mel Fuller <melissa.fuller@thenyjournal.com>
Objet : Désolée

Pardon, pardon, pardon.
Je ne voulais pas t'effrayer. Comme tu peux le voir, je vais bien.

J'ai encore reçu un avis de retard d'Amy Jenkins. C'est quoi son problème ?

Sais-tu si George est en colère ? Où en est la réserve de Coca ? La machine est-elle pleine ? Ou bien est-il encore en manque de caféine ?

Je voulais vraiment te passer un coup de fil, mais je n'ai pas eu le temps. Chaque fois, j'ai été… distraite. Tu ne m'en veux pas ?

Mel

À : Mel Fuller <melissa.fuller@thenyjournal.com>
De : Nadine Wilcock <nadine.wilcock@thenyjournal.com>
Objet : Il était temps !

Je n'y crois pas. Nous étions tous super inquiets !

Bon d'accord… Moi, j'étais inquiète, en tout cas. Ne me fais plus ce genre de frayeur.

Je te pardonne si tu me donnes un compte rendu détaillé : je veux une description de l'endroit où vous êtes allés et savoir EXACTEMENT ce que vous avez fait.

Comme si je n'avais pas compris. « Distraite. »

Ouais. Tu parles.

Nad

À : Nadine Wilcock <nadine.wilcock@thenyjournal.com>
De : Mel Fuller <melissa.fuller@thenyjournal.com>
Objet : Lui

Que dire ?

Oh, Nadine, c'était incroyable ! Je me souviens quelle imbécile tu m'avais paru après le premier week-end que vous aviez passé ensemble, Tony et toi. Je croyais que tu avais perdu la tête. C'est sûrement mal de reconnaître une chose pareille quand on est demoiselle d'honneur, mais c'est vrai.

Mais maintenant je comprends parfaitement ce que tu as vécu. C'est L'AMOUR ! C'est l'amour qui fait cet effet, non ? Je veux dire que maintenant je comprends que, malgré la différence d'âge, Winona ne puisse pas laisser tomber Chris Noth. En tout cas, pas si elle ressent pour lui ce que j'éprouve pour John.

Par où commencer ?

Oh, le dîner : il m'a emmenée chez Belew.

Non, je te jure ! Je sais, je sais. Il y a une liste d'attente de trois mois pour y faire des réservations, mais nous y sommes entrés comme de rien, Nadine. On nous a guidés directement à la plus adorable des petites tables pour deux, dans un coin intime, le champagne était déjà dans la glace. Je ne plaisante pas. Et pas du bas de gamme, Nadine. Le meilleur. Du genre à 300 dollars la bouteille. Et moi j'étais là : « Tu es fou, John ? Tu ne peux pas te le permettre. »

Mais il m'a dit de ne pas m'en inquiéter. David Belew lui devait une faveur.

Eh bien, elle devait être de taille, parce que nous avons eu droit à un dîner parfaitement incroyable – même toi, tu ne pourrais pas imaginer, toi qui es allée chez Nobu et chez Daniel, aux frais du journal. Nous avons commencé par des huîtres au caviar Beluga, puis tartare de saumon. Ensuite, foie gras confit avec des figues pochées au porto, du prosciutto de canard et…

Je ne me souviens même pas du reste. Je suis désolée. Tu ne peux pas compter sur moi.

Mais, Nadine, c'était tellement bon, et avec chaque plat venait un nouveau vin et, quand nous sommes arrivés au plat principal, qui devait être à base de pigeonneau, je ne faisais même plus attention à ce que j'avais dans l'assiette, parce que John était si beau dans son costume et il n'arrêtait pas de se pencher vers moi, de sourire et de dire mon nom. Là, je répondais : « Quoi ? » et lui enchaînait : « Quoi ? » et puis nous éclations de rire. Quand est arrivée l'heure des desserts, nous nous embrassions par-dessus la table, au point que le serveur a eu du mal à atteindre les assiettes pour desservir.

À ce moment-là, John a déclaré : « On y va » et c'est ce que nous avons fait. Je ne sais même pas comment nous avons rejoint notre immeuble, mais nous avons réussi, sans cesser de nous embrasser, et quand nous avons atteint le quinzième étage, ma robe était déjà entièrement détachée dans le dos. Soudain, une chose horrible m'est revenue à l'esprit : « Et Paco ? »

Et là, John a prononcé les 10 plus merveilleux mots que j'aie jamais entendus :

« J'ai payé le gardien pour sortir Paco ce soir. »

Ma robe était par terre avant même que j'aie mis la clé dans la serrure.

Et tu ne devineras jamais… Quand je suis sortie ce matin, elle était toujours dans le couloir ! Quelqu'un l'avait trouvée et gentiment repliée. Comme c'est gênant ! Tu imagines, Nadine ? Je veux dire, si Mme Friedlander n'était pas à l'hôpital, dans le coma, et qu'elle ait trouvé ma robe comme ça ?

Enfin, si Mme Friedlander n'était pas à l'hôpital, dans le coma, ma robe ne se serait jamais retrouvée dans le couloir. Parce que je n'aurais sûrement jamais rencontré John si sa tante n'avait pas été assommée, me laissant son chien à sortir.

Bref.

Tu sais, dans les romans, les personnages ont toujours des corps faits l'un pour l'autre… Comme deux pièces

de puzzle perdues depuis longtemps ? Et qui s'emboî-
tent parfaitement ?

C'est exactement ce qui se passe pour John et moi.
Nous semblons faits l'un pour l'autre. Je le pense,
Nadine, c'est comme si ça devait arriver, tu vois.

Et, puisque nous nous emboîtions si bien la première
fois, ça nous a paru naturel de nous emboîter quelques
fois de plus.

Ce qui doit expliquer que je sois autant à la bourre ce
matin.

Mais Amy Jenkins peut bien m'envoyer autant d'avis
de retard qu'elle veut. Ça en vaut carrément la peine.
Faire l'amour avec John, c'est comme boire de l'eau bien
fraîche après avoir été coincée dans le désert pendant
des années et des années.

Mel

P.S. : Pourquoi Dolly n'arrête-t-elle pas d'envoyer des
trombones par-dessus la cloison de mon bureau ?

À : Jason Trent <jason.trent@trentcapital.com>
De : John Trent <john.trent@thenychronicle.com>
Objet : Tu n'as qu'à me traîner en justice

J'étais occupé, vu ? Et tu es obligé d'aller pleurer dans
les jupes de Mim à chaque fois que tu n'as pas de mes
nouvelles pendant quelques jours ? Si tu crois que parce
que papa est en prison, tu es…

Laisse tomber. Je ne peux même pas t'en vouloir. Je
suis trop content.

John

P.S. : On l'a fait.

dans un centre de détention à sécurité minimale, comme tous les criminels en col blanc. On peut à peine parler de prison. Tout le monde a la télé. Câblée, en plus.

Et que signifiait ce cryptique « on l'a fait », précisément ? J'espère que tu ne voulais pas dire ce que tu voulais dire. D'abord, tu te crois toujours au collège, ou quoi ? Et ensuite, depuis quand « on le fait » avec quelqu'un qui ne connaît pas son vrai nom ???

J'espère que ce « on l'a fait » signifiait plutôt que vous avez mangé du poisson-globe cru, par exemple.

Jason

Vous l'AVEZ fait ? Vous L'AVEZ FAIT ? Mais qu'est-ce que c'est censé vouloir dire ? Es-tu en train de nous annoncer que vous avez fait l'amour ? C'est ça ?

Et c'est tout ce que tu as à raconter ???

Je croyais que je pouvais compter sur toi. Je pensais que tu avais compris que je suis une femme en grave manque de frissons par procuration.

Alors, raconte-moi tout, sinon je t'envoie les jumelles pour un long séjour chez leur oncle John…

Stacy

À : Stacy Trent <jehaisbarneys@freemail.com>
De : John Trent <john.trent@thenychronicle.com>
Objet : Ma vie amoureuse

Stacy, je refuse de discuter de ma vie amoureuse avec ma belle-sœur. Du moins, pas du genre de détails que tu recherches. Et crois-tu vraiment que ce serait une bonne idée d'envoyer les filles chez moi alors que je vis avec deux chats ? Tu sais bien qu'Haley est allergique.

Que veux-tu que je te dise, de toute façon ? Que ces 24 dernières heures ont été les plus érotiques de toute ma vie ? Qu'elle est exactement la femme que je cherchais depuis toujours mais n'avais jamais osé espérer ? Qu'elle est mon âme sœur, mon destin, ma destinée cosmique ? Que je compte les minutes qui me séparent d'elle ?

Bien. Voilà. Je l'ai dit.

John

P.S. : Si tu veux, tu peux lire le dernier chapitre de mon livre, ci-joint. Ma journée de travail ayant été calme, j'en ai profité pour avancer mon roman. Peut-être cela satisfera-t-il ton besoin de frissons par procuration. Garde en tête qu'il s'agit d'une œuvre de fiction, toute ressemblance avec des personnes vivantes ou ayant existé n'est que coïncidence fortuite.

P.P.S. : Crois-tu qu'envoyer un bouquet de roses paraîtrait exagéré ?

Pièce jointe : ✉

Le retour de Parker

John Trent

Chapitre XVII

— Et Paco ? demanda-t-elle, hors d'haleine.

— T'en fais pas, poupée, grogna Parker. Je l'ai tué.

Ses grands yeux bleus s'emplirent de larmes, faisant couler son mascara. Elle leva la tête vers lui, le regard limpide.

— Oh, *Parker*, dit-elle dans un souffle.

— Il ne te dérangera plus, l'assura-t-il.

Ses lèvres rouge sang étaient humides et légèrement entrouvertes, offertes.

Parker n'était pas idiot. Il baissa la tête jusqu'à ce que sa bouche écrase la sienne.

Au premier contact de ses lèvres, la femme devint douce et malléable. Au quatrième étage, c'était comme si elle n'avait plus d'os. Au sixième, il avait défait la fermeture éclair de sa petite robe noire. Quand ils atteignirent le dixième étage, la robe était à moitié sur ses épaules.

Elle ne portait pas de soutien-gorge, découvrit Parker au onzième.

Ni de culotte, apprit-il au treizième.

Lorsque les portes de l'ascenseur s'ouvrirent sur le quinzième étage, Parker la porta pratiquement jusqu'au couloir et la robe tomba au sol. Ni l'un ni l'autre ne le remarqua.

Chez elle, il faisait sombre et frais – exactement comme l'aimait Parker. Son lit se trouvait dans une flaque de clarté lunaire, que laissaient pénétrer des fenêtres sans store. Il l'allongea dans cette mare d'argent et recula pour la contempler.

Elle était nue comme seules peuvent l'être les plus belles femmes, fière, avec un air de défi. Elle n'avait pas besoin d'attirer à elle un drap protecteur. La lune jouait sur le creux de sa taille, le long de ses cuisses. Ses cheveux – un millier de boucles d'un roux profond – s'étalaient sous sa tête et ses yeux – qui le dévisageaient – étaient plongés dans l'ombre.

Elle ne prononça pas un mot. C'était inutile. Il vint à elle, comme la marée suit la lune.

Et il était aussi nu qu'elle.

Parker avait, par le passé, connu des femmes. Beaucoup de femmes. Mais… ce fut différent, d'une certaine manière. Elle était différente. Tandis que de ses mains, il écartait ses cuisses, fines et douces, il avait l'impression d'ouvrir les portes d'un autre monde, d'un monde d'où il ne reviendrait jamais.

Un monde, sut-il en glissant dans son étreinte brûlante, torride, qu'il ne quitterait plus jamais.

À : John Trent <john.trent@thenychronicle.com>
De : Stacy Trent <jehaisbarneys@freemail.com>
Objet : Tu es vraiment

amoureux, hein ? Oh, John, c'est tellement mignon.
BIEN SÛR, que tu devrais lui envoyer des roses.
Me donnes-tu la permission de faire lire le chapitre XVII à Mim ? S'il te plaît ?

Stacy

À : Stacy Trent <jehaisbarneys@freemail.com>
De : John Trent <john.trent@thenychronicle.com>
Objet : NON, tu ne peux pas

faire lire le chapitre XVII à Mim ! Tu es folle ou quoi ? Je n'aurais pas dû te l'envoyer. Efface-le, d'accord ?

John

---

de ne pas t'avoir répondu tout de suite. J'ai été obligée de me passer la tête sous l'eau froide. Je crois que tu devrais sérieusement envisager de quitter le journalisme pour écrire des romans d'amour. « De l'eau après des années dans le désert » ?

Je dois reconnaître qu'après toutes ces années, je ne t'ai jamais vue aussi…

Heureuse.

Bon. Le mot avec un grand A a-t-il été mentionné ou non ?

Nad

P.S. : Si Dolly envoie des trombones par-dessus la cloison, c'est pour tenter de savoir si tu as du mal à marcher, rapport à l'énormité de… heu… l'adoration de Max Friedlander pour toi.

Donc, quoi qu'il arrive, ne te lève pas devant elle.

Eh bien, maintenant que j'y pense, le mot avec un grand A n'a pas été évoqué.

Mon Dieu, je me suis déshabillée dans le couloir de mon immeuble pour un type qui n'a même pas prononcé le mot avec un grand A !

Tire-moi une balle. Tu peux faire ça pour moi, s'il te plaît ?

Mel

P.S. : Et pourquoi n'a-t-il pas appelé ? Tu as remarqué, il n'a pas appelé ?

À : Mel Fuller <melissa.fuller@thenyjournal.com>
De : Nadine Wilcock <nadine.wilcock@thenyjournal.com>
Objet : Arrête tout de suite

Il y a 5 minutes, tu étais plus heureuse que jamais. Maintenant tu es plongée dans le désespoir parce que j'ai mentionné le mot avec un grand A ?

J'aurais mieux fait de me taire. Ne t'inquiète pas, Mel. Il est fou de toi, c'est évident. Surtout s'il était prêt à passer 24 heures au lit avec toi. C'est vrai, regarde, avec Tony, ça ne nous est jamais arrivé.

Mais bon, je n'arrête pas de lui demander d'aller me cuisiner des petits plats.

N'aie pas peur, il va appeler.

Nad

À : Mel Fuller <melissa.fuller@thenyjournal.com>
De : Dolly Vargas <dolly.vargas@thenyjournal.com>
Objet : Ne va pas croire que je me mêle

de tes histoires personnelles, mais j'ai le sentiment que tu devrais me retrouver aux toilettes dans 5 minutes. J'ai exactement ce qu'il te faut pour la vilaine rougeur que tu sembles avoir développée sur la partie inférieure de ton visage depuis la dernière fois que je t'ai vue.

Sérieusement, mon chou, on dirait que tu t'es fait lécher le menton par les 101 dalmatiens. J'ai du mal à croire que tu n'aies pas au moins pensé à mettre un peu de fond de teint.

Pas de souci, une bonne crème Clinique et ça repart.

Et pendant que je te l'appliquerai, tu me diras tout, hein?

Bisous bisous

Dolly

À: Dolly Vargas <dolly.vargas@thenyjournal.com>
De: Mel Fuller <melissa.fuller@thenyjournal.com>
Objet: Si, je trouve que tu te mêles

de ce qui ne te regarde pas. Si tu crois que je vais te confier quoi que ce soit, tu es folle à lier.

Merci de ton offre de crème Clinique, mais je porterai fièrement mes rougeurs au menton.

Et arrête de me balancer des trombones par-dessus la cloison. Je sais que c'est toi, Dolly, et je sais ce que tu veux: je ne me lèverai pas.

Mel

À: Mel Fuller <melissa.fuller@thenyjournal.com>
De: Tim Grabowski <timothy.grabowski@thenyjournal.com>
Objet: Espèce de petite coquine

Petite Miss Mel, qu'as-tu fait?

Attends. Ne dis rien. Je l'ai su dès l'instant où j'ai aperçu ta bouille, aussi luisante qu'un phare. (Il faut absolument que tu le forces à se raser plus souvent si vous comptez vous lécher le visage régulièrement. Comme toutes les rousses, tu as une peau fragile. Tu devras le lui rappeler de temps à autre, sinon tu auras l'air de t'être endormie le menton sous une lampe à bronzer.)

Et quand j'ai découvert l'arrangement de roses rouge

sang tout simplement sublime qui vient d'être livré, eh bien, j'ai su :

Notre Miss Mel est une sacrée petite coquine.

Qu'as-tu fait pour mériter cet énorme bouquet ? Sûrement quelque chose de surprenant de ta part.

Félicitations.

Tim

À : Mel Fuller <melissa.fuller@thenyjournal.com>
De : Nadine Wilcock <nadine.wilcock@thenyjournal.com>
Objet : Tu vois ?

Je t'avais dit qu'il appellerait. Sauf qu'il a fait mieux. Je n'avais encore jamais vu un bouquet de roses aussi gros.

Alors, que dit la carte ?

Nad

À : Nadine Wilcock <nadine.wilcock@thenyjournal.com>
De : Mel Fuller <melissa.fuller@thenyjournal.com>
Objet : OH LÀ LÀ !

IL M'AIME !!!
La carte dit :

Mais la voir, c'était l'aimer,
L'aimer elle et personne d'autre,
L'aimer pour toujours.
John

C'est de lui ? Il veut parler de moi, hein, c'est ça ? Tu ne crois pas ? « Elle » c'est moi ?

Je suis tout excitée. Personne ne m'avait jamais envoyé de fleurs au bureau, encore moins avec une carte mentionnant le mot avec un grand A !

Mel

À : Mel Fuller <melissa.fuller@thenyjournal.com>
De : Nadine Wilcock <nadine.wilcock@thenyjournal.com>
Objet : Mon Dieu,

il n'en faut pas beaucoup pour te rendre heureuse. Bien entendu, « elle » dans le poème, c'est toi. À ton avis, il parle de qui ? De sa mère ? ? ?

Et non, Max Friedlander ne l'a pas écrit lui-même. C'est Robert Burns. Dire que tu as réussi à être diplômée d'université... Tu n'as aucune culture générale.

Je retire. Tu sais tout sur Harrison Ford, George Clooney et le nouveau, là, comment s'appelle-t-il ? Hugh Jackman.

Ne reste pas assise comme ça avec ce sourire idiot. Réponds-lui, enfin !

Nad

À : jerryisalive@freemail.com
De : Mel Fuller <melissa.fuller@thenyjournal.com>
Objet : Tu n'aurais pas dû

envoyer toutes ces roses. C'est vrai, John, n'oublie pas ton problème de liquidités. Mais elles sont tellement belles que je ne peux même pas me mettre en colère contre tes dépenses inconsidérées. Je les adore – et la citation aussi. Je ne suis pas très douée pour ce genre de choses. Je veux parler des citations. Mais je crois que j'en ai tout de même une pour toi :

Si je t'aimais moins, je serais peut-être capable d'en parler plus.

Pas mal, non ? C'est dans *Emma*.

Que fais-tu ce soir ? Je pensais achcter des pâtes fraîches et faire du pesto. Chez moi vers 19 heures ?

Je t'embrasse,

Mel

À : Mel Fuller <melissa.fuller@thenyjournal.com>
De : jerryisalive@freemail.com
Objet : Et celle-là ?

Je t'aime.
Han Solo, *Le Retour du Jedi*.

John

À : jerryisalive@freemail.com
De : Mel Fuller <melissa.fuller@thenyjournal.com>
Objet : Et celle-là ?

Je sais.
Princesse Leia, *Le Retour du Jedi*.

Mel

Ça y est, elle a réapparu. Et tu avais raison:

Il ne l'a pas vendue à un réseau de traite des Blanches.

Mais c'est tout comme, si tu veux mon avis: il l'a fait tomber amoureuse de lui.

Qu'est-ce qui cloche chez moi, Tony? C'est vrai, je ne l'ai jamais vue aussi heureuse et excitée. Même le jour de la rumeur sur le prince William et Britney Spears. Là, ce n'est pas comparable. Ce jour-là, elle était ravie. Aujourd'hui, elle est extatique.

Et pourtant, je ne peux pas m'empêcher de penser que tout va finir par se briser d'une manière horrible.

Pourquoi? Pourquoi ai-je cette impression? Il est sympa, non? Je veux dire, tu l'as rencontré. Il ne t'a pas paru sympa?

Ça doit être le problème. Il a l'air tellement charmant, tellement normal, que je n'arrive toujours pas à réconcilier ce type, ce « John » avec le Max Friedlander dont on a tellement entendu parler, celui avec les glaçons sur les tétons et les top models dans la poche.

Je ne comprends pas comment un type qui peut se taper des mannequins pourrait avoir envie de sortir avec Mel. Je sais que ça paraît horrible, mais réfléchis. C'est vrai, nous trouvons tous Mel mignonne, excentrique, adorable, mais un type qui traîne avec des tops saurait-il voir ce genre de choses? Normalement, ce sont des mecs qui cherchent uniquement à avoir une beauté à leur bras, non?

Pourquoi quelqu'un qui ne mange que du dessert depuis des années choisirait subitement de la viande et des pommes de terre?

Ne suis-je pas la pire meilleure amie au monde?

Nad

Oui. J'en suis désolé, mais la réponse est oui.

Écoute, Nadine, tu sais quel est ton problème? Tu hais les hommes.

Oh, tu m'aimes bien. Mais soyons réalistes: en général, tu n'aimes pas les hommes, tu ne leur fais pas confiance. Tu crois qu'on n'a qu'une envie: trotter derrière des mannequins. Tu nous crois trop bêtes pour voir ce qu'il y a au-delà du visage, des seins ou des hanches d'une fille.

Eh bien, tu as tort.

Malgré ce que tu affirmes, les top models ne sont pas des desserts. Ce sont des êtres humains, comme toi et moi. Il y en a des gentilles et des méchantes, des intelligentes et des idiotes. J'imagine qu'un photographe en rencontre beaucoup, dont certaines qu'il apprécie et avec qui il a pu sortir quelquefois, peu importe.

Cela signifie-t-il que s'il rencontre une non-top model qui lui plaît, il n'a pas le droit de sortir aussi avec elle? Crois-tu qu'il passe son temps à la comparer aux mannequins qu'il connaît?

Non. Et je suis sûr que Max Friedlander n'est pas comme ça avec Mel.

Alors laisse-le tranquille. Je suis persuadé qu'elle lui plaît vraiment. Et si ça se trouve, il en est même amoureux pour de bon. Tu as déjà pensé à cette éventualité?

On se calme, donc.

Tony

P.S. : Mel n'est pas de la viande et des pommes de terre. Plutôt un sandwich au jambon. Avec une petite salade et un paquet de chips.

À : John Trent <john.trent@thenychronicle.com>
De : Jason Trent <jason.trent@trentcapital.com>
Objet : Tu l'as fait

Tu l'as vraiment fait.

Mais où as-tu la tête ? Je suis sérieux. OÙ AS-TU LA TÊTE ? Que se passe-t-il dans ton cerveau de crétin ? ELLE TE PREND POUR UN AUTRE. Elle te prend pour un autre et maintenant tu COUCHES avec elle ?

C'est à cause de ma femme, hein ? Tu as suivi ses conseils ? Une femme qui, je pense qu'il est bon que tu sois au courant, a avalé dans sa totalité une tarte à la cerise – pour 12 – hier soir. En guise de dîner. Et m'a grogné dessus quand j'ai essayé de lui enlever la spatule.

Tu sais que tout ça va t'exploser entre les mains. TU FAIS UNE GROSSE ERREUR. Si tu tiens à cette fille, dis-lui qui tu es. MAINTENANT.

Tu as de la chance que Mim ne soit pas au courant, sinon je te jure qu'elle te déshériterait.

Jason

À : Jason Trent <jason.trent@trentcapital.com>
De : jerryisalive@freemail.com
Objet : Ma vie

Souviens-toi de ce que j'avais failli dire la dernière fois : ce n'est pas parce que papa est en prison que tu as le droit de te prendre pour mon père. C'est ma vie, Jason, et je te remercierais de ne pas t'en mêler.

En plus, tu fais comme si je ne savais pas que j'ai merdé. J'ai merdé. J'en suis conscient. ET JE VAIS LE LUI DIRE. Mais je n'ai pas encore trouvé le bon moment. Dès que ça sera le cas, je lui dirai. Tout.

Et puis nous en rirons ensemble autour d'un barbecue, chez toi, au bord de la piscine. Tu ne la connais pas mais, crois-moi, Mel a beaucoup d'humour et elle est d'une nature chaleureuse et clémente. Je suis certain qu'elle trouvera tout ça très drôle.

Crois-tu qu'il y a quelqu'un au chalet dans le Vermont ? Je me disais que ce pourrait être l'endroit idéal pour lui annoncer la vérité. On monterait y passer le week-end et je la lui avouerais devant un bon feu romantique, après quelques verres de vin…

Qu'en dis-tu ?

John

À : jerryisalive@freemail.com
De : Jason Trent <jason.trent@trentcapital.com>
Objet : Ce que j'en dis ?

Oh, mon avis t'intéresse, maintenant ? Tu ne veux plus que je me conduise comme ton père, mais tu veux mon avis et emprunter mon chalet de ski ?

Tu as un de ces culots. C'est tout ce que j'ai à dire.

Jason.

P.S. : Papa n'est pas « en prison ». Il s'agit d'un centre de détention à sécurité minimale. Ne m'oblige pas à le répéter.

P.P.S. : Les femmes ne sont jamais clémentes à ce point.

À : Mel Fuller <melissa.fuller@thenyjournal.com>
De : George Sanchez <george.sanchez@thenyjournal.com>
Objet : Tu crois aller où, comme ça ?

Ne me jette pas ce regard innocent par-dessus la cloison. Oui, toi. Tu crois que je n'ai pas remarqué ton rouge
à lèvres ni que tu t'étais recoiffée ? Tu penses t'éclipser,
n'est-ce pas ?

Dans tes rêves, oui. Tu ne sortiras pas d'ici tant que je
n'aurai pas le papier sur la dernière rupture de Drew
Barrymore.

Compris ??

George

À : jerryisalive@freemail.com
De : Mel Fuller <melissa.fuller@thenyjournal.com>
Objet : Dîner

Salut John. Désolée, mais je ne vais pas pouvoir sortir aussi tôt que je l'avais cru. Peut-on repousser le dîner
à 21 heures, environ ?

Je t'embrasse,

Mel

À : Sergent Paul Reese <preese@89th.nyc.org>
De : John Trent <john.trent@thenychronicle.com>
Objet : Aux nouvelles

Paul,

Juste un mot pour voir si tu as trouvé quelque chose
sur l'affaire Friedlander. J'ai été un peu occupé ces derniers temps, ce qui explique que je ne t'aie pas appelé,
mais j'ai un peu de temps devant moi, là, et je me
demandais si tu avais du nouveau.

228

L'autre soir, quand je suis entré dans l'immeuble, le gardien n'était pas là. Je l'ai cherché et je l'ai trouvé, lui et tout le reste du personnel, dans l'appartement du concierge, devant le match, à la télé.

Compréhensible, bien sûr, puisque c'était un match décisif, mais je me suis demandé : y avait-il un match le soir où Mme Friedlander a été agressée ?

J'ai fait quelques recherches et la réponse est oui. À peu près à l'heure où les médecins pensent qu'elle a été frappée.

Je sais que ce n'est pas grand-chose, mais cela explique au moins comment quelqu'un a pu pénétrer dans l'immeuble à l'insu du gardien.

Tiens-moi au courant si vous avez du nouveau.

John

À : John Trent <john.trent@thenychronicle.com>
De : Sergent Paul Reese <preese@89th.nyc.org>
Objet : Tu devrais avoir honte

Tu sembles porter un très vif intérêt aux événements entourant l'agression de cette vieille femme. Y aurait-il une raison particulière à cela ?

Et que veux-tu dire par «j'étais dans l'immeuble» l'autre soir ? Cela aurait-il un rapport avec la jolie voisine de palier de la vieille dame ? Vaudrait mieux pas. Le procureur n'apprécie pas vraiment que tu fouines dans nos affaires, tu te souviendras sûrement de la dernière fois où tu as joué au détective amateur.

Mais puisque cela s'était soldé par une condamnation réussie, ils iront peut-être mollo…

Pour répondre à ta question, non, nous n'avons rien de neuf sur le cas Friedlander. Cependant, nous avons un suspect dans l'affaire du tueur travesti. Je parie que tu n'étais pas au courant, hein ? Parce que c'est encore confidentiel. D'ailleurs, je te fais confiance pour ne rien révéler. Je sais qu'on dit de toujours se méfier des journalistes, mais je te trouve plus fiable que la moyenne.

Bref, voilà l'histoire :

Gosse trouvé inanimé dans sa salle de bains. Je n'entrerai pas dans les détails quant aux raisons de son état. Je laisse ton atroce imagination faire le travail. Disons que cela implique une paire de collants et un crochet à l'arrière de la porte de la salle de bains. Et d'après ce qu'il portait, à savoir un certain nombre de sous-vêtements féminins, je ne pense pas que le suicide puisse être envisagé – bien que papa et maman préfèrent le croire.

Bref, les gars du SAMU ramassent les dessous affriolants et remarquent que certains correspondent au signalement de vêtements manquant chez deux des victimes du tueur travesti.

Pas énorme, je sais, mais c'est tout ce qu'on a pour l'instant.

Pourquoi n'avons-nous pas embarqué ce gamin pour un interrogatoire, me demandes-tu ? Parce qu'il est toujours à l'hosto après ses petites frasques en salle de bains, sous surveillance suicide.

Mais dès que son larynx meurtri aura suffisamment guéri pour qu'il puisse parler, ce gosse ira au poste et, si on peut le faire causer, nous verrons si la vieille dame faisait partie de ses victimes les plus chanceuses.

Alors que dis-tu de mon enquête ?

Paul

Je te parie une boîte de donuts que l'agression de Mme Friedlander est l'œuvre d'un copieur… Et pas très bon, en plus.

Disons que le gamin que tu soupçonnes est le bon : prends ses autres victimes. Toutes vivaient dans des immeubles sans ascenseur. Aucun gardien à qui se frotter. Toutes étaient considérablement plus jeunes que Mme Friedlander. L'agression a toujours été accompagnée d'un vol.

Évidemment, il est impossible de savoir si des vêtements ont été dérobés chez Mme Friedlander, mais en tout cas son sac à main était toujours là, ainsi que l'argent qu'il contenait. Et nous savons que le tueur travesti s'empare toujours du liquide qu'il trouve à proximité – même les jetons pour la laverie de sa victime n° 2.

Mais Mme Friedlander détenait plus de 200 dollars dans son portefeuille, qui était en évidence.

Je te le dis, plus j'y pense, plus je crois que toute cette affaire indique une personne de son entourage. Quelqu'un qu'elle attendait, ce qui explique qu'elle n'ait pas verrouillé sa porte. Et qui connaissait son appartement, puisqu'il n'a pas eu besoin de demander de renseignement au gardien… Voire, connaissait assez bien les habitudes de celui-ci pour savoir qu'un soir de match, il ne ferait pas d'excès de zèle à son poste.

Qu'en penses-tu ?

John

À : John Trent <john.trent@thenychronicle.com>
De : Sergent Paul Reese <preese@89th.nyc.org>
Objet : Au sucre, pas au chocolat

Les donuts. Et généralement, je les fais descendre avec un grand verre de lait.

Paul

À : Max Friedlander <photoguy@stopthepresses.com>
De : John Trent <john.trent@thenychronicle.com>
Objet : Ta tante

Max, à ta connaissance, ta tante avait-elle des ennemis ? Quelqu'un aurait-il pu vouloir sa mort ?

Je sais que je te demande un gros effort, pour penser à quelqu'un d'autre que toi, mais essaye, pour moi.

Tu sais où me joindre.

John

À : John Trent <john.trent@thenychronicle.com>
De : Max Friedlander <photoguy@stopthepresses.com>
Objet : Tante Helen

Je n'ai plus de nouvelles pendant des semaines et quand finalement tu te décides à écrire, c'est pour me poser une question saugrenue sur ma tante ? C'est quoi ton problème, vieux ? Depuis que tu promènes ce foutu chien, tu es devenu tout bizarre.

Des ennemis ? Bien entendu, qu'elle avait des ennemis. Cette vieille était une sacrée garce. Tous ceux qui la connaissaient la détestaient, à l'exception de sa cinglée de voisine, l'amie des bêtes. Tante Helen soutenait toujours des causes plus impopulaires les unes que les autres. Quand ce n'était pas «Sauvez les pigeons», c'était «Non au Starbucks Coffee». Je te le dis, si j'avais été du genre à aimer traîner dans les parcs en buvant du café, je l'aurais éliminée.

En plus, elle était radine. Une FOUTUE rapiat. Il suffisait de lui demander un prêt – aussi insignifiant que 500 dollars – pour te retrouver en pleine Seconde Guerre mondiale, avec toi dans le rôle de Londres et elle dans celui de la Luftwaffe. Je te rappelle que cette femme vaut 12 millions de dollars.

Écoute, Trent, je n'ai pas que ça à faire. De mon côté, les choses ne vont pas aussi bien que je l'espérais. Vivica est beaucoup plus aviaire que je ne le pensais. Le fric lui file entre les doigts comme si c'était du shampooing, ou je ne sais quoi. Il n'y aurait aucun problème s'il s'agissait de son argent, mais ce n'est pas le cas. Elle a oublié sa carte bancaire. Je te le demande : comment peut-on «oublier» sa carte bancaire quand on part en vacances ?

Je ne m'en inquiéterais pas s'il fallait lui acheter un sandwich de temps en temps, mais il lui faut sans cesse de nouvelles chaussures, de nouveaux shorts, de nouveaux maillots de bain. Elle a déjà 19 bikinis avec paréos assortis. Je voudrais bien savoir combien il en faut à une femme ? Surtout quand les seules personnes à les voir sont le type de la réception et moi.

Je dois filer. Elle a très envie d'aller chez Gucci. GUCCI. On croit rêver !

Max

À : Max Friedlander <photoguy@stopthepresses.com>
De : Sebastian Leandro <sleandro@hotphotos.com>
Objet : Ton message

Max,

J'ai bien eu ton message. Désolé de t'avoir raté. D'où appelais-tu ? De la maison d'Hemingway à Cuba ou quoi ? Il paraît qu'il y a plein de chats errants qui vivent là-bas, ce qui expliquerait tous ces miaulements que j'entendais derrière toi.

Écoute, vieux, je n'ai pas grand-chose, côté boulot. Je t'avais bien dit de ne pas prendre de pause, quel que soit le nom que tu donnes à tes vacances prolongées. Une semaine de temps en temps, c'est une chose, mais ça s'est carrément transformé en congé sabbatique. Disparaître de la circulation comme tu le fais a causé plus de mal que de bien à beaucoup de carrières.

Mais je n'ai pas que des mauvaises nouvelles. Si tu peux tenir quelques semaines de plus, la collection été de J. Crew et Victoria's Secret va bientôt sortir. Ils songent respectivement à Corfou et au Maroc. La paye n'est pas terrible, je sais, mais c'est déjà quelque chose.

Ne panique pas. Les collections de maillots approchent.

Appelle-moi. On en discutera.

Sebastian

À : Sebastian Leandro <sleandro@hotphotos.com>
De : Max Friedlander <photoguy@stopthepresses.com>
Objet : Il faut que tu me sortes de là

Tu ne comprends pas. J'ai besoin de travail. N'importe quoi. Il faut que je me casse de Key West. Vivica a pété un câble. C'était ÇA que tu entendais derrière moi quand je t'ai appelé. Ce n'étaient pas des chats. C'était elle. Elle pleurait.

Et crois-moi, quand Vivica pleure, elle ne ressemble PAS DU TOUT à un top model. Elle ressemblerait plutôt au genre d'actrice de films d'horreur, juste avant de se faire décapiter par un pylône volant, tu vois ?

Bref, elle a pillé mes cartes de crédit au maximum. À mon insu, elle a acheté toutes les sculptures merdiques en bois flotté qu'elle a pu trouver et elle les renvoie à New York par bateau. Je suis sérieux. Elle pense « avoir l'œil » pour les nouvelles tendances : elle estime que ce sera le bois flotté. Elle a déjà fait l'acquisition de 27 sculptures de dauphins. GRANDEUR NATURE.

Ai-je besoin d'en rajouter ?

TROUVE-MOI DU BOULOT. Je prendrai N'IMPORTE QUOI.

Max

À : Lenore Fleming <lfleming@sophisticate.com>
De : Max Friedlander <photoguy@stopthepresses.com>
Objet : SOS

CHÈRE LENORE,
SALUT ! JE SAIS QU'IL EST ÉCRIT QUE CE MESSAGE VIENT DE MAX, MAIS EN FAIT C'EST MOI, VIVICA. JE ME SERS DE L'ORDINATEUR DE MAX PENDANT QU'IL EST ABSENT. JE NE SAIS PAS OÙ IL EST. SÛREMENT DANS UN BAR QUELQUE PART. IL Y PASSE SES JOURNÉES EN CE MOMENT. LENORE, IL EST TELLEMENT ÉGOÏSTE ! IL M'A CRIÉ DESSUS À CAUSE DES

SCULPTURES EN BOIS FLOTTÉ. IL N'APPRÉCIE PAS LES BEAUX-ARTS. IL EST EXACTEMENT COMME TU DISAIS, TOTALEMENT BOURGEOIS.

TU M'AVAIS PRÉVENUE.

BREF, J'AI ESSAYÉ DE T'APPELER, MAIS TU ÉTAIS DÉJÀ SORTIE. DEIRDRE M'A CONSEILLÉ DE T'ENVOYER UN MAIL. J'ESPÈRE QUE TU LE RECEVRAS. JE NE SAIS PAS QUOI FAIRE. LE MIEUX SERAIT DE RENTRER, MAIS J'AI OUBLIÉ MA CARTE BANCAIRE. EN FAIT, J'AI MÊME OUBLIÉ MON PORTEFEUILLE. ET COMME JE N'AI PAS DE CARTE DE CRÉDIT, JE ME SERS DE CELLE DE MAX. MAIS SI J'AVAIS SU À QUEL POINT IL EST ÉGOÏSTE, JE NE L'AU-RAIS PAS FAIT.

S'IL TE PLAÎT, PEUX-TU DEMANDER À DEIRDRE D'ALLER CHEZ MOI CHERCHER MON PORTEFEUILLE ET ME L'ENVOYER AU PARADISE INN À KEY WEST ? ET PUIS, ELLE POURRAIT ME METTRE AUSSI DE LA LOTION POUR LE CORPS DE CHEZ KIEHL'S, PARCE QUE JE PÈLE.

VOILÀ, C'EST TOUT. SI TU AS CE MESSAGE, APPELLE-MOI. J'AI BESOIN DE PARLER À QUELQU'UN. MAX EST SOÛL TOUTE LA JOURNÉE ET, SINON, IL DORT.

BISOUS

VIVICA

Ça y est – c'est arrangé. Si tu veux le chalet le week-end prochain, il est à toi – à une condition :

TU DOIS TOUT LUI DIRE.

Je suis sérieux, John, tu crois peut-être que cette fille est spéciale, et c'est sûrement le cas, mais AUCUNE femme n'aime qu'on lui mente, même si c'est pour une bonne cause – je ne suis même pas sûr que ce soit ton cas. En fait, je suis même persuadé du contraire. Attends, c'est vrai, tromper une vieille dame et ses voisins ?

Admirable, John, vraiment admirable.

Bref, je demanderai à Higgins de déposer les clefs du chalet à ton bureau demain matin.

Nous allons dîner chez Mim ce soir, alors à plus tard.

Jason

P.S. : Il y a une chose qui fonctionne très bien avec les femmes, quand on doit leur avouer quelque chose qui ne leur plaira pas, c'est d'accompagner la confession d'une paire de boucles d'oreilles en platine serties de diamants 0,75 carat, de préférence de chez Tiffany's (la vue de cette boîte turquoise n'est pas sans effet sur la plupart des femmes). Je me rends bien compte que cela doit sortir du budget d'un journaliste, mais j'imagine que tu vas évoquer ton appartenance à la famille Trent, des Trent de Park Avenue.

Tu vas le mentionner, n'est-ce pas ? Parce que ça devrait aider. Ça et les boucles d'oreilles.

Eh bien, tu es peut-être un emmerdeur bouffi de suffisance, mais au moins, tu es généreux. Merci pour les clefs.

Bien entendu je tiendrai compte de ton conseil. Cela dit, de manière générale, je ne crois pas que Mel soit le genre de fille à être influencée par une paire de boucles d'oreilles, qu'elles viennent ou non de chez Tiffany's.

Mais merci pour ta suggestion.

Faut que j'y aille. Hier soir, elle a cuisiné le dîner et ce soir c'est mon tour.

Dieu merci, il y a un rayon traiteur chez Zabar.

John

Bonjour, ma chérie ! Ça faisait longtemps. Tu n'as répondu à aucun de mes messages. J'imagine que tu vas plutôt bien et que tu es juste très occupée à cause de cette histoire avec Lisa Marie Presley. Je ne comprends vraiment pas cette fille. Pourquoi a-t-elle donc épousé ce Mickael Jackson ? Jamais je ne comprendrai. Crois-tu qu'il lui paye une pension alimentaire ? Pourrais-tu essayer de te renseigner ?

À ce propos, papa et moi on revient du mariage d'un AUTRE de tes camarades de classe. Tu te souviens de Donny Richardson, n'est-ce pas ? Eh bien il est chiropracteur maintenant et TOUT À FAIT aisé, d'après ce que j'ai compris. Il a épousé une fille ravissante qu'il a rencontrée lors d'une course de rallye. Il faudrait peut-être que tu envisages d'assister à quelques-uns de ces rallyes, Mellie, il paraît que les beaux partis ne manquent pas, sur les gradins.

Enfin, le mariage était superbe, la réception s'est tenue au Fireside Inn. Tu te souviens, c'est là que ton frère, ton père et toi m'emmeniez déjeuner pour la fête des Mères. La mariée était adorable et Donny était si beau ! On distingue à peine les cicatrices dues à son accident de moissonneuse, il y a des années. Il a vraiment remonté la pente, depuis !

Comment vont les choses avec le jeune homme dont tu nous as parlé la dernière fois ? Max, je crois. Ou John ? J'espère que vous prenez votre temps, tous les deux. J'ai lu quelque part que les couples qui attendent d'être mariés pour avoir des relations sexuelles ont 20 % moins de risques de divorcer, que ceux qui n'attendent pas.

En parlant de divorce, as-tu entendu les rumeurs comme quoi le prince Andrew et Fergie seraient de nouveau ensemble ? J'espère qu'ils pourront se rabibocher. Il a toujours l'air tellement seul quand je le vois à Wimbledon ou ailleurs.

Écris-moi quand tu as un moment !
Bisous,

Maman

À : Don et Beverly Fuller <DonBev@dnr.com>
De : Mel Fuller <melissa.fuller@thenyjournal.com>
Objet : Coucou !

Salut Maman ! Désolée d'avoir attendu si longtemps pour t'écrire ou appeler. J'ai été très occupée.

Tout va super bien. Super, super bien. En fait, ça faisait longtemps que tout n'était pas allé aussi bien. C'est grâce à ce garçon dont je t'ai parlé, John.

Oh, maman, j'ai hâte que vous le rencontriez ! C'est sûr, je l'amène à Noël, s'il veut bien venir. Tu vas l'adorer. Il est tellement drôle, agréable, tendre, intelligent, beau, grand et tout, tu n'en reviendras pas. Il est tellement mieux que Donny Richardson pourra jamais l'être. Il plaira même à papa, j'en suis sûre. John connaît plein de trucs sur le sport, les moteurs, les batailles de la guerre de Sécession et tous ces trucs que papa aime bien.

Je suis tellement contente d'être venue vivre à New York. Sinon, je ne l'aurais jamais rencontré. Oh, maman, il est vraiment génial, nous nous amusons tellement tous les deux ; j'ai été en retard au bureau tous les jours cette semaine, par sa faute. J'ai 8 retards supplémentaires dans mon dossier personnel, mais je m'en fiche, c'est tellement agréable d'être avec un homme avec qui je peux être naturelle, qui est parfaitement honnête avec moi et qui n'a pas peur d'employer le mot avec un grand A.

Mais oui, celui-là même ! Il m'aime, maman ! Il me le répète 10 fois par jour ! Il n'est pas comme tous ces autres nazes avec qui je suis sortie depuis que je suis venue vivre ici. IL EST AMOUREUX DE MOI. Et moi de lui. Je suis tellement heureuse que j'ai l'impression que je vais exploser.

Je dois y aller. Il me prépare à manger, ce soir. D'ailleurs, il aime beaucoup ce que je cuisine. Je te jure ! L'autre soir, je lui ai fait des pâtes, il a adoré. Je me suis servie de ta recette pour la sauce. Enfin, avec un peu d'aide du rayon traiteur de Zabar. Mais il n'est pas au courant, alors ce n'est pas grave !

Bisous,

Mel

tellement contents pour toi, mon cœur. C'est formidable que tu aies rencontré ce charmant garçon. J'espère que vous vous amusez bien tous les deux, à vous cuisiner des petits plats et, pourquoi pas, à vous balader dans Central Park (même si j'espère que tu n'y mets pas les pieds le soir, j'ai entendu dire que des bandes de jeunes y rôdent).

Souviens-toi simplement que certains hommes (et je ne dis pas que ton John en fait partie), à la recherche d'une seule chose, iront DIRE à une fille qu'ils l'aiment rien que pour la mettre dans leur lit.

C'est tout. Non que ce jeune homme oserait faire une chose pareille. Je sais seulement que des hommes comme ceux-là existent. Et si je le sais, Melissa, c'est parce que... ne dis rien à ton père, mais...

Ça m'est arrivé.

Heureusement, je me suis rendu compte à temps que le jeune homme en question était de ceux-là. Mais, Melissa, je ne suis pas passée loin. J'ai vraiment failli offrir mon plus précieux bijou à un homme qui ne le méritait absolument pas.

Ce que j'essaye de te dire, Melissa, c'est d'avoir une bague au doigt avant d'offrir quoi que ce soit. Peux-tu promettre ça à maman ?

Amuse-toi bien – mais pas trop.

Bisous,

Maman

P.S. : Et si tu as une photo de ce jeune homme, Robbie me signale qu'il a un ami au FBI qui pourra vérifier sur leurs ordinateurs qu'il n'est pas recherché pour des crimes fédéraux. Ça ne peut pas faire de mal, Melissa, juste pour être sûr.

À : Nadine Wilcock <nadine.wilcock@thenyjournal.com>
De : Mel Fuller <melissa.fuller@thenyjournal.com>
Objet : Ma mère

Rappelle-moi de ne plus jamais rien dire à ma mère.

Mel

À : Mel Fuller <melissa.fuller@thenyjournal.com>
De : Nadine Wilcock <nadine.wilcock@thenyjournal.com>
Objet : Tu as parlé à ta mère ?

Tu es folle ou quoi ? Je mets un point d'honneur à ne jamais rien dire à la mienne. Je tiens un journal, cependant, pour qu'elle puisse tout savoir si je venais à mourir avant elle.

Je parie qu'elle t'a conseillé d'avoir la bague au doigt avant de coucher avec John. J'ai raison ?

Tu lui as dit que c'était trop tard ? Non, bien sûr que non. Parce qu'elle ferait une crise cardiaque et que ce SERAIT TA FAUTE.

Espèce de gourde.

Comptes-tu reprendre un jour les cours de step avec moi ? Tu sais, on se sent seul, sur son step.

Nad ; -)

Oh, Nadine, j'adorerais reprendre le step avec toi. Mais avec John et tout ce travail dont George m'accable, je n'ai pas un instant à moi.

Désolée.

Tu ne m'en veux pas trop, hein ? S'il te plaît. On se voit toujours pour déjeuner…

Mel

Tu as vraiment un grain.

Bien entendu, je ne t'en veux pas.

C'est juste que… je n'ai pas envie de faire comme ta mère, mais… tu ne trouves pas que les choses vont un peu trop… vite ? C'est vrai, vous n'avez pas passé une seule nuit séparés depuis que… tu sais.

Et que sais-tu de ce type ? En vrai, je veux dire ? À part sa tante, que connais-tu sur lui ? Où va-t-il tous les matins, quand tu pars travailler ? Passe-t-il ses journées chez sa tante ? A-t-il pris des photos de toi ? J'imagine qu'il doit en avoir envie, vu qu'il est photographe. T'a-t-il emmenée dans son studio, s'il en a un ? Où vit-il quand il n'est pas chez sa tante ? As-tu vu son appartement ? LE SIEN, pas celui de sa tante ? En a-t-il un, d'ailleurs ?

Tu as parlé du dépassement de ses cartes de crédit. Ne devrait-il pas travailler pour rembourser ce qu'il doit ? Pourtant, a-t-il seulement fait une séance photo depuis que tu le connais ? A-t-il même un travail dont tu aies entendu parler ?

J'ai juste l'impression que… Je ne sais pas. Ce sont des choses qu'il faudrait mettre au clair avant d'aller plus loin avec ce type.

Nad

À: Tony Salerno <chef@fresche.com>
De: Nadine Wilcock <nadine.wilcock@thenyjournal.com>
Objet: À l'aide

Je crois que je viens de faire une bêtise. J'ai suggéré à Mel qu'il y avait beaucoup de choses qu'elle ignorait à propos de Max Friedlander – par exemple, l'endroit où il vit quand il ne squatte pas chez sa tante – et j'ai ajouté qu'avant d'aller plus loin, elle devrait au moins se renseigner.

J'ai pour ainsi dire oublié qu'elle était déjà allée plus loin.

Et maintenant, elle refuse de me parler. Enfin, c'est l'impression que j'ai. Elle est enfermée dans la salle des photocopieuses avec DOLLY, figure-toi !

Je suis méchante, non ?

Nad

À: Nadine Wilcock <nadine.wilcock@thenyjournal.com>
De: Tony Salerno <chef@fresche.com>
Objet: Mel

Mais non, tu n'es pas méchante. Je suis sûr qu'elle n'est pas en colère contre toi. Elle est juste amoureuse, quoi. Elle ne veut penser à rien d'autre.

Pourquoi ne pas proposer à John et elle de venir dîner avec nous ce soir ? Dis-leur que je nous préparerai quelque chose de très spécial. Je viens de recevoir d'excellentes pâtes à l'encre de seiche.

Tiens-moi au courant.

Tony.

À : Mel Fuller <melissa.fuller@thenyjournal.com>
De : Dolly Vargas <dolly.vargas@thenyjournal.com>
Objet : Nadine

Elle est seulement JALOUSE, mon chou. C'est tout. C'est vrai, tu as vu le petit maigrichon qu'elle va épouser ? Un cuistot. C'est tout ce qu'il est. Un spécialiste de la frite surestimé, qui se trouve posséder un restaurant au succès inexplicable.

Que dis-je, inexplicable ? C'est tout à fait explicable ! Sa fiancée est critique gastronomique au *New York Journal* !

NE T'EN FAIS PAS. Max Friedlander est un artiste extrêmement talentueux et terriblement adulé. Peu importe qu'il n'ait pas travaillé depuis plusieurs mois, en un rien de temps, il sera à nouveau en selle.

Alors, sèche tes petits yeux et garde ton menton rougi bien haut. Je suis sûre que tout va bien se passer.

Et sinon, eh bien, il te reste le Valium, n'est-ce pas, mon chou ?

Bisous, bisous

Dolly

Dolly, fais gaffe. Il se trouve que tu parles de ma meilleure amie. Nadine N'EST PAS jalouse. Elle s'inquiète pour moi, c'est tout.

Et Tony est bien plus qu'un «spécialiste de la frite surestimé». C'est le chef cuisinier le plus talentueux de Manhattan.

Mais merci d'avoir dit des choses gentilles sur John.

Mel

À: Mel Fuller <melissa.fuller@thenyjournal.com>
De: jerryisalive@freemail.com
Objet: Le week-end prochain

Que fais-tu le week-end prochain? Penses-tu pouvoir prendre ton vendredi? Je pensais louer une voiture et aller dans le Vermont, dans un chalet qu'on me prête. Je sais qu'il n'y a pas de neige en cette période mais, je t'assure, même quand ce n'est pas tout blanc, c'est sublime. Et le chalet est doté de tout le confort moderne, y compris grande cheminée, baignoire et même une antenne satellite pour la télé grand écran.

Je savais que ce détail te plairait.

Je t'embrasse,

John

À: jerryisalive@freemail.com
De: Mel Fuller <melissa.fuller@thenyjournal.com>
Objet: Le week-end prochain

J'adorerais aller dans le Vermont avec toi. Tu pourrais peut-être prendre tes appareils et prendre des photos quand on sera là-haut ? C'est vrai, je ne t'ai jamais vu en action. Avec un appareil, je veux dire. Toi, tu lis ma chronique tous les jours, mais je n'ai jamais vu la moindre de tes œuvres. À part l'édition spéciale maillots de *Sports Illustrated* de l'an dernier…

Avant de partir, on pourrait passer par ton appartement, pour que je puisse le voir, aussi. C'est vrai, je ne l'ai jamais vu. Je n'ai aucune idée de l'endroit où tu vis quand tu n'es pas chez ta tante, ni du genre de choses que tu as chez toi. Quel goût tu as pour les meubles, par exemple.

Et j'aimerais bien savoir. J'aimerais beaucoup.

Mel

À: Mel Fuller <melissa.fuller@thenyjournal.com>
De: jerryisalive@freemail.com
Objet: Le week-end prochain

Hum, on peut parfaitement faire un crochet par mon appartement quand tu veux. Cela dit, je crains que tu ne sois amèrement déçue, parce qu'il est principalement aménagé de meubles Ikea et de cageots à lait.

Pour ce qui est d'apporter mon équipement photo dans le Vermont… je n'aurais pas l'impression de partir en vacances. On verra, d'accord ?

Pourquoi cet intérêt soudain pour mon intérieur ? As-tu l'intention de vivre avec moi ? C'est un peu tard, tu ne crois pas, étant donné que toutes mes chemises propres sont maintenant rangées dans ton placard. Ou peut-être n'avais-tu pas remarqué. Eh bien, elles y sont.

Et je refuse de les déplacer. Sauf si tu daignes m'accorder un tiroir quelque part.

Je t'embrasse,

John

À: Nadine Wilcock <nadine.wilcock@thenyjournal.com>
De: Mel Fuller <melissa.fuller@thenyjournal.com>
Objet: Tu as tort

J'ai demandé à John si je pouvais voir où il vivait et il a accepté, ajoutant que c'était décoré de cageots à lait et de meubles Ikea, autrement dit cet endroit doit bien exister, alors, tu vois qu'il a SON PROPRE appartement. Et, bien que je n'aie pas encore réussi à le cuisiner sur son boulot, je le ferai, parce que nous partons tous les deux, le week-end prochain. Nous allons être obligés de passer 14 heures dans une voiture et j'ai bien l'intention de tout savoir sur sa carrière.

Voilà.

Mel

À: Mel Fuller <melissa.fuller@thenyjournal.com>
De: Nadine Wilcock <nadine.wilcock@thenyjournal.com>
Objet: J'avais tort

Mel, excuse-moi d'avoir dit toutes ces choses. Je n'avais absolument pas le droit. Je suis vraiment, vraiment désolée.

Puis-je me rattraper en vous invitant, John et toi,

à dîner ? Tony dit qu'il a des pâtes à l'encre de seiche.
Vous venez ?

Nad

À : Nadine Wilcock <nadine.wilcock@thenyjournal.com>
De : Mel Fuller <mclissa.fuller@thenyjournal.com>
Objet : Alors…

Bien que je sois très en colère contre toi, j'accepte ton
invitation, pour que tu puisses voir à quel point tu t'es
trompée, en pensant toutes ces choses horribles sur John.
On se retrouve à 19 heures.

Mel

À : John Trent <john.trent@thenychronicle.com>
De : Sergent Paul Reese <preese@89th.nyc.org>
Objet : Tueur travesti

Bon. Je ne dis pas que tu avais raison à propos de la
vieille dame qui connaîtrait son agresseur, mais je vais
concéder ceci : c'était bel et bien un copieur.

Mais je ne t'ai rien dit, compris ? Tu te souviens de ce
gosse dont je t'ai parlé ? Celui que ses parents avaient
trouvé pendu au crochet de sa salle de bains vêtu de dessous féminins ?

Eh bien, nous avons mené une petite enquête et que
crois-tu que nous ayons découvert ? Apparemment, ce
gamin bosse pour une société de livraisons par Internet.
Tu sais, tout ce qu'on veut, 24h/24 : tu te connectes, tu
passes commande et ils te livrent.

Grâce à une discrète investigation chez l'employeur,
nous avons découvert que le gamin s'est rendu dans

chacun des 7 immeubles où se sont produits les meurtres du tueur travesti. Nous avons imprimé un document qui le situe sur les lieux précis de chacun des crimes à l'heure exacte où ils ont été commis. Il les trucidait alors qu'il était censé leur livrer des glaces et des vidéos.

Et voici le pire : ce gosse n'a jamais raté la moindre livraison. Pas une seule fois. Il les tuait et il continuait sa tournée.

Crois-tu que quiconque chez son employeur s'est rendu compte que des gens mouraient à l'endroit où ce gosse faisait les livraisons ? Non, bien sûr que non.

Et qu'ont-ils à dire sur cet employé modèle ? « Il est tellement calme, tellement timide. Il n'aurait JAMAIS pu faire une chose aussi abominable que tuer 7 femmes pour leur lingerie et leurs jetons de laverie. »

On le conduit au poste ce soir. Il a été relâché de la section psy où il était retenu pour sa supposée tentative de « suicide » d'hier.

Mais voici la partie qui te concerne : le gosse n'a jamais rien livré dans l'immeuble de Mme Friedlander. Aucune trace de quiconque dans le bâtiment ayant contacté ce site Internet.

Je pensais que ça t'intéresserait.

Paul

À : John Trent <john.trent@thenychronicle.com>
De : Genevieve Randolph Trent <grtrent@trentcapital.com>
Objet : Je suis très déçue

de ton comportement, John. Une fois de plus, une réunion de famille a eu lieu en ton absence. Je dois dire que je commence à être extrêmement irritée par le continuel mépris dont tu fais preuve à notre égard. C'est une chose de refuser notre aide financière. C'en est une autre de nous occulter totalement de ta vie.

J'ai cru comprendre, d'après ce qu'en disait Stacy, que cette demoiselle Fuller et toi êtes «ensemble». J'en suis fort surprise, ne l'ayant croisée qu'à une seule reprise et dans des circonstances extrêmement inhabituelles. D'ailleurs, je n'ai pas bien compris si cette demoiselle était au courant de nos liens familiaux.

Ton frère et sa femme – qui est d'ailleurs énorme ; je suis bien certaine que son médecin s'est trompé quant à la date de son terme et je ne serais pas surprise qu'elle accouche à tout moment –, ton frère et sa femme, donc, se montrent réticents à en discuter avec moi, mais je suis sûre que tu me caches quelque chose, John.

Haley et Brittany ont fait d'intéressantes remarques sur le thème du mariage avec une certaine dame rousse, lors duquel elles s'attendent à être demoiselles d'honneur ; d'ailleurs, elles préparent leur garde-robe à cet effet.

Est-ce la vérité, John ? As-tu l'intention d'épouser cette fille, que tu n'as même pas présentée dans les formes à ta famille ?

Si tel est le cas, je dois dire que jamais je ne me serais attendue à un tel comportement de ta part. De certains de tes cousins, peut-être, mais pas de toi, John.

J'espère que tu prendras les mesures qui s'imposent pour rectifier cela immédiatement. Donne-moi une date où vous êtes libres tous les deux et j'arrangerai un petit dîner informel en famille. Je serai ravie de présenter mademoiselle Fuller au reste des Trent… Du moins ceux qui sont en liberté sous caution.

Ne prends pas ma désinvolture pour un manque d'intérêt, John. Je tiens profondément à toi. Si profondément, d'ailleurs, que je veux bien oublier ta conduite excessivement étrange dans cette affaire.

Mais il y a des limites, mon garçon.

Baisers,

Mim

À : Genevieve Randolph Trent <grtrent@trentcapital.com>
De : John Trent <john.trent@thenychronicle.com>
Objet : Ne t'inquiète pas

Mim,

Donne-moi encore une semaine, d'accord ? Rien qu'une semaine et tu pourras la rencontrer – convenablement, cette fois. Il y a juste un petit quelque chose que je dois lui annoncer avant.

Peux-tu avoir encore un peu de patience ? Je te promets que ça en vaudra la peine.

John

À : Sebastian Leandro <sleandro@hotphotos.com>
De : Max Friedlander <photoguy@stopthepresses.com>
Objet : Alors ?

Je n'ai pas eu de nouvelles. Tu as quelque chose pour moi ? N'importe quoi ?

Bon, au cas où tu n'aurais pas bien compris : J'AI BESOIN DE BOULOT. Je ne suis franchement pas en fonds en ce moment. Vivica m'a mis sur la paille…

Et maintenant, plus que jamais, il faut que je me barre d'ici : elle commence à parler d'engagement, Sebastian. Mariage. Enfants. Elle est devenue complètement bovine.

Je ne comprends pas. J'arrive à Key West avec un des plus fameux top models de ce pays et j'en repartirai fauché après lui avoir expliqué ma position sur la surpopulation mondiale.

Il faut que tu me trouves quelque chose, mec. Je compte sur toi.

Max

À: Max Friedlander <photoguy@stopthepresses.com>
De: Sebastian Leandro <sleandro@hotphotos.com>
Objet: Écoute, vieux,

tu te casses pendant la saison la plus chargée. Et je ne te jette pas la pierre. Attends, c'est quand même Vivica. J'aurais fait pareil.

Mais tu ne peux pas disparaître du métier pendant trois mois et t'attendre à reprendre exactement où tu t'es arrêté. Les nouveaux talents prennent ta place. Ça ne manque pas, les gosses doués en mal d'argent. Très doués, même.

Et ils ne prennent pas aussi cher que toi, vieux.

Ce qui ne veut pas dire que je n'essaie pas. Je te TROUVERAI quelque chose. Mais il faut me laisser le temps.

Je te contacte dès que j'entends parler d'un truc, je te jure.

Sebastian

---

que moi, qui étais considéré comme l'un des meilleurs photographes du pays, je ne suis plus RIEN??? En un peu plus de 90 jours ? C'est ce que tu as envie de me faire croire ?

Merci. Merci pour rien.

Max

LENORE !
C'EST ENCORE MOI, VIVICA.
MERCI POUR LE PORTEFEUILLE. JE L'AI REÇU. J'AI DÉCIDÉ DE RESTER ENCORE UN PEU. JE VOULAIS DONNER UNE NOUVELLE CHANCE À MAX, JE ME SUIS DIT QU'IL ME FERAIT PEUT-ÊTRE DES EXCUSES PARCE QUE JE SAIS QU'IL EST TRÈS, TRÈS AMOUREUX DE MOI.
MAIS PAS DU TOUT ! IL NE S'EST PAS EXCUSÉ. EN FAIT, IL EST MÊME DEVENU PLUS MÉCHANT. TU NE CROIRAIS PAS CE QU'IL M'A DIT HIER. IL A DIT QU'IL NE VOULAIT PAS SE MARIER AVEC MOI, QU'IL NE L'AVAIT JAMAIS VOULU. IL DIT QU'IL NE VEUT PAS FAIRE DE BÉBÉS NI PASSER NOËL AVEC MOI !!!
LENORE, QUE DOIS-JE FAIRE ? JE N'ARRÊTE PAS DE PLEURER. JE N'ARRIVE PAS À CROIRE QU'IL ME FAIT ÇA, À MOI. ALORS QU'ON A

PASSÉ TROIS MOIS ENSEMBLE À KEY WEST. ET
MAINTENANT IL CHANGE D'AVIS ET DIT
QU'IL NE VEUT PAS PASSER LE RESTE DE SA
VIE AVEC MOI. JAMAIS JE NE ME SUIS SENTIE
AUSSI BERNÉE.

LENORE, IL FAUT QUE TU M'AIDES. JE SAIS
QUE TU AS BEAUCOUP D'EXPÉRIENCE AVEC
LES HOMMES. APRÈS TOUT, TU ES SI VIEILLE –
30 ANS ! TU DOIS BIEN SAVOIR COMMENT JE
PEUX FAIRE POUR QU'IL M'AIME.

S'IL TE PLAÎT, AIDE-MOI

VIVICA

À : Nadine Wilcock <nadine.wilcock@thenyjournal.com>
De : Mel Fuller <melissa.fuller@thenyjournal.com>
Objet : Je ne sais pas pour toi,

mais j'ai trouvé la soirée d'hier géniale. Tu ne t'es pas
amusée ? Tout était si parfait : les pâtes à l'encre de
seiche étaient délicieuses et les garçons semblent s'entendre à merveille – tu ne trouves pas ? Je ne connais
rien au basket, mais leur discussion sur ce sujet m'a paru
tout à fait animée.

Tu te rends compte à quel point tu t'étais trompée,
finalement ? À propos de John, je veux dire. Je n'ai pas
vraiment évoqué l'histoire du glaçon sur les tétons, mais
tu ne crois pas qu'il s'agit tout simplement de répondre
aux attentes des lecteurs de *Sports Illustrated* ? Ça me
paraît faire partie de son travail.

Enfin, je veux juste dire qu'on devrait remettre ça, et
vite. Mais pas ce week-end, parce que nous allons le passer dans ce chalet qu'un ami de John lui prête.

Et je ne veux pas me porter malheur, mais hier soir

j'ai donné à manger à Tweedledum et Mr Peepers pendant que John sortait Paco et je suis tombée par hasard sur un sachet Tiffany's qui dépassait du sac de voyage de John. Celui qu'il prend pour le week-end.

Exactement. De chez Tiffany's.

Je sais. Je sais. Je ne m'emporte pas. Ça pourrait être n'importe quoi. C'est peut-être là-dedans qu'il met ses chaussettes quand il voyage. Qui sait ?

Mais si c'était… tu sais ?

Ce serait possible. C'est vrai.

Je n'irai pas plus loin.

Mel

À : Mel Fuller <melissa.fuller@thenyjournal.com>
De : Nadine Wilcock <nadine.wilcock@thenyjournal.com>
Objet : Tu es sérieuse ?

Tu penses sérieusement qu'il va te demander en mariage ? Melissa, vous ne sortez ensemble que depuis deux mois. À peine. Je ne veux pas être rabat-joie, mais je crois que tu ne devrais pas te monter la tête. Je te parie ce que tu veux que si tu avais regardé ce que ce sac contenait, tu y aurais vu des chaussettes. Les hommes sont parfois bizarres.

Nad

À : Nadine Wilcock <nadine.wilcock@thenyjournal.com>
De : Mel Fuller <melissa.fuller@thenyjournal.com>
Objet : J'aurais dû regarder, hein ?

Mais je n'ai pas pu. Ça m'a paru tellement… mal. De regarder, je veux dire.

Même si je ne crois pas du tout que c'est ce que ce sac contient. Une bague, je veux dire. Franchement, je n'y crois pas. Je suis sûre que ce sont des chaussettes.

Mais, et si ce n'en était pas ?

Je n'en dirai pas plus. On peut toujours rêver, non ?

Mel

À : Mel Fuller <melissa.fuller@thenyjournal.com>
De : Nadine Wilcock <nadine.wilcock@thenyjournal.com>
Objet : Si je comprends bien, si c'est une bague,

tu as l'intention de dire oui ? C'est ça ?

Je ne te suggère pas de refuser. Mais bon…

Mais bon, il n'y a rien de mal à patienter un peu. C'est vrai. Tu devrais au moins, par décence, attendre que sa tante sorte du coma, ou meure. L'un ou l'autre.

Qu'en dis-tu ?

Nad

À : Nadine Wilcock <nadine.wilcock@thenyjournal.com>
De : Mel Fuller <melissa.fuller@thenyjournal.com>
Objet : Je crois

que tu as raison. Il faut voir ce qui va arriver à Mme Friedlander. Ce serait très insensible d'annoncer les fiançailles à tout le monde alors qu'elle est encore dans le coma.

Mon Dieu, je ne sais même pas pourquoi je parle de ça. Il n'y a pas de bague dans ce sac. Je suis sûre que ce sont des chaussettes. Ce sont forcément des chaussettes.

Non ?

Mel

À : Tony Salerno <chef@fresche.com>
De : Nadine Wilcock <nadine.wilcock@thenyjournal.com>
Objet : Mel

Ça y est, c'est fini. Il va la demander en mariage. Ce week-end, apparemment, dans le romantique chalet qu'il emprunte pour l'occasion.

Je ne dis pas que je désapprouve. C'est vrai, je l'aime bien, ce type. Mais… je ne sais pas. Je n'arrive pas à me débarrasser de ce mauvais pressentiment. Qu'est-ce qui cloche chez moi ?

Nad

À : Nadine Wilcock <nadine.wilcock@thenyjournal.com>
De : Tony Salerno <chef@fresche.com>
Objet : Ce qui cloche chez toi

Rien. Tu souhaites juste le bonheur de ton amie.

Et je ne te le reproche pas. Moi aussi, je veux que Mel soit heureuse. Elle le mérite, et pas seulement parce que Freddie Prinze Jr sort avec Sarah Michelle Gellar ou je ne sais quoi.

Mais pour être heureux, il faut parfois prendre des risques. C'est vrai, c'est se mettre en danger. Je crois que c'est ce dont tu as peur pour Mel. Elle a rencontré ce type. Il a mauvaise réputation dans le coin. Lui mettre le grappin dessus est un gros risque.

Mais je crois que pour elle, ça vaut le coup. Donc tu dois t'incliner, la laisser décider seule et arrêter de te prendre la tête comme ça. De toute façon, qui serait assez bien pour elle, selon toi ? Moi ? Il se trouve que je suis pris.

Et tu sais ce qui est arrivé quand on a essayé d'arranger le coup entre Mel et mon frère Sal…

Hé, si jamais ça marche entre eux et qu'ils décident de se marier, on pourrait faire un double mariage ? Qu'est-ce que tu en dis ?

Je rigole.

Tony

À: Mel Fuller <melissa.fuller@thenyjournal.com>
De: jerryisalive@freemail.com
Objet: Vermont

Bon, tu as pris ton gros pyjama ? Il paraît qu'il fait froid la nuit, là-haut.

Je vais chercher la voiture à 7 heures, comme ça on pourra être sur la route à 8 heures. Tu penses être prête ? Je sais que c'est un défi pour toi. Heureusement, contrairement à d'autres, je ne retiendrai jamais tes éternels retards contre toi.

J'ai loué un gros modèle dans l'espoir que Paco tiendra sur le siège arrière. À ton avis, quelles sont les chances pour qu'il n'insiste pas pour coller sa tête par la fenêtre et baver sur tous ceux qui passent ? Et crois-tu qu'on peut se prendre une amende pour ce genre de choses ? Lancer de bave canine sur passants innocents ?

John

À: jerryisalive@freemail.com
De: Mel Fuller <melissa.fuller@thenyjournal.com>
Objet: Vermont

Je peux être prête à 8 heures. Tu me prends pour quoi, une feignante ?

Paco sera très bien sur la banquette arrière. C'est plutôt pour Tweedledum et Mr Peepers que je m'inquiète. Ralph a dit qu'il les nourrirait, mais je doute fortement qu'il restera leur faire des caresses. Il a tellement peur d'avoir des poils d'animaux sur son uniforme de gardien. On devrait peut-être lui proposer de le faire nettoyer à notre retour.

Tu plaisantes, pour le gros pyjama, n'est-ce pas ?

Mel

À : Mel Fuller <melissa.fuller@thenyjournal.com>
De : Dolly Vargas <dolly.vargas@thenyjournal.com>
Objet : Vermont

Mon chou, il paraît que tu vas passer le week-end dans le Nord avec lui. On se croirait dans les années 80. Tu vas t'asperger d'*Anaïs Anaïs* et porter un gros pull à col roulé ?

Plus sérieusement, je voulais te donner quelques tout petits trucs de rien du tout avant de partir, parce que tu es tellement innocente pour ce genre de choses.

1. REFUSE que ton nom soit inscrit sur le contrat de location de la voiture. Sans quoi tu serais obligée de conduire s'il te le demandait. Et rien n'est plus vulgaire qu'une femme au volant, avec un homme sur le siège du passager. Membre du mouvement féministe = vieille fille toute sa vie.

2. NE PROPOSE PAS d'aller chercher une bûche pour la cheminée. J'ai découvert que les araignées vivent souvent dans les tas de bois. Laisse-le s'en charger, merde.

3. PROPOSE de faire le petit déjeuner et prépare quelque chose de solide, de préférence avec des saucisses. Je ne sais pas pourquoi, les hommes semblent ado-

rer ingurgiter de la nourriture pleine de graisses saturées lorsqu'ils sont dans les bois. Il te montrera dignement son appréciation.

4. APPORTE tes propres CD. Sinon, tu seras obligée d'écouter Grateful Dead et War tout le week-end – sans parler de Blood, Sweat and Tears. Rien qu'à l'écrire, j'en ai des frissons dans le dos.

5. PRENDS des boules Quies. Les hommes qui ne sont généralement pas sujets aux ronflements ont tendance à ronfler dans les bois, à cause des diverses substances allergisantes qui n'existent pas en ville.

6. NE LE LAISSE PAS se doucher en premier. Il est bien connu que les chalets ont peu d'eau chaude et il risque de tout utiliser, sans en laisser assez pour toi. Insiste donc pour être la première.

7. N'OUBLIE PAS l'huile de massage comestible. C'est tout bonnement introuvable dans ces trous perdus, alors si tu l'oublies, c'est fichu.

J'espère que cela te sera utile, mon chou. Et n'oublie pas de t'amuser!

Bisous bisous

Dolly

À : Nadine Wilcock <nadine.wilcock@thenyjournal.com>; Tim Grabowski <timothy.grabowski@thenyjournal.com>
De : Mel Fuller <melissa.fuller@thenyjournal.com>
Objet : Bon...

Qui a dit que je partais en week-end avec John? Ça SUFFIT maintenant, je n'en peux plus. ARRÊTEZ DE RACONTER DES TRUCS SUR JOHN ET MOI À DOLLY.

Vraiment, ce n'est pas drôle. Elle n'a pas besoin d'être

au courant de mes affaires. Du moins de ce que je ne lui ai pas dit.

Mel

À: Jason Trent <jason.trent@trentcapital.com>
De: John Trent <john.trent@thenychronicle.com>
Objet: Eh bien voilà,

nous partons demain matin. Et je vais le faire. Je te le jure. J'ai appelé Chuck, au refuge, et je lui ai demandé d'aller jusqu'au chalet pour s'assurer que la baignoire fonctionne, mettre quelques bouteilles de champagne au frais et commencer à dégeler des biftecks de chevreuil.
Je crois que je suis prêt.
Souhaite-moi bonne chance.

John

À: John Trent <john.trent@thenychronicle.com>
De: Jason Trent <jason.trent@trentcapital.com>
Objet: Tu es vraiment

cinglé, tu le sais, ça? Comment as-tu pu te fourrer dans une situation pareille, pour commencer – et faire semblant aussi longtemps –, je l'ignore.
Mais je te souhaite tout de même bonne chance, parce que tu vas en avoir besoin, mon pote.

Jason

LENORE!!!

C'EST FINI. JE NE PEUX PAS Y CROIRE. JE NE PEUX PAS. J'AI DU MAL À TAPER TELLEMENT JE PLEURE.

AUJOURD'HUI, JE REVENAIS DE LA PISCINE ET VOILÀ QUE JE LE SURPRENDS AVEC UNE AUTRE, LENORE! DANS NOTRE LIT. AVEC LA FEMME DE CHAMBRE!! LA FEMME DE CHAMBRE!!

ELLE N'EST MÊME PAS TRÈS JOLIE!! ELLE MET DE L'EYE-LINER LIQUIDE ET PORTAIT DES MULES MANOLO BLAHNIK DE L'ANNÉE DERNIÈRE. ET PAS DES VRAIES, EN PLUS. DES COPIES À DEUX BALLES!!

CETTE FOIS C'EN EST TROP. C'EST TERMINÉ. IL FAUT QUE TU ME PRENNES UNE PLACE SUR LE PROCHAIN AVION POUR NEW YORK.

JE SAIS CE QUE TU VAS ME DIRE : JE DOIS ME VENGER, SINON CE NE SERA JAMAIS RÉGLÉ.

MAIS QUE FAIRE? JE NE VAIS PAS LUI ENVOYER UN BOUQUET DE ROSES FANÉES COMME FONT TOUJOURS LES MECS QUAND JE LES LARGUE. C'EST UN TRUC DE MEC, ÇA. J'AI PENSÉ À LUI ENVOYER UN SUSPEN-SOIR MÉTALLIQUE COMME NAOMI AVAIT OFFERT À DE NIRO. MAIS ILS N'EN VENDENT PAS ICI.

IL FAUT QUE JE ME VENGE. JE DOIS LE FRAPPER LÀ OÙ ÇA FAIT MAL.

OH! ATTENDS. J'AI UNE IDÉE.

SOUHAITE-MOI BONNE CHANCE.

VIVICA

À : Mel Fuller <melissa.fuller@thenyjournal.com>
De : Max Friedlander <photoguy@stopthepresses.com>
Objet : SALUT

VOUS NE ME CONNAISSEZ PAS, MAIS JE M'APPELLE VIVICA ET JE CROIS QU'IL FAUT QUE VOUS SACHIEZ QUE L'HOMME QUI PROMÈNE LE CHIEN DE LA TANTE DE MAX N'EST PAS DU TOUT MAX, MAIS SON COPAIN JOHN, QUI DEVAIT UN SERVICE À MAX POUR L'AVOIR TIRÉ D'UN MARIAGE AVEC UNE DAN-SEUSE ROUSSE DU NOM DE HEIDI, UN JOUR, À LAS VEGAS. JOHN SE FAIT PASSER POUR MAX PARCE QUE MAX NE PEUT PAS ÊTRE À NEW YORK POUR SORTIR LE CHIEN DE SA TANTE, VU QU'IL EST ICI À KEY WEST, AVEC MOI. COMME IL NE VOULAIT PAS QUE SA TANTE PENSE QU'IL NE TENAIT PAS À ELLE, IL A DEMANDÉ À JOHN DE S'EN CHARGER.

SI JAMAIS LA TANTE DE MAX SE RÉVEILLE UN JOUR, VOUS DEVRIEZ LUI DIRE CE QUE MAX FAIT. ELLE DEVRAIT VRAIMENT LE RAYER DE SON TESTAMENT PARCE QU'IL NE MÉRITE PAS DE RECEVOIR SON ARGENT.

MAX FRIEDLANDER EST UNE PERSONNE HORRIBLE ET, À MON AVIS, CEUX QUI SONT SES AMIS DOIVENT L'ÊTRE AUSSI.

TOUS LES HOMMES SONT DES PORCS, J'ESPÈRE QU'ILS VONT TOUS MOURIR ET QUE DES SINGES PRENDRONT LEUR PLACE

COMME DANS *LA PLANÈTE DES SINGES*. TOUT
IRAIT BEAUCOUP MIEUX.

   C'EST TOUT.

   VIVICA

À: Mel Fuller <melissa.fuller@thenyjournal.com>; Nadine
Wilcock <nadine.wilcock@thenyjournal.com>; Dolly Vargas
<dolly.vargas@thenyjournal.com>
De: George Sanchez <george.sanchez@thenyjournal.com>
Objet: Quelqu'un pourrait-il m'expliquer

   ce qu'étaient ces hurlements il y a un instant ? Et
pourquoi plus personne n'est à son bureau ? Je jure
devant Dieu que si vous êtes encore toutes aux toilettes,
j'irai vous en sortir par la peau des fesses. IL EST
IMPOSSIBLE QUE VOUS AYEZ TOUTES BESOIN
D'Y ALLER EN MÊME TEMPS. On n'est pas en colo.
Vous me prenez pour un imbécile ou quoi ?

   Personne n'est-il donc capable de comprendre qu'il y
a un moment pour bavasser et un autre pour travailler ?
Quand on a un journal à boucler, cela signifie qu'il est
temps de TRAVAILLER.

   RETOURNEZ À VOS PLACES ET RESTEZ-Y !

   George

À: Mel Fuller <melissa.fuller@thenyjournal.com>
De: Nadine Wilcock <nadine.wilcock@thenyjournal.com>
Objet: Mel, appelle-le

   Pose-lui la question. Je suis sûre que c'est une blague
débile d'une ex ou quelque chose dans le genre. Un coup
de fil et tout est réglé.

Appelle-le. Il y a sûrement une explication rationnelle derrière tout ça.

Nad

À : Nadine Wilcock <nadine.wilcock@thenyjournal.com>
De : Mel Fuller <melissa.fuller@thenyjournal.com>
Objet : Non

Tu ne comprends pas. Je viens de relire les mails que j'ai reçus ces derniers mois. L'adresse de cette fille ne m'était pas inconnue, mais je savais que ce n'était pas celle de John, lui c'est jerryisalive@freemail.com. Et regarde ce que je viens de trouver. Son tout premier message. Vise un peu l'adresse de l'expéditeur :

> À : Mel Fuller <melissa.fuller@thenyjournal.com>
>De : Max Friedlander <photoguy@stopthepresses.com>
>Objet : Ma tante

>
> Chère Mademoiselle Fuller
> Je suis sous le choc. Profondément sous le choc et horrifié d'apprendre ce qui est arrivé à ma tante Helen. Comme vous le savez sûrement, elle est ma seule famille. Je ne sais comment vous remercier des efforts que vous avez déployés pour entrer en contact avec moi et me prévenir de cette tragédie.

>
> Je suis actuellement en mission en Afrique – peut-être avez-vous entendu parler de la sécheresse qui sévit ici, en Éthiopie ? Je fais une série de photos pour le bénéfice de l'ONG Save the Children, mais je vais prendre mes dispositions pour un retour immédiat à New York. Si ma tante venait à se réveiller d'ici là, assurez-la bien que j'arrive.

>

> Je vous remercie encore, Mlle Fuller. Tout ce qu'on dit sur l'insensibilité et la froideur des New-Yorkais est visiblement faux dans votre cas. Dieu vous bénisse.

>

> Cordialement
> Maxwell Friedlander

C'est la même adresse que le message envoyé par cette Vivica. Et lis-le. On ne dirait pas DU TOUT John. Ce n'est pas John qui a écrit ça. Nadine, je crois que Vivica dit la vérité !

Oh, c'est pas vrai, qu'est-ce que je vais faire ? Je ne peux pas l'appeler. Que pourrais-je lui dire ?

Mel

À : Mel Fuller <melissa.fuller@thenyjournal.com>
De : Nadine Wilcock <nadine.wilcock@thenyjournal.com>
Objet : Que vas-tu dire?

Je n'arrive pas à croire que tu me poses cette question. Tu vas lui dire : « Hé, mon pote, qu'est-ce qui se passe, là ? Tu crois peut-être que je vais aller dans le Vermont avec toi après ça, tu peux toujours rêver, je te le dis. Alors, qui c'est, cette Vivica ? »

Enfin, Mel, tu n'es pas timorée, alors pourquoi tu te comportes de cette façon ? APPELLE-LE !!

Nad

---

j'imagine comme tu dois être bouleversée, et je tiens à t'assurer que je suis avec toi à 150 %. Les hommes sont tellement infantiles, parfois, n'est-ce pas ?

Et parce que je compatis si profondément dans ce moment difficile, j'ai passé quelques coups de fil et j'ai enfin réussi à mettre la main sur l'agent de Max Friedlander.

Mon chou, je suis désolée de devoir te l'apprendre, mais Sebastian dit que Max a passé ces derniers mois à Key West avec Vivica, le top model !

Moi, bien entendu, j'ai dit : « Mais, Sebastian, chéri, c'est impossible, Max est à New York, il promène le chien de sa tante et drague ma copine Melissa. » Ce à quoi Sebastian, qui est un ange, a répondu : « Dolly, mon cœur, on n'est plus dans les années 90, arrête la drogue. Max m'appelle 3 fois par jour en exigeant que je lui trouve un boulot parce que Vivica lui pompe tout son fric. »

Alors voilà. Je ne sais pas qui est ton John, en tout cas, ce n'est pas Max Friedlander.

Oh, si seulement j'avais été là le soir où tu l'as présenté à tout le monde. Je t'aurais dit tout de suite que ce n'était pas Max.

Je m'en veux.

Le Valium que je t'ai filé aux toilettes fait-il déjà effet ?

Bisous, bisous

Dolly

Non mais ça va pas ? T'as complètement perdu la tête ? Tu batifoles avec la voisine de ma tante ? La journaliste ? Et sous MON IDENTITÉ ? ?

Tu es cinglé ? Je t'ai demandé de sortir le chien de tante Helen. C'est tout. Le chien.

Alors pourquoi ai-je reçu un coup de fil de mon agent qui me dit que Dolly Vargas, la nana du *New York Journal* que je connais, lui a posé quelques questions à mon sujet ? Plus précisément : comment puis-je être à New York, à sortir avec son amie Melissa, alors que je suis censé être à Key West, en train de me taper Vivica ?

C'est pas bon, ça, vieux. Vraiment pas bon. Je suis déjà en mauvaise position, là, et tu n'arranges rien. Vivica m'a surpris avec la femme de chambre – alors que ce n'était même pas ma faute : cette bonne femme ne me lâchait pas. Et maintenant Vivica m'a quitté.

Je reconnais que c'est un soulagement, en ce qui concerne mes finances. Mais impossible de savoir ce qu'elle fera une fois à New York. Faire tout foirer, j'imagine.

Ce n'est pas bon, pas bon du tout. Pourquoi ne t'es-tu pas contenté de faire ce que je t'avais demandé et rien d'autre ? Maintenant, si ma tante se réveille, elle saura que je ne suis pas rentré illico pour m'occuper de ses animaux à la con.

C'est vraiment pas cool, vieux. Pas cool du tout.

Max

À: Jason Trent <jason.trent@trentcapital.com>
De: John Trent <john.trent@thenychronicle.com>
Objet: Au secours

Je crois que je vais avoir de gros ennuis.

John

À: John Trent <john.trent@thenychronicle.com>
De: Jason Trent <jason.trent@trentcapital.com>
Objet: Que veux-tu dire par

« Au secours » ? Comment peux-tu avoir de gros ennuis ? Je te croyais dans le Vermont. Pourquoi es-tu encore ici ?

Stacy demande que tu lui écrives. Son cerveau s'atrophie pour cause d'abus de télévision en journée.

Jason

À: Mel Fuller <melissa.fuller@thenyjournal.com>
De: jerryisalive@freemail.com
Objet: Je sais

que tu es chez toi. Je vois de la lumière. Alors pourquoi ne veux-tu pas ouvrir la porte ? Ni répondre au téléphone ?

Mel, je sais que quelque chose ne va pas et je crois savoir de quoi il s'agit, mais comment t'expliquer si tu refuses de me parler ?

Parce que je peux tout t'expliquer, si tu m'en donnes l'occasion. S'il te plaît. S'il te plaît, ouvre-moi.

John

---

c'est arrivé. Exactement comme je l'avais prévu. Je SAVAIS que ce type était trop beau pour être vrai. Cette histoire de « John »… Je t'avais dit que c'était bizarre, comme surnom, hein ?

Eh bien, j'avais raison. Je n'en suis pas contente, mais j'avais raison. John, ce n'est pas son surnom. C'est son VRAI prénom. C'est tout ce que nous savons pour l'instant – en plus de savoir ce que son nom N'EST PAS : ce N'EST PAS Max Friedlander. Apparemment, le vrai Max a payé ce type pour se FAIRE PASSER pour lui, pour que lui (le vrai Max) puisse profiter de ses vacances à Key West avec Vivica, le top model, au lieu de rentrer à New York promener le chien de sa tante.

Pauvre Mel. Pauvre Mel.

Pourquoi fallait-il que j'aie raison ? J'aurais payé cher pour avoir tort. J'aurais été prête à abandonner ma toute nouvelle taille 42. Je ne plaisante pas.

Nad : - (

---

si j'ai bien compris :

Ce type avec qui Mel sortait prétendait être Max Friedlander – que tu n'avais jamais aimé, ayant entendu des rumeurs abjectes à son sujet. Tout à coup, il n'est PAS Max Friedlander. Et, au lieu d'être soulagée parce qu'il n'est pas le sale type que tu croyais, tu es en colère parce qu'il a menti.

Je ne vous comprendrai jamais, vous les femmes. Franchement. Je reconnais que le mec n'a pas été très malin, mais au moins il n'a jamais mis de glaçon sur les tétons de qui que ce soit.

Tony

À : Tony Salerno <chef@fresche.com>
De : Nadine Wilcock <nadine.wilcock@thenyjournal.com>
Objet : Tu ne comprends pas ?

Il a menti. Il lui a menti. Comment pourrait-elle croire quoi que ce soit venant de lui, alors qu'il ne lui a même jamais révélé sa vraie identité ?

C'est quoi ton problème ? Tu es de quel côté ?

Nad

À : jerryisalive@freemail.com
De : Tony Salerno <chef@fresche.com>
Objet : Tu as tout foutu en l'air

Tu te souviens, tu m'avais donné ton adresse e-mail pour que je t'envoie la recette de mes rigatoni bolognaise pour faire une surprise à Mel ?

Eh bien, je pense que tu n'en auras pas besoin. Parce que, d'après ce que j'ai entendu dire, tu n'as pas vraiment la cote en ce moment et c'est le moins qu'on puisse dire.

Alors, c'est quoi le deal ? Max Friedlander t'a payé pour te faire passer pour lui aux yeux de Mel ? C'est ce que les filles racontent, en tout cas.

Je ne sais pas quel est ton problème, mais tu ferais mieux de creuser une tranchée, parce qu'elles vont sortir l'artillerie lourde. Soit ça, soit tu te tires fissa. Je suis sérieux. Planque-toi, parce que ça va flinguer.

C'était juste pour te tenir au courant.

Tony.

À : Max Friedlander <photoguy@stopthepresses.com>
De : John Trent <john.trent@thenychronicle.com>
Objet : Non, c'est TOI qui es un homme mort

Qu'est-ce que tu me fais, là ? Tu es DINGUE ? Comment Mel l'a-t-elle découvert ?

John

À : John Trent <john.trent@thenychronicle.com>
De : Stacy Trent <jehaisbarneys@freemail.com>
Objet : QUE SE PASSE-T-IL ??

Pourquoi personne ne me dit rien ? Jason dit que quelque chose ne va pas. Qu'y a-t-il ? Tu n'es pas censé être dans le Vermont ?

Saletés de contractions...

Stacy

À : John Trent <john.trent@thenychronicle.com>
De : Max Friedlander <photoguy@stopthepresses.com>
Objet : Arrête de pleurnicher

Tu me devais une faveur, tu te souviens ?

Bref, ce n'est pas ma faute. C'est Vivica. C'est elle. Apparemment, elle a envoyé un mail à ta petite copine. Je vois le message dans ma boîte d'envoi. Tu veux le lire ?

Je le copie ci-dessous. Je dois dire que c'est une preuve éclatante des défauts de notre système éducatif public :

> VOUS NE ME CONNAISSEZ PAS, MAIS JE M'APPELLE VIVICA ET JE CROIS QU'IL FAUT QUE VOUS SACHIEZ QUE L'HOMME QUI PROMÈNE LE CHIEN DE LA TANTE DE MAX N'EST PAS DU TOUT MAX, MAIS SON COPAIN JOHN, QUI DEVAIT UN SERVICE À MAX POUR L'AVOIR TIRÉ D'UN MARIAGE AVEC UNE DANSEUSE ROUSSE DU NOM DE HEIDI, UN JOUR, À LAS VEGAS. JOHN SE FAIT PASSER POUR MAX PARCE QUE MAX NE PEUT PAS ÊTRE À NEW YORK POUR SORTIR LE CHIEN DE SA TANTE, VU QU'IL EST ICI À KEY WEST, AVEC MOI. MAIS IL NE VOULAIT PAS QUE SA TANTE PENSE QU'IL NE TENAIT PAS À ELLE, ALORS IL A DEMANDÉ À JOHN DE S'EN CHARGER.

Et elle continue dans cette veine, *ad nauseam*, mais je préfère t'épargner.

Tu ne peux pas honnêtement prétendre être bouleversé par ce qui arrive. C'est MOI qui vais en baver. Si cette garce de tante se réveille et apprend cette histoire, je suis cuit. Le moindre *cent* ira directement à la SPA quand elle va clamser. Tu peux parier que je n'en verrai pas la couleur.

Peu importe. Il est temps que je m'en occupe une fois pour toutes, comme j'aurais dû le faire, dès le départ.

Alors qui sait ? Tu pourrais bien me voir plus tôt que tu ne pensais.

Quant à cette menace de mort sur mon nom, je n'ai que deux mots à te rétorquer :

Pension alimentaire. Je t'ai épargné des années et des années de pension, mon vieux. Garde bien ça en tête.

Max

À : Stacy Trent <jehaisbarneys@freemail.com>
De : John Trent <john.trent@thenychronicle.com>
Objet : Les choses ne

se présentent pas très bien pour l'instant, pour répondre à ta question. Mel a appris toute l'histoire avant que j'aie pu lui raconter moi-même et disons qu'elle n'est pas très contente. En fait, elle ne m'adresse plus la parole.

Je veux bien quelques conseils, mais le téléphone ne répond pas chez vous.

John

À : Melissa Fuller <melissa.fuller@thenyjournal.com>
De : jerryisalive@freemail.com
Objet : La vérité

Très bien. Tu refuses de m'ouvrir. Tu ne réponds pas au téléphone. Je SAIS que tu es là. Si le mail est le seul moyen de te joindre, eh bien tant pis, allons-y.

Mel, j'ai merdé. D'accord ? J'ai vraiment, vraiment merdé et je le sais. J'aurais dû te dire la vérité dès le début, mais je ne l'ai pas fait. Je ne peux pas te dire combien de fois j'ai failli le faire. 1 000. 1 million.

Mais, chaque fois que je me lançais, je savais – je le savais – que tu réagirais comme ça et je ne voulais pas gâcher ce que nous avions, tous les deux. Parce que c'est tellement génial, ce que nous avons, Mel. Vas-tu tout foutre en l'air à cause d'une stupide erreur de ma part, certes colossale ?

Ce n'est pas comme si j'avais eu véritablement l'intention de te tromper. Enfin, ce n'est pas l'exacte vérité. J'en avais l'intention, mais à l'époque, je ne te connaissais pas. J'ai reçu ce mail de Max et il ne demandait qu'une seule chose – faire croire aux voisins de sa tante qu'il s'occupait de ses affaires pendant qu'elle était à l'hôpital – et je me suis dit, pourquoi pas ? Je lui devais un service. J'ai pensé que c'était une manière relativement indolore de m'acquitter de ma dette envers lui, qui remontait à des années.

Tu ne connais pas Max Friedlander – le vrai – mais, crois-moi, ce n'est pas le genre de personne à qui tu as envie de confier une épée de Damoclès – sous la forme d'une faveur que tu lui dois, par exemple –, parce qu'il est susceptible de te la rappeler quand tu t'y attends le moins et généralement d'une manière très peu plaisante.

Comment aurais-je pu deviner qu'en me faisant passer pour Max Friedlander j'allais rencontrer la fille de mes rêves ? Je sais que j'aurais dû te l'avouer dès le début, mais je ne l'ai pas fait et, très vite, je suis tombé amoureux de toi et je ne voulais pas te le dire, de peur de te perdre. Je te jure que j'allais tout te raconter ce week-end.

Mel, c'est ridicule. Je sais que ce que j'ai fait est mal, mais je n'ai jamais voulu te faire souffrir. Tu dois bien le savoir, quand même. Tu me connais, moi, quel que soit mon nom. Alors tu dois forcément savoir que je ne t'aurais jamais fait de mal intentionnellement.

Maintenant, ouvre et laisse-moi entrer pour que je puisse m'excuser de vive voix. Mel, je te promets que je vais tout arranger, si tu le veux.

John

Tu me demandes de t'ouvrir, mais je ne sais même pas qui « tu » es. Je ne connais même pas ton nom. Tu t'en rends compte, j'espère ?

Et tu peux arrêter de frapper, parce que je ne te laisserai pas entrer. Tu pourrais très bien être un prisonnier en fuite ou marié ou je ne sais quoi.

Mel

Je ne suis pas marié. Je ne suis pas en cavale. Je m'appelle John Trent et je suis journaliste, spécialisé dans les faits divers pour le *New York Chronicle*. C'est pour cette raison que tu m'as croisé le jour du trou dans la chaussée – j'étais au boulot quand c'est arrivé.

Et je sais ce que tu penses du *Chronicle*, mais Mel, je te jure que, si ça te gêne à ce point, je démissionnerai. Je ferai n'importe quoi, tout ce que tu veux, pour que tu me pardonnes.

John

Tu l'as appelé ? S'est-il excusé ?
Et surtout, T'A-T-IL DÉJÀ OFFERT LA BAGUE ?

Nad

Oh, oui, il s'est excusé. Pour ce que ça vaut.

Non, il ne m'a pas encore donné la bague. Si c'en est une. Ce dont je doute.

Et comme si j'allais l'accepter, si c'en était une.

Écoute un peu : tu sais qui c'est ? Tu sais qui il est, en vrai ? Tu ne devineras jamais. Allez. Essaye.

Mel

---

savoir qui il est ? Ce n'est pas le tueur travesti, puisqu'il vient d'être arrêté. J'espère au moins qu'il n'est pas mime professionnel ou quelque chose dans le genre ?

Oh, attends, je sais : c'est ton frère illégitime depuis longtemps disparu.

Je rigole.

Allez, Mel, ça ne doit pas être si terrible ?

Nad

Pire qu'un mime. Pire que mon frère illégitime.

Il est journaliste. Au *Chronicle*.

Mel

Fuller ? Elle a intérêt à ne pas être aux toilettes. Je vous jure, on dirait que quelqu'un là-dedans vous sert des cafés crème, vu le temps que vous passez enfermées dans ces foutus cabinets…

Va la chercher et dis-lui que jc veux un papier sur la rupture entre Harrison Ford et Calista Flockhart avant 17 heures.

George

Elle vient d'apprendre que son petit ami est journaliste au *Chronicle*. Depuis, elle pleure comme une madeleine. Ne t'attends pas à ce qu'elle s'en remette d'un coup, comme si de rien n'était.

N'en parle à personne, d'accord ? Elle est dans un état émotionnel fragile pour l'instant. Il faut qu'elle fasse son deuil et ça ne risque pas d'arriver si tout le monde la harcèle pour savoir pourquoi ses yeux sont aussi rouges.

Nad

À : Tim Grabowski <timothy.grabowski@thenyjournal.com>
De : Jimmy Chu <james.chu@thenyjournal.com>
Objet : Mel Fuller

Je t'avais dit que ça ne marcherait pas entre eux.

Jim

À : Jimmy Chu <james.chu@thenyjournal.com>
De : Tim Grabowski <timothy.grabowski@thenyjournal.com>
Objet : Mel Fuller

Non, ce que tu as dit, exactement, c'était que, si elle couchait avec lui et que ça ne marchait pas, elle serait obligée de le voir tous les jours puisqu'il vit à côté, et que ce serait bizarre. Tu n'as jamais prédit leur rupture.
Désolé, aucun point pour toi.

Tim

À : Stella Markowitz <stella.markowitz@thenyjournal.com>
De : Angie So <angela.so@thenyjournal.com>
Objet : Mel Fuller

Je t'avais bien dit qu'il était trop vieux pour elle.

Angie

À : Angie So <angela.so@thenyjournal.com>
De : Stella Markowitz <stella.markowitz@thenyjournal.com>
Objet : Mel Fuller

Ce n'est pas son âge qui est en cause. C'est parce qu'il est – tu connais la dernière ? – journaliste au *Chronicle*.
Oui, au *Chronicle* !

Tu le crois, ça ? C'est ce qu'on appelle fricoter avec l'ennemi.

Stella

À : Adrian De Monte <adrian.de.monte@thenyjournal.com>
De : Les Kellogg <leslie.kellogg@thenyjournal.com>
Objet : Mel Fuller

Tu es au courant ? Finalement, le type dont Mel est folle amoureuse est journaliste. Et au *Chronicle*, figure-toi.

J'imagine que ça aurait pu être pire. Il aurait aussi bien pu coucher avec Barbara Bellerieve depuis le début, comme le dernier avec qui elle est sortie.

Leslie

À : Nadine Wilcock <nadine.wilcock@thenyjournal.com>
De : George Sanchez <george.sanchez@thenyjournal.com>
Objet : Mel Fuller

Ce type pourrait bien faire partie des 10 personnes les plus recherchées par le FBI, je m'en fous : il va falloir qu'elle sorte des toilettes et s'occupe de lui, parce qu'il est en bas, à la sécurité, il essaye de se faire remettre un pass pour entrer. Va la chercher.

George

À: security@thenyjournal.com
De: Mel Fuller <melissa.fuller@thenyjournal.com>
Objet: John Trent

Merci de ne pas laisser John Trent accéder à ce bâtiment. Ce journaliste du *Chronicle* est un individu très dangereux. Je recommande vivement le recours à la force pour lui faire quitter l'immeuble.

Melissa Fuller
Chroniqueuse en page 10
New York Journal

À: Mel Fuller <melissa.fuller@thenyjournal.com>
De: Amy Jenkins <amy.jenkins@thenyjournal.com>
Objet: John Trent

Chère Mademoiselle Fuller,

Veuillez noter que, à l'avenir, toute requête visant à déclarer des individus *personae non gratae* dans un bâtiment administré par le *New York Journal* doit être adressée par écrit au département des ressources humaines, où elle sera examinée et transmise à la sécurité, si déclarée recevable.

En sus, vous constaterez que le coût du ficus détruit devant les ascenseurs au cinquième étage sera déduit de votre prochain salaire. Ceci est dû au fait que l'individu à qui cet acte de destruction a été imputé était manifestement une de vos connaissances. Je vous prie de noter que dans le paragraphe E, page 12, du manuel de l'employé du *New York Journal*, il est précisé que les employés sont à tout moment responsables de leurs invités et que tout dommage causé par ledit invité relève de la responsabilité de l'employé à qui il/elle est venu rendre visite.

Estimez-vous heureuse de ne pas vous voir facturer le coût de la reconstruction du bureau sur lequel votre invité a lancé M. Spender. Nous avons préféré envoyer la facture à M. Trent lui-même.

Puis-je vous rappeler qu'il vous incombe de mener vos relations amoureuses en dehors des locaux administratifs de ce journal ?

Une copie de cette lettre a été ajoutée à votre dossier personnel permanent.

Bonne journée.

Amy Jenkins
Ressources humaines
New York Journal

À : Mel Fuller <melissa.fuller@thenyjournal.com>
De : Dolly Vargas <dolly.vargas@thenyjournal.com>
Objet : John Trent

Mon chou, comment aurais-je pu deviner ? C'est vrai, il était là, dans le hall, avec cet air abattu et toutes ces roses. Voilà qui aurait suffi à briser le cœur à...

Eh bien, même le mien.

Et je t'entends d'ici : « Dolly, tu as un cœur, toi ? »

Étonnant, mais vrai. Parfois, je me surprends moi-même, d'ailleurs. Tiens, l'autre jour, justement, j'ai relâché Peter en lui intimant très fermement de retourner auprès de sa femme. Et cette petite rumeur à propos du non-renouvellement de son contrat n'avait rien à y voir.

Bref, ce n'est pas comme si la sécurité n'avait pas eu ton mémo. À propos de John, je veux dire. Ils ont dit l'avoir reçu quelques instants après que je l'ai laissé entrer.

Vraiment, chérie, quel mal ai-je fait ? Il t'a un peu harcelée, et alors ? Personnellement, j'ai beaucoup apprécié
la performance. Tu dois reconnaître qu'il est passionné,
pour un garçon de la haute. Je crois qu'Aaron y a laissé
plusieurs dents. Cet idiot n'avait qu'à pas tenter de l'empêcher d'atteindre ton bureau.

Enfin, c'est toujours tellement délicieux d'avoir
2 hommes qui se battent pour soi, n'est-ce pas ?

Crois-tu vraiment qu'il était sage de lui renvoyer à la
figure la petite boîte Tiffany's qu'il a essayé de te donner ? Impossible de savoir ce qu'elle contenait, maintenant. Avec ce genre de fortune, c'était sûrement du
3 carats, minimum.

J'espère que tu ne seras pas aussi intraitable avec moi
qu'avec ce malheureux jeune homme.

Bisous, bisous

Dolly

À: Dolly Vargas <dolly.vargas@thenyjournal.com>
De: Mel Fuller <melissa.fuller@thenyjournal.com>
Objet: John Trent

Dolly,

Que voulais-tu dire par « de la haute » ? Et de quelle
fortune parles-tu ? John n'a pas d'argent. Toutes ses
cartes de crédit sont explosées. Tu dois confondre.

Mel

À: Mel Fuller <melissa.fuller@thenyjournal.com>
De: Dolly Vargas <dolly.vargas@thenyjournal.com>
Objet: Au contraire[1]

Tu es trop mignonne. Tu essayes de me faire croire que tu ne sais pas que ton John est un membre de la famille Trent, de Park Avenue?

Je croyais que c'était pour cette raison que tu étais tellement en colère contre lui – mis à part le fait qu'il se soit fait passer pour Max Friedlander. Après tout, il t'a présentée à sa grand-mère au gala du Lincoln Center, le mois dernier.

Mais, maintenant que j'y pense, il n'a pas dû te dire que c'était sa grand-mère, n'est-ce pas? Puisqu'il jouait le rôle de Max.

Oh là là! Pas étonnant que tu sois autant en colère. Il s'est un petit peu moqué de toi, hein? Il a prétendu que ses cartes de crédit étaient inutilisables? Sûrement pour ne pas avoir à les sortir. Sa couverture aurait été immédiatement fichue, dans ce cas. Si tu avais vu «John Trent» sur son AmEx Platinum au lieu du «Max Friedlander» auquel tu t'attendais?

Je dois dire, c'est du Trent tout craché. Tu sais que la moitié du clan est en prison – dont le père de John. Et le reste est en cure de désintox. Bon sang, quelle chance une petite provinciale comme toi pouvait-elle avoir avec eux? John est le pire, d'après ce que je sais – il a un boulot de journaliste de faits divers pour «s'encanailler» tant qu'il veut, sans éveiller les soupçons quant à son identité. Et puis, je le tiens d'une amie, qui est sortie avec lui: il prétend travailler sur un roman.

Pauvre petite Mel. Tu aurais dû garder la boîte de chez Tiffany's. Quoi qu'elle contienne, tu le mérites, pour toutes les couleuvres qu'il t'a fait avaler.

---

1. En français dans le texte. *(N.d.T.)*

Enfin, il paraît qu'il y a des promos chez Barneys, tu veux venir ? Je t'offre un foulard, ça te remontera peut-être le moral…

Bisous bisous

Dolly

À : Nadine Wilcock <nadine.wilcock@thenyjournal.com>
De : Mel Fuller <melissa.fuller@thenyjournal.com>
Objet : Ça y est

C'est la guerre.

Il croit peut-être que, parce qu'il fait partie des Trent de Park Avenue, il peut tromper les gens, se servir d'eux pour son amusement et s'en tirer comme ça ?

Pas cette fois. Jamais personne ne s'est encanaillé avec une Fuller des Fuller de Lansing, dans l'Illinois.

Jamais.

John Trent va bientôt recevoir ce qu'il mérite, une bonne fois pour toutes.

Mel

À : Mel Fuller <melissa.fuller@thenyjournal.com>
De : Nadine Wilcock <nadine.wilcock@thenyjournal.com>
Objet : J'hésite presque à poser la question,

mais de quoi parles-tu ?

Cela n'a pas de rapport avec Dolly, n'est-ce pas ? Mel, vérifie tes sources avant de t'emballer.

Nad

Ce n'est pas toi qui t'inquiétais de ses dépenses et du remboursement de ses dettes.

Ce n'est pas toi qui as été présentée à sa grand-mère sans même savoir que c'était elle.

Ce n'est pas toi qui t'es vantée auprès de ta mère.

Ce n'est pas toi qui as cru qu'enfin tu avais rencontré le plus rare des oiseaux, un homme qui n'a pas peur de s'engager, un homme d'apparence totalement et sincèrement dévoué, un homme complètement différent de tous ceux que tu avais rencontrés avant, qui ne mentait pas, ne trichait pas et semblait véritablement amoureux de toi.

Ce n'est pas toi qui as eu le cœur piétiné.

Mais ne crains rien. Je suis journaliste, Nadine. Je vérifie toujours mes sources avant de publier un article.

Mel

À : John Trent <john.trent@thenychronicle.com>
De : Aaron Spender <aaron.spender@thenyjournal.com>
Objet : Procès en instance

Cher Monsieur Trent,

Par la présente, je vous informe de mon intention de vous poursuivre en justice pour la douleur et les souffrances, ainsi que les frais médicaux, survenus après que vous m'avez frappé sur mon lieu de travail.

Sachez, Monsieur, que votre agression malveillante et non justifiée m'a contraint à subir une chirurgie dentaire considérable, exigera un suivi postopératoire, sous forme, me dit-on, de deux implants dentaires, nécessitera de multiples visites chez mon praticien sur une période de 12 mois, pour un montant dépassant les 10 000 dollars.

De plus, de manière à m'assurer que cet incident ne se reproduira pas, mon avocat me conseille de réclamer une injonction contre vous, avis dont je puis vous assurer qu'il sera suivi.

J'encourage Mademoiselle Fuller à faire de même, car c'est pour prèndre sa défense que j'ai posé la main sur vous. Il était tout à fait clair que Mademoiselle Fuller n'accueillait pas favorablement vos avances et, pour ma part, je vous considère comme un lâche et un goujat de vous être ainsi présenté sur son lieu de travail.

Pour conclure, il se trouve que je suis titulaire d'une ceinture marron en taekwondo et c'est par souci d'éviter de blesser des innocents que je ne vous ai pas mis la raclée que vous méritiez si largement.

Aaron Spender
Journaliste
New York Journal

À : Aaron Spender <aaron.spender@thenyjournal.com>
De : John Trent <john.trent@thenychronicle.com>
Objet : Procès en instance

Mordez-moi.

John Trent

Mike,

T'as intérêt à tenir ton Trent en laisse. L'autre jour, il est venu ici et nous a mis une pagaille pas possible. Spender y a laissé quelques molaires. Ça ne me dérange pas vraiment – au moins, maintenant, je ne l'entendrai plus réclamer un congé payé pour aller en Afrique faire un reportage sur les chinchillas en voie de disparition ou je ne sais quelle connerie à la mode cette semaine.

Mais bon, il est hors de question que mes meilleurs journalistes se fassent déchausser les dents comme ça. Je te prierais d'encourager vivement ton gars à se calmer avec ma chroniqueuse. C'est une bonne petite, elle est déjà assez contrariée comme ça.

Amitiés,

George

P.S. : Salue Joan et les garçons de ma part.

Chérie, je sais que tu es aussi énervée qu'une abeille prisonnière sous une verrine à confiture pour l'instant, mais, franchement, ne crois-tu pas que tu devrais prendre une grande bouffée d'air et RÉFLÉCHIR une minute ?

Ce type qui, je le reconnais, s'est comporté comme un ado attardé a néanmoins été la lumière de ta vie pendant quelque temps. As-tu vraiment envie de foutre en l'air tout ce que vous aviez à cause d'une malheureuse blague de potache ?

Il ne voulait pas te faire de mal. Il essayait de rendre service à un ami. Allez, quoi, Mel. Je peux comprendre que tu aies envie de le laisser mariner un peu, mais ça devient ridicule.

En plus, as-tu la moindre idée de la FORTUNE que possède John Trent ? Dolly m'en a parlé, hier au déjeuner. Ce type est PLEIN AUX AS. C'est vrai, des millions, rien qu'à lui, hérités de son grand-père. Et puis, chérie, les Trent ont des maisons un peu partout, Cape Cod, Palm Springs, Boca Raton, Nouvelle-Écosse – partout. Tu t'amuserais comme une folle à installer la télésatellite dans chacune d'entre elles. Penses-y.

Tu sais, le pardon, c'est divin.

C'était juste comme ça, en passant.

Tim

À: Tim Grabowski <timothy.grabowski@thenyjournal.com>
De: Mel Fuller <melissa.fuller@thenyjournal.com>
Objet: John Trent

Et puis je pourrais inviter tous mes plus proches amis en week-end dans ces maisons de vacances, c'est ça ?

Laisse tomber, Tim. Je te vois venir de loin.

En plus, si tu écoutes attentivement Dolly, tu as sûrement compris ce qu'il y a derrière : les Trent ne se marient pas avec des Fuller. Ils s'en servent juste de distraction.

Mel

Il faut faire quelque chose pour Mel. Elle réagit de manière tout à fait disproportionnée avec le pauvre M. Trent. Je ne l'ai jamais vue dans cet état. Je dois dire que je suis content de ne me l'être jamais mise à dos. Elle a la rancune tenace.

On aurait pu s'en douter, c'est une rousse.

Je pense qu'on devrait l'envoyer consulter. Tu n'es pas de mon avis ?

Tim

Tim, elle est furieuse, pas folle. L'orienter vers un programme de gestion de la colère, peut-être, mais consulter, non. Ce type lui a MENTI. Un mensonge pur et simple. Peu importent ses raisons, l'avoir fait suffit. Tu n'as pas idée à quel point la confiance de Mel envers les hommes est fragile depuis qu'Aaron s'est montré sous son vrai jour. Enfin, quoi, même avant cette histoire, elle était déjà convaincue qu'ils n'en avaient qu'après une chose et une seule.

Et ce type, le premier qui lui ait plu depuis un bout de temps, s'avère être exactement comme tous ceux avec qui elle est sortie depuis qu'elle est arrivée ici : un sale menteur.

Je ne sais pas. Et TOI, tu ne serais pas en colère, à sa place ?

Nad

Je veux que tu saches que je comprends exactement ce que tu ressens en ce moment. Ce Trent est le dernier des derniers, parfait exemple des riches privilégiés exploiteurs de la pauvre classe laborieuse. Il se fiche de ce qui peut bien advenir de nous, du moment qu'il arrive à ses fins. Les hommes tels que Trent n'ont aucune conscience – ils sont ce que l'on appelle des « mâles dominants », des individus cupides qui ne s'intéressent à rien d'autre que leur satisfaction personnelle et immédiate.

Je veux t'assurer, Melissa, que, malgré ce que tu peux éprouver en ce moment, tous les détenteurs du chromosome Y ne sont pas des salauds égoïstes. Certains d'entre nous sont dotés de profonds sentiments de respect et d'admiration pour les femmes de leur entourage.

Moi, par exemple, j'aurai toujours des sentiments pour toi, des sentiments aussi sincères qu'inébranlables. Je veux que tu saches, Melissa, que je serai toujours là pour toi – même si d'infâmes troglodytes tels que Trent tentent de briser ma volonté, sans parler de ma mâchoire.

S'il y a quoi que ce soit que je puisse faire en ce moment difficile, n'hésite pas à m'en faire part.

Bien à toi, maintenant et à jamais.

Aaron

Mords-moi.

Mel

Très cher John,

Cela pourrait t'intéresser de savoir que ta belle-sœur a donné naissance à un garçon de 4 kg il y a 2 jours.

Ses parents ont tenu à baptiser cet enfant John – choix peu judicieux selon moi.

Tu serais évidemment déjà au courant, si seulement tu voulais bien te donner la peine de prendre des nouvelles de ta famille, mais j'imagine que c'est beaucoup demander à un jeune homme aussi entreprenant que toi.

La mère et l'enfant se portent bien. On ne peut pas en dire autant de ton frère, qui est à la maison, seul, avec les jumelles, pendant que Stacy est à la maternité. Tu pourrais peut-être lui passer un coup de fil et lui offrir un soutien fraternel.

Baisers,

Mim

Vous n'auriez pas dû. Je pense ce que je dis. Je suis nul, comme frère et le serai encore plus, comme oncle. Je n'arrive pas à croire que j'aie tout raté.

Enfin, félicitations. 4 kg, c'est ça ? Pas étonnant que Stacy ait été aussi grincheuse à la fin. Elle recevra bientôt un petit paquet de chez Harry Winston. C'est le moins que je puisse faire pour la remercier de tous ses conseils de ces derniers mois.

Même si ça n'a pas servi à grand-chose. Ça ne m'a pas empêché de tout faire foirer, et bien. Tu avais raison : une femme ne laisse pas passer un truc pareil. Elle refuse même de m'adresser la parole. Je suis allée la voir à son bureau, ce fut une catastrophe. Son ex a voulu jouer au héros, cet idiot, et je lui en ai collé une. Du coup, il me poursuit en justice. J'ai essayé de lui offrir la bague, mais elle me l'a renvoyée à la figure sans ouvrir la boîte.

Et ce n'est pas le pire. Elle a fait changer les serrures chez Mme Friedlander. J'ai dû aller rechercher mes affaires dans l'immeuble accompagné du concierge – qui compatit, mais a souligné que, n'étant pas parent avec la propriétaire de l'appartement, je ne pouvais pas me voir remettre de clé.

Je suis donc de retour chez moi et je ne peux même plus la voir. Je ne sais pas ce qu'elle fait, ni avec qui. J'imagine que je pourrais aller me poster devant l'immeuble et la coincer quand elle sort promener le chien ou qu'elle part au travail, mais pour lui dire quoi ? Que puis-je dire ?

Désolé pour tout ça. Je ne veux pas te mettre le bourdon en ces jours heureux. Félicitations et embrasse John

Junior de ma part. Je viendrai le voir ce week-end. De toute façon, je ne risque pas d'avoir d'autres projets.

John

À : John Trent <john.trent@thenychronicle.com>
De : Jason Trent <jason.trent@trentcapital.com>
Objet : Une bague ?

Quelle bague ?

J'ai parlé de boucles d'oreilles. Je t'avais conseillé de lui acheter des boucles d'oreilles, pas une bague. De quelle bague s'agit-il ?

Jason

À : Jason Trent <jason.trent@trentcapital.com>
De : John Trent <john.trent@thenychronicle.com>
Objet : La bague

Je sais bien que tu avais parlé de boucles d'oreilles. Mais je lui ai acheté une bague. Une bague de fiançailles.

Et, non, ce n'est pas comme à Las Vegas. Je ne suis pas soûl depuis 3 mois. Je crois sincèrement que cette femme, entre toutes, est celle avec qui je veux passer le reste de ma vie.

Je voulais d'abord lui avouer la vérité, puis la demander en mariage, dans le Vermont. Il a fallu que ce connard de Friedlander vienne tout foutre en l'air. Et, maintenant, elle ne répond ni à mes coups de téléphone, ni à mes mails. Ma vie est fichue.

John

À : John Trent <john.trent@thenychronicle.com>
De : Jason Trent <jason.trent@trentcapital.com>
Objet : Mon Dieu,

je t'abandonne une semaine et tu arrives à tout ficher en l'air dans ta vie ? Comment est-ce possible ?

Bon, retrouve-moi au bureau demain pour déjeuner. À nous deux, on devrait réussir à trouver des idées pour arranger ça.

Hé, on est les Trent oui ou non ?

Jason

À : Sebastian Leandro <sleandro@hotphotos.com>
De : Max Friedlander <photoguy@stopthepresses.com>
Objet : Écoute, vieux,

ça fait des semaines que je n'ai pas eu de tes nouvelles. Tu as quelque chose pour moi ou non ?

N'essaye pas de me joindre à Key West, je suis de retour à New York. Tu peux me contacter chez ma tante. Tu as le numéro. Je crèche là en attendant de me remettre à flot. C'est vrai, pourquoi pas ? De toute façon, elle ne s'en sert pas, que je sache ?

Max

À : Mel Fuller <melissa.fuller@thenyjournal.com>
De : George Sanchez <george.sanchez@thenyjournal.com>
Objet : Je suis conscient

que tu es effondrée de chagrin à cause de l'odieuse trahison de ton petit ami, etc., mais comptes-tu rendre ton article pour le journal de demain, oui ou non ? Tu penses peut-être qu'on devrait laisser un grand rectangle blanc avec « À BAS LES HOMMES » écrit au milieu. Comme ça, on aurait vraiment l'air de professionnels, hein ? Nos ventes dépasseraient sûrement celles du *Chronicle*, n'est-ce pas ?

PONDS-MOI CETTE CHRONIQUE !!

George

À : George Sanchez <george.sanchez@thenyjournal.com>
De : Mel Fuller <melissa.fuller@thenyjournal.com>
Objet : Calme-toi, George

Ma chronique est à la correction depuis des heures. Je ne voulais pas t'embêter avec ça, comme tu as passé ta journée à hurler sur Dolly parce qu'elle n'a pas rendu son papier sur « Christina Aguilera – Victime ou star sans âme ? ».

Ci-joint, une copie de ma rubrique de demain, pour te distraire.

Et, à moins que tu aies l'intention d'arrêter les rotatives, elle sera publiée, puisque Peter Hargrave en personne a donné son autorisation. Il attendait Dolly, alors j'ai sauté sur l'occasion. J'espère que ça ne te dérange pas.

Amuse-toi bien !

Mel

Pièce jointe : ✉ [Page 10, numéro 3 784, volume 234 pour première édition du matin, QUI VEUT ÉPOUSER UN MILLIONNAIRE point d'interrogation, Mel Fuller, accompagné de 1) photo Vivica 2) photo du siège de Trent Capital Management que vous avez en rayon]

Les filles, vous en avez assez de voir 5 à 10 % de votre salaire durement gagné disparaître dans vos cotisations retraite, tous les mois ? Pourquoi ne pas tenter d'accumuler du capital à l'ancienne ? Un millionnaire fatigué de sa vie de célibataire recherche activement une femme à épouser.

Mais oui, vous avez bien lu. Le *New York Journal* révèle que John Randolph Trent – petit-fils de feu Harold Sinclair Trent, fondateur de Trent Capital Management, l'une des sociétés de courtage les plus anciennes et les plus réputées de New York – s'est enfin décidé à convoler. Seul problème ? Il n'arrive pas à trouver la femme idéale.

« J'en ai assez de sortir avec des mannequins et des starlettes qui n'en veulent qu'à mon argent, a-t-on entendu M. Trent confier à un ami. Je cherche une femme de caractère et d'esprit, une femme comme les autres, qui n'habite pas Beverly Hills.

J'adorerais épouser une femme qui vit, disons, à Staten Island. »

C'est pour cette raison que ce jeune homme de trente-cinq ans – qui aurait hérité de 20 millions de dollars à la mort de son grand-père – rencontrera les compagnes potentielles dans son bureau du *New York Chronicle* à partir de 9 heures ce matin. Quand cette sélection sera-t-elle terminée ?

« Quand je l'aurai trouvée », affirme M. Trent.

Alors, rendez-vous au coin de la 53e et de Madison, mesdemoiselles, avant que le prince ne se transforme en grenouille et ne passe sa route !

WONDER (BRA) WOMAN
SE MARIE

Pendant ce temps, un autre célibataire new-yorkais a beaucoup moins de mal à trouver la femme de ses rêves. Max Friedlander, trente-cinq ans, qui est l'auteur des torrides photos du numéro spécial maillots de *Sports Illustrated*, a récemment confié à un ami ses fiançailles secrètes avec le top model

Vivica, âgée de vingt-deux ans.

Vivica, dont le sublime visage a fait les couvertures de *Vogue* et *Harper's Bazaar*, est plus largement connue grâce à ses photos pour le tout dernier modèle de Wonder Bra, parues dans le catalogue de Victoria's Secret du printemps dernier.

M. Friedlander déclare, à propos de son prochain mariage : « Je ne pourrais pas être plus heureux. Je suis enfin prêt à m'installer et à fonder une famille. Vivica fera une épouse et une mère parfaites. » Vivica se refuse à tout commentaire, mais son agent n'exclut pas un mariage à Noël.

À : Mel Fuller <melissa.fuller@thenyjournal.com>
De : George Sanchez <george.sanchez@thenyjournal.com>
Objet : Ton emploi dans cette entreprise

Dès que tu arrives, je veux te voir dans mon bureau et prépare-toi à m'expliquer, en 100 mots maximum, ce qui pourrait m'empêcher de te virer.

George

À : Peter Hargrave <peter.hargrave@thenyjournal.com>
De : Info Trafic <trajet@newyorktransport.com>
Objet : Embouteillage au coin de la 53e et de Madison

Les New-Yorkais empruntant le transport par rail ne devraient pas avoir de problème aujourd'hui. Pour ce qui est des guerriers de la route, c'est une autre histoire. Suite à la parution d'un article en page 10 du *New York Journal*, Madison Avenue est pratiquement fermée entre la 51e et la 59e Rue, à cause d'un attroupement de femmes faisant la queue pour être reçues par le millionnaire célibataire, John Trent.

La police préconise d'emprunter la voie Franklin-

Roosevelt pour tout trajet en direction du nord et conseille d'éviter purement et simplement le centre-ville.

C'était un message automatique d'Information Trafic de NEWYORKTRANSPORT. COM

À : John Trent <john.trent@thenychronicle.com>
De : Michael Everett <michael.everett@thenychronicle.com>
Objet : Je ne savais pas

qu'une telle célébrité se trouvait dans nos rangs. Aurais-tu l'obligeance de bien vouloir investir un peu de tes 20 millions de dollars dans les moyens accrus de sécurité auxquels nous avons dû recourir pour pouvoir entrer et sortir de notre propre bâtiment ?

Mike

À : Michael Everett <michael.everett@thenychronicle.com>
De : John Trent <John.trent@thenychronicle.com>
Objet : Qu'est-ce que tu racontes ?

Bon, ma semaine a déjà été assez pénible à cause du déménagement, alors peux-tu m'expliquer de quoi tu parles, à la fin ?

John

---

que tu n'as jamais dit à Mel Fuller, du *Journal*, que tu es à la recherche d'une fiancée ? Et que tu n'as rien à voir avec le fait que, selon les estimations de la police, quelque 12 000 femmes se tiennent en bas, sur le trottoir, à réclamer un rendez-vous avec toi ? Jette un coup d'œil au *Journal* de ce matin, c'est ce qui y est écrit, en tout cas.

Mike

À : Michael Everett <michael.everett@thenychronicle.com>
De : John Trent <john.trent@thenychronicle.com>
Objet : MENSONGES !!

Ce ne sont que des mensonges !
Mike, je n'ai jamais rien dit de tout ça – tu le sais bien. Je n'arrive pas à y croire. J'arrive. Je vais régler ça, d'une façon ou d'une autre, je te le jure.

John

À : John Trent <john.trent@thenychronicle.com>
De : Michael Everett <michael.everett@thenychronicle.com>
Objet : Ne bouge pas,

mon pote. Reste où tu es. On n'a pas besoin que tu débarques ici, on risque l'émeute. Tiens-toi tranquille jusqu'à nouvel ordre.

Mike

P.S. : TOUT est faux ? Même le passage où il est dit que tu es de la famille des Trent de Park Avenue et que tu es riche à millions ? Joan espérait un peu que ce soit vrai. Parce que, tu vois, on essaye d'aménager le sous-sol et...

Je plaisante.

À : George Sanchez <george.sanchez@thenyjournal.com>
De : Michael Everett <michael.everett@thenychronicle.com>
Objet : Excuse-moi

C'est MON journaliste que je dois tenir en laisse ? Et les tiens alors ?

Le mien a peut-être déchaussé quelques dents de ton grand reporter, mais la tienne a provoqué un embouteillage monstre ! Sais-tu que je ne pouvais même pas pénétrer dans l'immeuble du *Chronicle*, pris d'assaut par 10 000 femmes en furie (certaines d'entre elles en robe de mariée) hurlant « Choisis-moi » ?

Il y a 100 fois pire que le trou dans la chaussée. À cause du trou, on ne pouvait pas utiliser les toilettes. Mais maintenant, on ne peut ni entrer ni sortir du bâtiment sans être assailli par des célibataires désespérées, désireuses de convoler et de se reproduire avant que ne frappe la ménopause.

Si Trent ne vous assigne pas en justice, je te jure que je m'en chargerai.

Mike

À: Peter Hargrave <peter.hargrave@thenyjournal.com>
De: Dolly Vargas <dolly.vargas@thenyjournal.com>
Objet: Mel

Franchement, c'est à mourir de rire.

Tu ne peux pas laisser George la virer, Peter. Tu as accepté la parution, rappelle-toi. Tu es bien le patron, ici, non ? Vas-tu soutenir ton employée et son papier ou bien prendre la fuite ?

Es-tu un homme, Peter, ou une souris ?

Bisous bisous

Dolly

À: Mel Fuller <melissa.fuller@thenyjournal.com>
De: Nadine Wilcock <nadine.wilcock@thenyjournal.com>
Objet: Qu'est-ce qui t'a pris?

Mel, je ne peux pas y croire. JE REFUSE D'Y CROIRE. Une simple colonne en page 10 et tu réussis à bloquer toute une ville.

TU ES FOLLE OU QUOI ? George va te tuer.

Et tu n'as pas l'impression d'être allée un peu loin ? Oui, John t'a menti, c'était mal. Mais toi, tu mens à 3 États du pays – enfin à tous les endroits où le *Journal* est disponible. On ne répare pas une injustice avec une autre, Mel.

Maintenant, tu vas te faire virer et tu seras forcée de retourner vivre chez tes parents. Et qui sera ma demoiselle d'honneur ??

Nad : - (

À : Mel Fuller <melissa.fuller@thenyjournal.com>
De : Tony Salerno <chef@fresche.com>
Objet : J'ai été obligé

d'aller travailler à vélo aujourd'hui, à cause de tout le cirque que tu as provoqué autour de Madison. Des femmes de toutes les formes et de toutes les tailles font la queue devant le *Chronicle*. Un peu comme pour le bal du Nouvel An à Times Square, sauf que tout le monde est mieux habillé. Tu devrais voir les expressions paniquées des flics qu'ils ont envoyés. Certains portent leur tenue anti-émeute.

Tu te sens mieux, maintenant ? Je crois que tu peux dire avec certitude que vous êtes à égalité.

Tony

À : Mel Fuller <melissa.fuller@thenyjournal.com>
De : Tim Grabowski <timothy.grabowski@thenyjournal.com>
Objet : Je n'arrive pas à croire

que tu aies enfin fait usage de tes pouvoirs maléfiques. Je suis tellement fier de toi.

Vas-y, fonce.

Tim

À : Mel Fuller <melissa.fuller@thenyjournal.com>
De : Don et Beverly Fuller <DorBev@dnr.com>
Objet : Célibataire millionnaire

Ma chérie, je viens de voir les infos à la télé : il y a un homme à New York qui cherche à épouser une gentille fille de Staten Island. Je sais que tu ne vis pas là-bas, mais tu es bien plus jolie que toutes ces femmes qu'on a vues, en rang d'oignons. Tu devrais foncer et prendre rendez-vous pour un entretien parce que je suis sûre que tu plairais beaucoup à n'importe quel millionnaire.

Et n'oublie pas de prendre avec toi ta photo avec la couronne et l'écharpe de Miss Duane County Fair! Personne ne peut résister à une fille avec un diadème.

Maman

À : John Trent <john.trent@thenychronicle.com>
De : Sergent Paul Reese <preese@89th.nyc.com>
Objet : Fallait me dire

que tu étais désespéré à ce point : j'ai une sœur célibataire.

Pour ton information : c'est la première alerte anti-émeute que nous ayons eue en centre-ville. Ce n'est pas si souvent qu'on réclame des casques et des matraques du côté des grands magasins. Félicitations.

Paul

À : John Trent <john.trent@thenychronicle.com>
De : Genevieve Randolph Trent <grtrent@trentcapital.com>
Objet : Tu me fais honte

De tous mes petits-enfants, tu as toujours été celui que je m'attendais le moins à trouver dans les échos de la presse.

Mais que me montre Higgins, ce matin, juste après mon petit déjeuner ? Cette histoire infâme concernant ta recherche d'une femme ? Ah, ça oui, qui veut épouser un millionnaire ?

Ayant constaté que ce ramassis d'insanités avait été

écrit par Mlle Fuller en personne, j'en suis réduite à supposer que tu as réussi à te mettre cette fille à dos. Mon garçon, c'est peu judicieux.

Je crois également comprendre que ton lieu de travail, ainsi que ton appartement, sont pris d'assaut. Si tu le souhaites, je peux envoyer Jonesy te chercher. J'hésite, car les voisins risquent d'être incommodés, si toutes les femmes actuellement à tes trousses apparaissent à notre porte. Cependant, j'ai l'assurance du commissaire de police, un vieil ami, comme tu le sais, que le maximum sera fait pour éloigner la populace de notre trottoir. Si tu souhaites passer les prochains jours ici avec moi, en sécurité, tu es le bienvenu.

J'ai également eu l'assurance de M. Peter Hargrave, directeur de la rédaction de cette feuille de chou, qu'un démenti paraîtra demain ou après-demain. Il a proposé de renvoyer la demoiselle, mais je lui ai dit que ce ne serait pas nécessaire. Je suis bien certaine que ses raisons étaient parfaitement justifiées, quelles qu'elles fussent.

Vraiment, John. Tu n'as jamais su jouer gentiment avec les autres enfants. Je suis écœurée par ton comportement.

Mim

À : John Trent <john.trent@thenychronicle.com>
De : Jason Trent, <jason.trent@trentcapital.com>
Objet : Cette fois, tu as réussi

Tu as vraiment réussi. Mim est furieuse.

Je te suggère de prendre un congé sabbatique prolongé. Il n'y a pas un endroit dans cette ville où l'on ne parle pas de toi. J'ai même entendu dire qu'on avait créé un nouveau sandwich : le Trent – 2 tranches de pain avec rien au milieu (puisque tu ne t'es pas montré au rendez-vous).

Pourquoi ne pas venir rendre visite à Stace et aux enfants ? On serait ravis de te recevoir et puis tu n'as pas encore rencontré ton homonyme. Qu'en dis-tu ?

Jason

À: Jason Trent <jason.trent@trentcapital.com>
De: John Trent <john.trent@thenychronicle.com>
Objet: Merci de ta proposition

Mim a fait pareil. Mais je préfère rester ici et mariner dans l'enfer que je me suis créé.

Je ne dirais pas que c'est inintéressant. Je ne peux même plus aller acheter un litre de lait à l'épicerie du coin sans que le type me propose de me présenter à sa fille. J'ai beau essayer d'expliquer que je ne cherche pas à me marier, les gens n'ont pas l'air de vouloir le croire. Ils aiment l'idée d'un type assez riche pour avoir tout au monde sauf ce qu'il désire vraiment… l'amour d'une femme.

Bien entendu, chaque fois que je raconte que je l'avais déjà, mais que j'ai réussi à tout bousiller, personne ne veut en entendre parler. C'est un peu comme s'ils n'arrivaient pas à concevoir que la fortune ne fait pas le bonheur.

Les choses ne sont pas si terribles, en fait. J'ai bien avancé mon roman. C'est drôle, pourtant. Cet imbécile de chien me manque. Et les chats aussi. Je pensais en prendre un. Un chien, je veux dire. Ou peut-être un chat. Je ne sais pas. Je n'ai pas l'air doué pour fréquenter des humains.

Pourtant, je ne baisse pas complètement les bras. J'envoie des fleurs à Mel tous les jours – même depuis que l'article est paru. Mais crois-tu que j'aie un retour de sa part ? Pas un mot. J'imagine que le trottoir en face du *New York Journal* est jonché de mes bouquets, qu'elle aura jetés par la fenêtre.

Je dois te laisser. Mon repas chinois – pour un – est arrivé.

John

À : Mel Fuller <melissa.fuller@trentcapital.com>
De : John Trent <john.trent@thenychronicle.com>
Objet : Tu m'as eu

Ça y est ? Tu es contente ? Cet article m'a mis dans un pétrin sans nom. On refuse toujours que je me rende au bureau. Ma famille m'adresse à peine la parole. Je n'ai pas eu de nouvelles de Max, mais j'imagine qu'il s'en mord les doigts.

On peut redevenir amis ?

John

À : John Trent <john.trent@thenychronicle.com>
De : Mel Fuller <melissa.fuller@thenyjournal.com>
Objet : On peut redevenir amis ?

Non.

Mel

À : Mel Fuller <melissa.fuller@thenyjournal.com>
De : Ressources humaines <human.resources@thenyjournal.com>
Objet : Suspension

Chère Melissa Fuller,

Ceci est un message automatique du département des ressources humaines du *New York Journal*, le principal quotidien new-yorkais de photo-reportage. Veuillez noter qu'à compter d'aujourd'hui, votre emploi au sein de ce journal est suspendu, sans solde. Vous réintégrerez vos fonctions dans 3 jours ouvrables.

Cette mesure a été prise suite à la soumission de votre article sans passage préalable par les voies appropriées. Pour information, je vous signale que tout article doit être d'abord proposé au directeur de la rédaction dont vous dépendez, et non envoyé directement au service de correction.

Melissa Fuller, le *New York Journal* forme une équipe. C'est en équipe que nous gagnons, et que nous perdons aussi parfois. Ne voulez-vous pas faire partie d'une équipe gagnante ? Alors, s'il vous plaît, jouez votre rôle et faites en sorte que votre travail suive désormais les procédures adéquates !

Cordialement,
Le Département des ressources humaines
New York Journal

P.S. : Veuillez noter que toute suspension future se conclura par votre renvoi.

Cet e-mail est confidentiel et ne doit servir à aucune personne autre que le destinataire original. Si vous avez reçu ce message par erreur, merci d'en informer l'expéditeur et de l'effacer de votre boîte de réception.

Tu plaisantes ?? Ils ont le droit ?

Oh, Mel, c'est de pire en pire ! Que vais-je faire sans toi pendant 3 jours ? Je vais mourir d'ennui !

Tu crois que ça aiderait, si j'organisais un débrayage en signe de protestation ?

Nad

Allez, ça ne sera pas si terrible. Je suis assez impatiente, de mon côté. Je n'ai pas eu de congés depuis longtemps. Ça sera l'occasion de renouer des liens avec Paco. Et puis je n'ai pas rendu visite à Mme Friedlander depuis une éternité. Je suis sûre qu'elle n'a rien remarqué, mais je me sens un peu coupable… Même si elle ne deviendra jamais ma belle-tante.

Ne t'en fais pas pour moi. Tout va bien. Je t'assure.

Mel

Juste pour savoir : auriez-vous entendu parler d'opportunités au *Duane County Register* ? Tu avais un jour mentionné que Mabel Fleming pouvait m'embaucher pour la rubrique culture. J'y ai beaucoup réfléchi et j'en

suis arrivée à la conclusion que j'en ai assez de cette ville.
J'aimerais rentrer à la maison pour un temps. Pouvez-vous me dire si Mabel cherche toujours quelqu'un ?

Merci.

Mel

P.S. : Ne vous en faites pas pour moi. Tout va bien.
Vraiment.

Tu envisages de rentrer à la maison ?

Oh, papa et moi sommes aux anges. C'était très bien
de partir pour la grande ville, de vouloir faire tes preuves
mais maintenant, c'est fait. Il est temps de songer à t'éta-
blir et papa et moi sommes ravis que tu aies choisi de
revenir ici, dans notre bon vieux Lansing.

Et ne va pas croire que nous ne sommes pas
modernes, ici. L'autre jour, figure-toi qu'ils ont ouvert un
supermarché Wal-Mart ! Incroyable, non ? Un Wal-Mart,
à Lansing.

Enfin, bonne nouvelle : j'ai appelé Mabel Fleming tout
de suite en lui demandant si elle avait toujours besoin
d'un journaliste culturel et elle m'a répondu : « Ben oui,
alors ! » Le poste est à toi, si tu le veux. Le salaire n'est
pas énorme – 12 000 dollars par an, seulement. Mais ma
chérie, si tu vis à la maison, ce sera tes économies et tu
t'en serviras d'apport personnel pour acheter ta maison
quand tu te marieras enfin.

Oh, je suis enchantée. Veux-tu que papa et moi
venions te chercher en voiture ? Le Dr Greenblatt nous

propose d'emprunter son mini-van pour transporter toutes tes affaires. N'est-ce pas adorable ?

Il suffit que tu me dises quand tu veux revenir à la maison et nous viendrons te chercher en un rien de temps !

Oh, ma chérie, nous t'aimons tant, nous avons hâte de te revoir !

Maman et papa

À : Mel Fuller <melissa.fuller@thenyjournal.com>
De : Nadine Wilcock <nadine.wilcock@thenyjournal.com>
Objet : Tu es sûre

que tu vas bien ? Tu n'avais pas l'air dans ton assiette hier soir. Je sais que cette histoire de suspension ne te réjouit pas et que tu es encore déprimée à cause de John...

Mais tu m'as paru encore plus dans les vapes que d'habitude pendant les essayages, hier. Ce n'est pas parce que tu détestes ta robe, au moins ? Parce qu'il n'est pas trop tard pour en choisir une autre...

Tu me manques,

Nad

À : Nadine Wilcock <nadine.wilcock@thenyjournal.com>
De : Mel Fuller <melissa.fuller@thenyjournal.com>
Objet : Tu veux rire ?

Tout va super bien. Aujourd'hui, j'ai passé 2 heures dans un bon bain moussant, j'ai regardé la télé, je me suis fait les ongles, j'ai promené Paco, je me suis fait un soin des pieds, j'ai regardé le film de l'après-midi, j'ai ressorti Paco, j'ai lu la totalité des 1 600 pages du numéro de septembre de *Vogue*, j'ai mangé une boîte de cookies, j'ai sorti Paco...

Je m'éclate !

Mais merci de t'inquiéter.

Mel

P.S. : Y a-t-il eu un bouquet de la part de John aujourd'hui ?

À : Mel Fuller <melissa.fuller@thenyjournal.com>
De : Nadine Wilcock <nadine.wilcock@thenyjournal.com>
Objet : Pas de fleurs

de la part de John, aujourd'hui. Je te rappelle que tu as menacé son fleuriste d'un procès pour harcèlement s'il n'arrêtait pas immédiatement.

Mel, pourquoi ne lui passes-tu pas un coup de fil, tout simplement ? Tu ne crois pas que ça a assez duré ? C'est vrai, ce type est fou de toi, c'est évident – du moins, il l'était, jusqu'au coup du millionnaire. Je trouve que vous allez trop bien ensemble. Tu ne veux pas réessayer ?

Nad

À : Nadine Wilcock <nadine.wilcock@thenyjournal.com>
De : Mel Fuller <melissa.fuller@thenyjournal.com>
Objet : Attends,

c'est TOI qui affirmais avoir suspecté depuis le début qu'il y avait quelque chose de louche chez lui. Et maintenant tu voudrais que je l'APPELLE ? Tu veux que MOI je l'APPELLE ?? Après ce qu'il m'a fait ?

PAS QUESTION!!

Mon Dieu, Nadine, j'en étais à écrire «Mme Melissa Friedlander» un peu partout, à croire que lui et moi allions vivre ensemble jusqu'à la fin de nos jours. Ensuite j'apprends que ce n'est pas son vrai nom et tu veux que je l'APPELLE??

C'est quoi ton problème? Tu es indisposée ou quoi?

Laisse tomber. JAMAIS je ne l'appellerai. JAMAIS, JAMAIS, JAMAIS, JAMAIS, JAMAIS, JAMAIS, JAMAIS, JAMAIS, JAMAIS, JAMAIS, JAMAIS.

Mel

À: Mel Fuller <melissa.fuller@thenyjournal.com>
De: Nadine Wilcock <nadine.wilcock@thenyjournal.com>
Objet: D'accord

J'ai compris le message. Oh là là! Excuse-moi de l'avoir même suggéré.

Nad

À: Tony Salemo <chef@fresche.com>
De: Nadine Wilcock <nadine.wilcock@thenyjournal.com>
Objet: Ma demoiselle d'honneur

est une boule de nerfs. Qu'est-ce que je vais faire?

Nad

```
À : Nadine Wilcock <nadine.wilcock@thenyjournal.com>
De : Tony Salerno <chef@fresche.com>
Objet : L'évidence
```

est d'inviter John au mariage.
Je suis sérieux. Elle va craquer au premier regard.
Du moins, c'est toujours ce qui arrive dans les films.

Tony

```
À : Mel Fuller <melissa.fuller@thenyjournal.com>
De : Max Friedlander <photoguy@stopthepresses.com>
Objet : Clés
```

Oui, c'est moi. Le vrai Max Friedlander, cette fois. Je
suis de retour à New York et j'ai besoin de me rendre
dans l'appartement de ma tante. J'ai cru comprendre
que vous aviez fait changer les serrures et que vous déte-
niez les clés. Pourriez-vous les laisser au concierge pour
qu'il puisse me laisser entrer demain ?

Cordialement,
Max Friedlander

```
À : Max Friedlander <photoguy@stopthepresses.com>
De : Mel Fuller <melissa.fuller@thenyjournal.com>
Objet : Clés
```

Comment savoir si vous êtes le vrai Max Friedlander ?
Comment savoir si vous n'êtes pas un imposteur, comme
le dernier Max Friedlander que j'ai rencontré ?

Mel Fuller

```
À: Mel Fuller <melissa.fuller@thenyjournal.com>
De: Max Friedlander <photoguy@stopthepresses.com>
Objet: Clés
```

Parce que si vous ne me donnez pas les clés de l'appartement de ma tante, je vous colle un procès.
Compris ?

Cordialement,
Max Friedlander

```
À: Max Friedlander <photoguy@stopthepresses.com>
De: Mel Fuller <melissa.fuller@thenyjournal.com>
Objet: Clés
```

Bien. Je ferai en sorte que le concierge mette un jeu de clés à votre disposition.
Puis-je savoir ce que vous avez l'intention de faire à propos de Paco et des chats ?

Mel Fuller

```
À: Mel Fuller <melissa.fuller@thenyjournal.com>
De: Max Friedlander <photoguy@stopthepresses.com>
Objet: Clés
```

Donnez TOUTES les clés en votre possession au gardien. J'ai l'intention d'emménager chez ma tante pour l'instant, c'est donc moi qui m'occuperai de Paco et des chats. Vos services, quoique appréciés, ne sont plus requis, merci beaucoup.

Max Friedlander

Ne vous inquiétez pas. Quand votre tante se réveillera, je ne manquerai pas de lui dire toute votre « gratitude ». Et de lui raconter comme vous vous êtes précipité à son chevet en ces heures difficiles.

Vous savez, il existe un mot pour décrire les gens comme vous, mais je suis trop polie pour l'écrire ici.

Mel Fuller

Racontez ce que vous voulez à ma tante. J'ai quelque chose à vous dire, Mademoiselle :

Elle n'est pas près de se réveiller.

Amicalement,
Max Friedlander

---

est l'être humain le plus méprisable de la terre et je me demande bien comment tu as pu lui rendre service.

Je voulais juste que tu le saches.

Mel

À : Mel Fuller <melissa.fuller@thenyjournal.com>
De : John Trent <john.trent@thenychronicle.com>
Objet : Le fait que tu

m'écrives de nouveau signifie-t-il que tu m'as pardonné ?

Je t'ai laissé des messages au bureau, mais on me dit que tu n'as pas été là de la semaine. Tu es encore malade ? Puis-je faire quelque chose pour t'aider ?

John

À : John Trent <john.trent@thenychronicle.com>
De : Mel Fuller <melissa.fuller@thenyjournal.com>
Objet : Max Friedlander

> Le fait que tu m'écrives de nouveau signifie-t-il que tu m'as pardonné ?

>> Non.

> Je t'ai laissé des messages au bureau, mais on me dit que tu n'as pas été là de la semaine. Tu es encore malade ?

>> C'est parce que j'ai été suspendue. Mais cela ne te regarde pas.

Max emménage chez sa tante. Je viens de le croiser dans le couloir.

Je n'arrive pas à croire que vous ayez pu être amis. C'est l'individu le plus grossier que j'aie eu la malchance de connaître.

Attends voir. Oublie ce que je viens d'écrire. Vous vous êtes bien trouvés tous les deux.

À: Max Friedlander <photoguy@stopthepresses.com>
De: John Trent <john.trent@thenychronicle.com>
Objet: Mel

Il paraît que tu es de retour en ville et que tu vis chez ta tante.

C'est génial. Géant.

Juste un truc : si j'entends Mel raconter que tu l'as maltraitée de quelque façon que ce soit, je te tomberai dessus. Je suis sérieux, Max. J'ai des amis dans la police qui seraient ravis de détourner le regard pendant que je te mettrai la raclée de ta vie. Toute cette histoire sur Vivica et toi en page 10, c'était ma faute, pas celle de Mel. Alors pas d'embrouilles. Je te préviens, tu pourrais avoir à le regretter.

John

À: John Trent <john.trent@thenychronicle.com>
De: Max Friedlander <photoguy@stopthepresses.com>
Objet: Mel

Quelle histoire en page 10 sur Vivica et moi ? De quoi parles-tu ?

Et pourquoi es-tu toujours aussi agressif ? C'est vrai, la fille est plutôt jolie, si c'est ton genre, mais elle n'a rien d'extraordinaire.

Eh ben, t'es plus aussi drôle qu'avant.

Max

P.S. : Le *Chronicle* n'aurait pas besoin d'un photographe, par hasard ? Je dois dire que j'aurais bien besoin d'un boulot.

À : Max Friedlander <photoguy@stopthepresses.com>
De : Vivica@sophisticate.com
Objet : NOTRE MARIAGE

MAXIE !!

JE VIENS DE TERMINER LES DÉFILÉS À MILAN, ET ON M'A MONTRÉ CET ARTICLE DANS LE JOURNAL QUI PARLE DE TOI ET MOI !! C'EST VRAI ?? TU VEUX VRAIMENT TE MARIER AVEC MOI ??

OÙ ES-TU ?? J'AI APPELÉ TES ANCIENS NUMÉROS, MAIS ILS ONT ÉTÉ RÉSILIÉS. FINALEMENT, DEIRDRE M'A CRÉÉ CETTE ADRESSE POUR QUE J'ESSAYE DE TE JOINDRE PAR MAIL. J'ESPÈRE QUE TU VAS LE RECEVOIR PARCE QUE JE VEUX VRAIMENT QUE TU SACHES QUE JE TE PARDONNE CE QUI S'EST PASSÉ À KEY WEST. J'ESPÈRE QUE CE QUE DIT LE JOURNAL EST VRAI !!!

BISOUS

VIVICA

À : Sebastian Leandro <sleandro@hotphotos.com>
De : Max Friedlander <photoguy@stopthepresses.com>
Objet : Non mais

que s'est-il passé ici, pendant mon absence ? C'est quoi, cette page 10 ? Et pourquoi Vivica est-elle persuadée que je veux l'épouser ?

Je te jure, je quitte la ville quelques mois et tout le monde devient cinglé.

Max

À : Max Friedlander <photoguy@stopthepresses.com>
De : Sebastian Leandro <sleandro@hotphotos.com>
Objet : Désolé de devoir t'annoncer ça

Une brève en page 10, autrement dit, dans la rubrique people du *New York Journal*, a annoncé que tu avais demandé Vivica en mariage et que tu étais impatient de fonder une famille avec elle.

Merci de ne pas tirer sur le messager.

Sebastian

À : Vivica@sophisticate.com
De : Max Friedlander <photoguy@stopthepresses.com>
Objet : Notre mariage

Contrairement à ce que tu peux avoir lu dans ce torchon minable que certaines personnes en ville appellent un journal, je n'ai jamais nourri le désir de t'épouser.

Bon Dieu, Vivica, c'est à cause de toi que je vis dans cette quasi-pauvreté ! Il faudrait être idiot pour se marier avec toi. Ou tellement riche que tu pourrais acheter autant de dauphins en bois flotté que tu veux.

Pourquoi tu n'appellerais pas Donald Trump ? Je parie qu'il te reprendrait.

Max

À : Mel Fuller <melissa.fuller@thenyjournal.com>
De : Vivica@sophisticate.com
Objet : MAX FRIEDLANDER

CHÈRE MADEMOISELLE FULLER,
BONJOUR. VOUS NE VOUS SOUVENEZ SÛREMENT PAS DE MOI. JE SUIS CELLE QUI

VOUS A PRÉVENUE QUE MAX ET SON COPAIN VOUS JOUAIENT UN TOUR.

BREF, UNE AMIE M'A MONTRÉ L'ARTICLE QUE VOUS AVEZ ÉCRIT DISANT QUE MAX VEUT M'ÉPOUSER. JE VIENS DE LUI POSER LA QUESTION, IL ME DIT QUE NON. IL NE VEUT PAS SE MARIER. MÊME SI C'EST CE QUE JE VOUDRAIS LE PLUS AU MONDE. ME MARIER AVEC MAX, JE VEUX DIRE.

JE ME DEMANDAIS SI VOUS POUVIEZ M'EX-PLIQUER COMMENT VOUS L'AVEZ APPRIS PARCE QUE JE VOUDRAIS VRAIMENT SAVOIR.

J'AI ESSAYÉ DE VOUS APPELER À VOTRE BUREAU, J'AI LAISSÉ DES MESSAGES, MAIS ON M'A DIT QUE VOUS ÉTIEZ ABSENTE POUR QUELQUE TEMPS. J'ESPÈRE QUE VOUS N'ÊTES PAS MALADE. JE DÉTESTE ÊTRE MALADE, PARCE QUE JE SUIS OBLIGÉE DE REPOUSSER LES SÉANCES PHOTO ET TOUT EST DÉCALÉ.

CORDIALEMENT,
VIVICA

À : Nadine Wilcock <nadine.wilcock@thenyjournal.com>
De : Mel Fuller <melissa.fuller@thenyjournal.com>
Objet : Les mannequins

Bon, pour la première fois, je ne suis pas très fière d'avoir écrit ce faux avis de fiançailles de Max Friedlander. Pas à cause de lui, bien sûr, mais parce que Vivica vient de m'envoyer un mail pour me demander si c'était vrai. Apparemment, devenir Mme Vivica Friedlander est ce qu'elle désire le plus au monde.

Je n'arrive pas à croire que j'ai fait quelque chose

d'aussi idiot. Maintenant, je dois lui répondre que j'ai tout inventé pour rendre la monnaie de leur pièce à Max et John. Elle va souffrir et ce sera ma faute.

Je mérite la suspension à vie.

Mel

À : Mel Fuller <melissa.fuller@thenyjournal.com>
De : Dolly Vargas <dolly.vargas@thenyjournal.com>
Objet : Les mannequins

Mon chou, Nadine vient de me raconter que tu culpabilises à propos de ce petit *contretemps*[1] avec ta chronique. Elle me dit que tu t'inquiètes d'avoir fait souffrir un top model !

Oh, il faut que je te dise : j'en ai ri aux larmes. Quel amour tu fais. Tu nous manques vraiment beaucoup, au bureau, tu sais. C'est vrai, depuis ton absence, plus personne ne mentionne Winona Ryder, ni ses ennuis judiciaires, ni son nouveau film.

Mel, ma chérie, les top models n'ont pas de sentiments. Comment puis-je en être aussi sûre ? Eh bien, je vais te confier un petit secret : mon premier fiancé m'a quittée pour un mannequin. C'est vrai. Je sais, tu n'as jamais su que j'avais été fiancée, mais je l'ai été plusieurs fois. Cela n'aurait jamais marché parce que, bien sûr, il était de sang royal – tu me vois assister aux dîners d'État et tout le tralala ? – mais j'étais désespérément amoureuse de lui. Ou, du moins, de la possibilité d'hériter de la couronne un jour.

Mais voilà qu'on l'a présenté à un top model – qui se

---

1. En français dans le texte. *(N.d.T.)*

trouvait être ma meilleure amie, et qui savait pertinem-
ment ce que je ressentais pour lui. Ou, du moins, pour sa
couronne. Et que crois-tu qui se soit passé ? Eh bien, elle
me l'a volé sous mon nez, bien sûr.

Mes souffrances ont été de courte durée, cela dit. Son
père a empêché leur union et nous avons poursuivi chacun notre route.

Mais j'ai tout de même appris ceci : les top models
n'ont pas de poils, pas de cellulite et pas le moindre sentiment.

Alors aie la conscience tranquille, mon petit cœur. Elle
ne ressent rien du tout !

Bisous bisous

Dolly

À : Dolly Vargas <dolly.vargas@thenyjournal.com>
De : Mel Fuller <melissa.fuller@thenyjournal.com>
Objet : Les mannequins

Hum, merci pour tes conseils sur les top models… je
crois. C'était tout à fait instructif. D'une certaine façon.
Mais, si cela ne te dérange pas, je me comporterai avec
Vivica comme avec n'importe qui… Autrement dit je
vais supposer qu'elle a bel et bien des sentiments.

Merci quand même et dis bonjour à tout le monde de
ma part.

Mel

P.S. : J'espère que tu ne sors plus avec Peter. C'est lui
qui m'a suspendue, tu sais. Je suis consciente de te
demander beaucoup, mais si vous êtes toujours ensemble,
peux-tu au moins te réfréner de coucher avec lui jusqu'à

ce que je revienne ? Je crois que c'est le moins que tu puisses faire.

À : Vivica@sophisticate.com
De : Mel Fuller <melissa.fuller@thenyjournal.com>
Objet : Max Friedlander

Chère Vivica,

Pour répondre à votre question, je suis désolée de vous apprendre que cette histoire à propos de Max, qui voudrait vous épouser, a été entièrement inventée, par moi.

En fait, j'étais très en colère contre Max et son ami John, qui m'avaient fait croire que John était Max et tout ça. Cela m'a profondément blessée et je voulais les faire souffrir en retour, par n'importe quel moyen.

La seule chose à laquelle je n'ai pas pensé en écrivant cet article, c'était que je pouvais aussi vous faire souffrir, vous. J'en suis vraiment désolée, j'espère que vous me pardonnerez.

Si cela peut vous aider, dès mon retour au travail – pour l'instant, je fais une courte pause – je prépare un démenti.

Cordialement,

Mel Fuller

P.S. : Si cela peut vous consoler, je sais ce que vous ressentez : j'ai cru que j'allais épouser son ami – celui qui se faisait passer pour Max. Mais, bien sûr, ça n'a pas marché. Impossible d'avoir une relation fondée sur les mensonges.

À : Mel Fuller <melissa.fuller@thenyjournal.com>
De : Vivica@sophisticate.com
Objet : Max Friedlander

CHÈRE MEL,

C'EST CE QUE JE PENSAIS. MAX QUI VOU-
LAIT SE MARIER AVEC MOI, C'ÉTAIT UNE HIS-
TOIRE INVENTÉE, JE VEUX DIRE. ÇA ME
PLAÎT, CETTE IDÉE DE NOUVEL ARTICLE SUR
LUI. POUVEZ-VOUS DIRE QUE QUAND IL
DORT, IL RONFLE PLUS FORT QUE TOUT ÊTRE
HUMAIN SUR LA PLANÈTE ? ÇA, C'EST VRAI.

JE SUIS D'ACCORD AVEC VOUS, IL N'EST PAS
POSSIBLE D'AVOIR UNE RELATION FONDÉE
SUR LES MENSONGES. MAX M'A DIT QU'IL
M'AIMAIT MAIS EN RÉALITÉ, IL MENTAIT.
J'ÉTAIS TRÈS AMOUREUSE, MAIS IL A QUAND
MÊME COUCHÉ AVEC LA FEMME DE
CHAMBRE. TOUT ÇA À CAUSE DE CES IDIOTS
DE DAUPHINS EN BOIS FLOTTÉ.

VOUS AVEZ L'AIR DRÔLEMENT SYMPA,
POUR UNE JOURNALISTE. VOUS VOULEZ
QU'ON DÉJEUNE TOUTES LES DEUX, PENDANT
QUE VOUS ÊTES EN PAUSE ? J'AI DÉCOUVERT
UN NOUVEAU RESTAURANT QUE J'AIME
VRAIMENT BEAUCOUP. C'EST LE APPLEBEE'S.
ILS ONT D'EXCELLENTS NACHOS SAUCE CHILI,
PRESQUE AUSSI BONS QUE CEUX DE MON
AUTRE RESTAURANT PRÉFÉRÉ, FRIDAYS.
VOUS VOULEZ MANGER AVEC MOI UN DE CES
JOURS ? SI VOUS DITES NON, JE COMPREN-
DRAI, BEAUCOUP DE FILLES NE M'AIMENT
PAS PARCE QUE JE SUIS MANNEQUIN. COMME
DIT MA GRAND-MÈRE : « CHÉRIE, À MOINS DE
RESSEMBLER À UN BILLET DE CENT DOL-

LARS, TU NE PLAIRAS JAMAIS À TOUT LE MONDE.»
TENEZ-MOI AU COURANT,
BISOUS

VIVICA

À : Vivica@sophisticate.com
De : Mel Fuller <melissa.fuller@thenyjournal.com>
Objet : Déjeuner

Chère Vivica,
Je serais honorée de déjeuner avec toi, quand tu veux.
Dis-moi quel jour t'arrange.

Mel

P.S. : J'essaierai d'inclure les ronflements de Max dans mon prochain article.

À : John Trent <john.trent@thenychronicle.com>
De : Stacy Trent <jehaisbarneys@freemail.com>
Objet : Comment est-ce possible ?

Je t'abandonne 3 jours pour accoucher et j'apprends ensuite que :
1) Tu es séparé de ta petite amie, que je croyais être ta future femme ;
2) Tu es reparti vivre chez toi à Brooklyn ;
3) Tu es soudain devenu le plus beau parti de toute l'Amérique du Nord.
Comment as-tu pu tout gâcher à ce point ? Et que puis-je faire pour t'aider à recoller les morceaux ?

Stacy

P.S. : Les jumelles ont le cœur brisé. Elles voulaient être demoiselles d'honneur.

PPS : Merci pour le bracelet. Et le hochet en forme de balle de base-ball est inestimable.

À : Stacy Trent <jehaisbarneys@freemail.com>
De : John Trent <john.trent@thenychronicle.com>
Objet : J'ai tout fait foirer

et j'ai le courage de le reconnaître.

Je ne pense pas que quiconque puisse recoller les morceaux. Elle refuse de me parler. J'ai tout essayé, des fleurs aux supplices. Rien n'y fait. Elle est furieuse.

C'est terminé.

Et je ne peux pas m'empêcher de penser que c'est mieux comme ça. Je veux bien admettre que ce que j'ai fait est mal, mais ce n'est pas comme si j'avais cherché à me jouer d'elle intentionnellement dès le début. Enfin, si, mais jamais je n'aurais imaginé tomber amoureux d'elle.

Je tentais d'aider un ami. Je dois convenir que c'est un imbécile, mais j'avais une dette envers lui.

Si elle n'est pas capable de comprendre ça, il vaut mieux que nous poursuivions nos routes séparément. Je n'ai pas envie de passer ma vie avec quelqu'un qui ne peut pas concevoir que les amis doivent faire des choses les uns pour les autres qui ne sont parfois ni agréables ni morales, mais nécessaires, pour préserver l'amit…

Laisse tomber, je dis n'importe quoi. Le chagrin me fait délirer. Si seulement quelqu'un me tirait une balle pour mettre fin à mes souffrances. Je veux la retrouver. Je veux la retrouver. Je veux la retrouver.

Il n'y a rien à ajouter.

John

Je n'ai jamais vu ton frère dans cet état. Il l'a dans la peau. Il faut qu'on fasse quelque chose !

Stacy

P.S. : On est à court de lait.

Reste en dehors des histoires de John. Si tu ne l'avais pas poussé, rien de tout cela ne serait arrivé.

Je suis sérieux, Stacy. NE T'EN MÊLE PAS. Tu en as fait assez comme ça.

Jason

P.S. : Envoie Gretchen faire les courses. On paie une nounou 1 000 dollars par semaine, elle peut bien aller chercher 1 litre de lait de temps en temps, non ?

Mim,

Je viens de discuter avec John. Il est tellement déprimé, c'en est presque incroyable. Nous devons faire quelque chose, vous et moi.

Jason s'y refuse, bien sûr. Il pense que nous devrions

rester en dehors de ça. Mais je vous assure que John risque d'être seul et malheureux toute sa vie, sauf si nous prenons les choses en main. Vous savez bien que les hommes ne peuvent être laissés à eux-mêmes quand il s'agit d'amour. Ils gâchent tout.

Qu'en dites-vous ? Êtes-vous avec moi ?

Stacy

À : Stacy Trent <jehaisbarneys@freemail.com>
De : Genevieve Randolph Trent <grtrent@trentcapital.com>
Objet : John

Très chère Stacy,

J'aurais préféré ne pas reconnaître que l'un de mes deux petits-fils préférés est un âne bâté en ce qui concerne les relations amoureuses, mais je ne peux m'empêcher de penser que vous avez raison. John a désespérément besoin de notre aide.

Que suggérez-vous ? Passez-moi un coup de téléphone ce soir, nous discuterons des options qui s'offrent à nous. Je serai à la maison entre 18 et 20 heures.

Mim

P.S. : Qui est ce pauvre Barney et pourquoi le haïssez-vous à ce point ?

À : Nadine Wilcock <nadine.wilcock@thenyjournal.com>
De : Mel Fuller <melissa.fuller@thenyjournal.com>
Objet : Un truc très bizarre

vient de se passer. J'étais devant mon ordinateur, en train de faire une innocente partie de Tétris – je suis devenue super forte depuis ma suspension – quand j'ai remarqué quelque chose à côté, dans l'appartement de Mme Friedlander.

À travers la fenêtre de la chambre d'amis – celle où dormait John et par où je le voyais se déshabiller tous les soirs… mais n'y revenons pas –, j'ai aperçu Max Friedlander bondir dans tous les sens en agitant les bras et en criant.

J'ai sorti mes jumelles (ne t'en fais pas, j'avais pris la précaution d'éteindre les lumières, d'abord) et j'ai vu qu'il s'énervait après l'un des chats de sa tante. Tweedledum, pour être exacte. Cela m'a paru excessivement étrange, j'ai donc posé les jumelles et je suis allée frapper à la porte. Mon excuse était que je l'avais entendu crier à travers le mur, ce qui était faux, bien sûr, mais il ne pouvait pas le savoir.

Quand il a ouvert la porte, il était en nage et irrité. Je me demande bien ce que Vivica lui trouve, à ce type. Il n'a vraiment rien à voir avec John, tu ne le croirais pas. D'abord, il porte une chaîne en or autour du cou. Je n'ai rien contre les hommes qui aiment les bijoux, mais là, franchement, il garde sa chemise ouverte pratiquement jusqu'au nombril pour être sûr qu'on le remarque. Son collier, je veux dire.

En plus, il est du genre à ne pas se raser pendant des jours. John aussi donnait cette impression, parfois, mais je savais qu'il se rasait, lui ; concernant Max, je doute fort que ses doigts aient touché un rasoir – ou du savon – ces dernières semaines.

Bref, il s'est montré très grossier, comme d'habitude, il m'a demandé ce que je voulais et, quand j'ai répondu que je m'étais précipitée en entendant ses cris hystériques, il s'est mis à jurer en expliquant que Tweedledum le rendait dingue à force de faire en dehors de sa litière.

Naturellement, j'ai été troublée, car, pour autant que je sache, cela n'était jamais arrivé. Ensuite Max a raconté que le chat buvait tout ce qu'il trouvait, y compris son verre d'eau de chevet (imagine quelqu'un d'aussi sale que lui avec un verre d'eau de chevet) et l'eau des toilettes.

Là, j'ai su que quelque chose n'allait pas. Chez moi, à Lansing, quand un animal se met à boire autant et à faire pipi partout, ça veut dire qu'il a du diabète. J'ai dit à Max qu'on devait emmener Tweedledum chez le vétérinaire sur-le-champ.

Et tu sais ce qu'il a dit ?

« Sûrement pas moi, petite. J'ai des choses à faire et des gens à voir. »

Je te jure. C'est ce qu'il a dit.

Alors j'ai répondu que je le ferai moi-même, j'ai emmailloté Tweedledum et je l'ai emmené. Oh, Nadine, tu aurais dû voir la tête de Paco quand il m'a vue partir ! Jamais ce vieux chien ne m'a paru aussi triste. Et John lui manque, aussi, ça se voit comme le nez au milieu de la figure. Même Mr Peepers est sorti pour essayer de me suivre dans le couloir et échapper à la présence oppressante de Max Friedlander.

J'ai conduit Tweedledum à la clinique vétérinaire et 200 dollars plus tard (de ma poche, merci bien ; je ne reverrai jamais cet argent), j'apprends que la pauvre bête est diabétique et qu'elle doit recevoir deux injections d'insuline par jour et revenir chez le vétérinaire une fois par semaine pour des analyses, jusqu'à ce que son diabète soit régulé et stabilisé.

Crois-tu que MAX soit assez digne de confiance pour affronter ce genre de responsabilités ? Bien sûr que non. Il tuerait ce pauvre chat. Pour l'instant, Tweedledum est chez moi, même s'il ne m'appartient pas vraiment. Je sais que Mme Friedlander voudrait qu'il soit soigné le mieux possible, mais cela ne risque pas d'arriver s'il reste avec Max.

Je ne sais pas quoi faire. Dois-je prétendre que le chat est mort et le garder avec moi en secret ? Si seulement je pouvais tous les faire sortir de là, Paco et Mr Peepers, je veux dire. Max est la dernière personne à qui je confierais des animaux. John était peut-être un menteur, mais au moins, il s'inquiétait vraiment du sort des compagnons de Mme Friedlander. Max s'en fout. Ça se voit.

Je donnerais tout pour que les choses redeviennent comme elles étaient avant que j'apprenne que John n'était pas vraiment Max Friedlander. Il était tellement mieux que Max, comme Max.

Mel

À : Mel Fuller <melissa.fuller@thenyjournal.com>
De : Nadine Wilcock <nadine.wilcock@thenyjournal.com>
Objet : Toi

Tu as complètement perdu la tête. Mel, GRANDIS. Ce n'est pas un petit orphelin que tu viens d'adopter. C'est un CHAT. Celui de ta voisine. Rends-le à Max et arrête de faire une fixation. C'est un adulte. Il peut s'occuper d'un animal diabétique.

Nad

Alors pourquoi je culpabilise ?

Je viens d'aller chez Max, je lui ai expliqué pour Tweedledum, je l'avais pris avec moi, ainsi que tous ses médicaments, j'ai montré à Max comment procéder… remplir la seringue, faire la piqûre.

Max avait l'air plutôt abasourdi, il a dit : « Les chats peuvent aussi avoir du diabète, comme nous, les gens ? » Il n'a pas dû comprendre un mot de ce que je lui ai raconté. En fait, j'en suis même sûre, parce que, quand je lui ai demandé de remplir la seringue tout seul, il l'a remplie entièrement, au lieu de s'arrêter à 2 unités, qui est le dosage correct.

J'ai commencé à lui expliquer pourquoi c'était dangereux et comment Sunny von Bülow était plongée dans le coma depuis que son mari Claus lui avait fait une piqûre avec une seringue contenant trop d'insuline, mais je crois qu'il n'a entendu que la dernière partie, parce qu'il s'est soudain montré très intéressé et a voulu savoir combien d'insuline suffirait à plonger quelqu'un dans le coma, voire à le tuer. Comme si je pouvais le savoir. Je lui ai conseillé de regarder *Urgences* à la télé, comme tout le monde, il finirait bien par le découvrir.

Il va tuer ce chat. Je te le dis, il va le tuer. Et si c'est le cas, je ne me le pardonnerai jamais.

Si seulement Mme Friedlander pouvait se réveiller, jeter Max dehors, se remettre à préparer ses voyages au Népal et reprendre la gymnastique aquatique. Ce serait génial, non, si tout n'était qu'un rêve étrange apparu dans son sommeil ? Comme si tout ce qui s'était passé ces derniers mois, depuis que je l'ai trouvée inconsciente, ne s'était jamais produit et que tout puisse revenir à la normale ?

Ce serait tellement bien. Je n'aurais plus ce sentiment bizarre.

Mel

À : jerryisalive@freemail.com
De : Nadine Wilcock <nadine.wilcock@thenyjournal.com>
Objet : Mel

Cher John,

Tony m'a donné ton adresse e-mail, j'espère que tu ne nous en veux pas.

En temps normal, je ne m'immisce pas dans les affaires privées de Mel. Mais je vais faire une exception. Je ne peux plus me retenir.

QU'EST-CE QUE VOUS CROYIEZ ?? Toi et cet abruti de Max Friedlander. Que vous est-il passé par la tête, à faire un truc aussi incroyablement idiot ?

Maintenant, tu as brisé le cœur de ma meilleure amie et je ne suis pas certaine de pouvoir te le pardonner un jour. Pire, tu l'as laissée à la merci du vrai Max Friedlander, dont je suis convaincue qu'il doit faire partie des plus gros crétins ayant vécu sur cette terre.

Comment as-tu pu ? COMMENT ?

C'est tout ce que je veux savoir. J'espère que tu es content. Tu as gâché la vie de l'une des filles les plus adorables au monde.

J'espère que tu es fier de toi.

Nadine Wilcock

Comment ça, elle est à la merci de Max Friedlander ? Qu'est-ce qu'il lui fait ??

John

Oh là, calme-toi, tu veux ? Max ne fait rien à Mel. Il est juste… Max, quoi, d'après ce que j'en sais (bien que je ne le connaisse pas vraiment). L'un des chats est diabétique et Max n'est pas très coopératif pour lui administrer ses soins, c'est tout. Et tu connais Mel.

Tu veux bien réfléchir à ce que je t'ai dit ? Si tu as le moindre sentiment pour Mel, il doit bien y avoir un moyen de te faire pardonner. Tu n'as pas UNE IDÉE ?

Nad

Hé, il paraît que les foutues bestioles de ta tante te causent plus de soucis que prévu. Tu veux que je te file un coup de main ? Si tu me donnes la permission, comme tu es le plus proche parent de Mme Friedlander, je pourrais réemménager. Tu pourrais prendre mon appart. Qu'en dis-tu ?

John

À: John Trent <john.trent@thenychronicle.com>
De: Max Friedlander <photoguy@stopthepresses.com>
Objet: Chats diabétiques

Pourquoi aurais-je envie de vivre chez toi? Ton appart est au fin fond de Brooklyn, non? Je déteste le métro.

En plus, si je me souviens bien, tu n'as même pas le câble. Tu te la joues écrivain bohème, je crois? Avec cagcots à lait, futon, et tout le reste?

Merci, mais non merci.

Max

À: Max Friedlander <photoguy@stopthepresses.com>
De: John Trent <john.trent@thenychronicle.com>
Objet: Chats diabétiques

Bon, et que dis-tu de ça: je te paie un logement quelque part – où tu veux – si tu me laisses revenir chez ta tante.

Je ne plaisante pas. Le Plaza, si tu veux. Pense à tous les top models que tu pourras impressionner…

John

À: John Trent <john.trent@thenychronicle.com>
De: Max Friedlander <photoguy@stopthepresses.com>
Objet: Chats diabétiques

Tu es pathétique, vieux. Tu es dingue de cette fille, hein? Ça doit être les cheveux roux. Personnellement, je ne comprends pas comment c'est possible. Si tu veux mon avis, c'est une sale fouineuse. Pire, elle est du genre fille à chat qui pense que les animaux ont des sentiments…

Putain, ce genre de conneries m'exaspèrent.

Bref, bien tenté avec ta proposition d'hôtel, mais si les choses évoluent comme je m'y attends, je vivrai chez moi dans peu de temps, maintenant. Donc merci, mais je passe.

Max

P.S.: Tu es vraiment pathétique, tu sais. Je peux te brancher avec des filles vachement plus belles que celle du 15B. Je suis sérieux. Il suffit de demander.

À: Nadine Wilcock <nadine.wilcock@thenyjournal.com>
De: John Trent <john.trent@thenychronicle.com>
Objet: Max

J'ai essayé de reprendre ma place au 15A, mais ça n'a pas marché. On dirait que Max a une sorte de combine en cours. Apparemment, il ne sera bientôt plus dans les pattes de Mel, si ça peut te réconforter.

John

À: Tony Salerno <chef@fresche.com>
De: Nadine Wilcock <nadine.wilcock@thenyjournal.com>
Objet: Les hommes

Pourquoi les hommes sont-ils aussi idiots? À part toi, bien sûr.

J'écris à John Trent – je prends du temps sur mon planning surchargé pour écrire à John Trent un mail émouvant, venu du fond de mon cœur, en lui demandant s'il a une idée, N'IMPORTE LAQUELLE, pour faire en sorte que Mel lui pardonne, sous-entendant clairement que s'il la demandait en mariage, elle pourrait bien répondre oui – et lui que fait-il ? Que fait-il ?

Il envoie un message à ce crétin de Max Friedlander et essaie de le convaincre de réemménager dans l'appartement voisin de celui de Mel. N'est-ce pas parfaitement IDIOT ? Que faut-il faire pour qu'il comprenne le message ? Que je mette une pancarte ??

C'est QUOI votre problème, à la fin ??

Nad

À : Nadine Wilcock <nadine.wilcock@thenyjournal.com>
De : Tony Salerno <chef@fresche.com>
Objet : Les hommes

Nadine, quand vas-tu apprendre à ne pas te mêler des affaires des autres ? Laisse John Trent tranquille. Laisse Mel se débrouiller avec ses problèmes. Elle n'a pas besoin de ton aide.

Tony

À : Tony Salerno <chef@fresche.com>
De : Nadine Wilcock <nadine.wilcock@thenyjournal.com>
Objet : Les hommes

> Laisse Mel se débrouiller avec ses problèmes. Elle n'a pas besoin de ton aide.

Typiquement masculin, comme réponse. Je ne peux même pas t'expliquer à quel point tu as tort.

Nad

Mel est de retour et je pense qu'on devrait prévoir un
petit quelque chose pour l'accueillir, parce qu'elle n'est
vraiment pas en forme, suite à toute cette histoire avec
John. Organisons une petite fête avec des gâteaux et de
la glace (je m'en charge).

Tim, pourquoi ne pas faire appel à tes talents de déco-
rateur pour accrocher des banderoles autour de son
bureau ?

George, un petit cadeau serait le bienvenu – et, cette
fois, je propose que ce ne soit pas quelque chose qui
vienne du kiosque à journaux en bas. C'est vrai, les Mars,
c'est bien, mais pas vraiment original.

Dolly, puisque tu es douée avec le téléphone, tu n'as
qu'à faire passer le mot sur le lieu et l'heure. Comme ça
on est sûrs d'avoir du monde.

Et surtout, essayez de vous montrer positifs. Je vous
préviens, elle est tellement déprimée en ce moment que
je ne serais pas surprise qu'elle prenne ses clics et ses
clacs et reparte dans l'Illinois. Et ça n'est pas possible.
NE JAMAIS mentionner les mots « John » et « Trent »,
quoi que vous fassiez. Je vous jure qu'elle n'en peut plus.

Soyez là !

Nad ; -)

Tu nous as tellement manqué ! C'était complètement mort au bureau, sans toi. Personne pour nous prévenir du prochain mariage de stars, ni nous tenir au courant de la toute dernière apparition de Leo DiCaprio. J'ai failli périr d'ennui.

Alors, où va-t-on déjeuner ?

Nad ; -)

---

pour la fête de retour. Vous vous êtes vraiment surpassés, cette fois. Je ne m'y attendais pas du tout. Je parie qu'aucun autre employé du *Journal* n'a eu droit à une fête après une suspension obligatoire. Encore moins avec de la glace et du gâteau.

J'adore mes boucles d'oreilles en plastique en forme de statue de la Liberté avec les torches qui s'allument pour de vrai. Un accessoire tout à fait indispensable. Vous n'auriez pas dû.

Maintenant, j'aimerais que tout le monde me laisse reprendre mon travail, avec tout ce qui s'est passé à Hollywood et ailleurs, j'ai des tonnes de choses à faire aujourd'hui.

Affectueusement,

Mel

À: Nadine Wilcock <nadine.wilcock@thenyjournal.com>
De: Mel Fuller <melissa.fuller@thenyjournal.com>
Objet: Je vais te tuer

C'était adorable, cette fête, mais tu sais que je ne suis pas d'humeur. J'ai failli me fendre le visage en deux à force de faire semblant d'être ravie.

Et, dis donc, ce gâteau… Tu en as pris au moins 4 parts.

Ne te vexe pas, je ne veux pas te fliquer dans ton régime, mais je croyais que tu avais enfin atteint une taille 42 et que tu avais l'intention d'y rester jusqu'au mariage.

Mel

À: Mel Fuller <melissa.fuller@thenyjournal.com>
De: Nadine Wilcock <nadine.wilcock@thenyjournal.com>
Objet: Le gâteau

Je n'en peux plus, compris ? Ce régime à la con, c'est bon pour les moineaux ! Quel intérêt d'être en vie si je ne peux pas manger ce que je veux ? Je me fiche de rentrer dans la robe de mariée de ma mère. Je vais m'en acheter une à moi, une dans laquelle je puisse respirer. Et je n'aurai pas besoin de m'affamer pendant les 6 semaines à venir.

Et pour ce qui est du gâteau de mariage, je pourrai au moins en couper une tranche sans avoir à m'inquiéter de faire péter les coutures.

Voilà. T'es contente ? Je l'ai dit. JE SUIS RONDE. C'est tout ce qu'il y a à dire. Je ne ferai jamais du 36, ni du 38, ni même du 42. Je fais du 46 et il n'y a rien à ajouter. Je n'arrêterai pas les cours de step, parce que je sais que c'est bon pour moi, mais je veux bien être pendue si je mange de la salade sans vinaigrette jusqu'à la fin de mes jours pour pouvoir rentrer dans une robe dont un magazine déclare qu'elle correspond à ma taille idéale. Comment pourraient-ILS savoir ce qui est MA taille idéale ?

C'est impossible. Ils ne me connaissent pas. Ils ne savent pas que mon fiancé m'AIME telle que je suis, que pour lui, je suis la femme la plus sexy qu'il connaisse et que, quand je marche dans la rue, je me fais siffler par des éboueurs et des camionneurs qui me demandent mon numéro.

C'est que je ne dois pas être si mal, hein ?

Bon, alors, où va-t-on déjeuner ?

Nad

À : Nadine Wilcock <nadine.wilcock@thenyjournal.com>
De : Mel Fuller <melissa.fuller@thenyjournal.com>
Objet : Déjeuner

Désolée, Nadine, j'ai déjà quelque chose de prévu pour le déjeuner. Je vais chez Applebee's avec Vivica, le top model.

Ne m'en veux pas.

Mel

À : Mel Fuller <melissa.fuller@thenyjournal.com>
De : Nadine Wilcock <nadine.wilcock@thenyjournal.com>
Objet : Déjeuner

Chez Applebee's ? Avec un top model ?

Il y a tellement de trucs qui clochent dans cette phrase que je ne peux même pas détailler.

T'en vouloir ? Pourquoi devrais-je t'en vouloir ? Juste parce que tu as choisi de déjeuner dans un endroit où je ne voudrais pas être surprise avec un top model taille 32 ?

Ben voyons. Vas-y. Je n'en ai rien à faire.

Nad : - (

À : Nadine Wilcook <nadine.wilcock@thenyjournal.com>
De : Mel Fuller <melissa.fuller@thenyjournal.com>
Objet : Déjeuner

Oh, remets-toi ! Tu sais bien que je préférerai toujours les critiques gastronomiques taille 46 aux top models taille 32.

Mel

À : Mel Fuller <melissa.fuller@thenyjournal.com>
De : Vivica@sophisticate.com
Objet : DÉJEUNER

CHÈRE MEL,
TU ES VRAIMENT SUPER RIGOLOTE. ÇA FAISAIT LONGTEMPS QUE JE N'AVAIS PAS PASSÉ UN AUSSI BON DÉJEUNER. JE SUIS TELLEMENT CONTENTE DE T'AVOIR REN-CONTRÉE. J'ESPÈRE QUE NOUS POURRONS ÊTRE MEILLEURES AMIES. JE N'AI PAS DE MEILLEURE AMIE DEPUIS QUE J'AI QUITTÉ SANTA CRUZ.

QUAND TU VEUX SORTIR, APPELLE-MOI. MAIS PAS LA SEMAINE PROCHAINE, PARCE QUE JE SERAI À MILAN, C'EST EN ITALIE.

ALLEZ, SALUT !
BISOUS

VIVICA

Salut Vivica ! J'ai passé un très bon moment, moi aussi. À nous deux, on a réussi à lui faire un sort, hein, à ce chili con carne ? Ce simple souvenir suffit à me donner envie de vomir.

Ce scrait génial de se revoir un de ces jours. On pourrait peut-être inviter ma copine Nadine, la prochaine fois. Elle te plairait, je crois. Elle est critique gastronomique, ici, au journal et elle connaît des restaurants encore meilleurs qu'Applebee's. Ça te tente ?

Au fait, j'ai réfléchi à une chose dont tu as parlé à midi. Tu te souviens, quand je t'ai expliqué où j'habitais, tu as dit que tu étais déjà venue, la veille de ton départ pour Key West avec Max ? C'était quand, exactement ? Tu as rencontré la tante de Max ?

Simple curiosité.

Mel

CHÈRE MEL
J'ADORERAIS RENCONTRER TON AMIE NADINE !! CRITIQUE GASTRONOMIQUE ? ÇA A L'AIR DUR, COMME MÉTIER. MOI, JE SERAIS INCAPABLE DE SAVOIR SI JE PRÉFÈRE LES POMMES DE TERRE EN ROBE DES CHAMPS AVEC DU CHEDDAR ET DU BACON DE CHEZ FRIDAY'S OU CELLES DE CHEZ APPLEBEE'S.

LA FOIS OÙ JE SUIS ALLÉE CHEZ LA TANTE DE MAX, C'ÉTAIT LA VEILLE DE MON DÉPART POUR KEY WEST. MAX ÉTAIT CENSÉ M'ACCOMPAGNER MAIS, AU DERNIER MOMENT, IL A EU UN CONTRAT À L.A., ALORS JE SUIS D'ABORD PARTIE SEULE ET IL M'A REJOINTE UNE SEMAINE PLUS TARD.

VOICI CE QUI S'EST PASSÉ : LA VEILLE DU DÉPART, IL A DIT QU'IL DEVAIT PASSER CHERCHER QUELQUE CHOSE CHEZ SA TANTE. J'AI ATTENDU EN BAS DANS LA VOITURE. JE N'AI JAMAIS RENCONTRÉ MME FRIEDLANDER, MAX DISAIT QUE C'ÉTAIT UNE GARCE ET QU'ELLE NE M'AIMERAIT PAS PARCE QUE JE SUIS TROP JEUNE POUR LUI – C'EST PAREIL AVEC BEAUCOUP DE MES COPAINS.

BREF, AU BOUT D'UN MOMENT, MAX EST REDESCENDU ET ON EST ALLÉ DÎNER CHEZ CHILI. TU Y AS DÉJÀ MANGÉ ? ILS FONT DES SUPER ARTICHAUTS. IL FAUDRAIT QU'ON Y AILLE, UN JOUR !

VOILÀ, À BIENTÔT

VIVICA

À : Mel Fuller <melissa.fuller@thenyjournal.com>
De : George Sanchez <george.sanchez@thenyjournal.com>
Objet : Je viens de passer à côté de ton bureau

et j'ai remarqué que tu étais profondément absorbée, non par ta chronique d'aujourd'hui, comme on aurait pu l'espérer, mais par tes mails. Je sais que cela te surprendra peut-être, mais tu n'es pas payée pour correspondre avec tes amis, Fuller. Tu es payée pour travailler. Ça TE DÉRANGERAIT DE T'ACTIVER UN PEU ?

Ou est-ce trop te demander ?

George

À : George Sanchez <george.sanchez@thenyjournal.com>
De : Mel Fuller <melissa.fuller@thenyjournal.com>
Objet : Oh là là ! George

Pas besoin de CRIER !

Écoute, quelque chose me chiffonne. Je n'arrive pas à mettre le doigt dessus avec précision, mais… Je ne sais pas. C'est peut-être un gros coup, George.

Mais pour savoir ce qu'il en est, il faut poser les bonnes questions aux bonnes personnes.

Alors laisse-moi faire mon travail et ARRÊTE DE REGARDER PAR-DESSUS MON ÉPAULE PEN-DANT QUE J'ÉCRIS !

Je pourrais bien être en train de parler de toi.

Mel

À : Mel Fuller <melissa.fuller@thenyjournal.com>
De : George Sanchez <george.sanchez@thenyjournal.com>
Objet : Devine

Si ça n'est pas pour la page 10, ça ne m'intéresse pas.

George

À : Vivica@sophisticate.com
De : Mel Fuller <melissa.fuller@thenyjournal.com>
Objet : La tante de Max

Vivica, c'est assez important : essaye de te souvenir avec précision du soir où tu as accompagné Max à mon immeuble. Tu as peut-être gardé les talons d'enregistrement de ton vol pour la Floride ou bien quelqu'un de ton agence a noté la date quelque part ?

Merci de me répondre dès que possible.

Mel

À : Mel Fuller <melissa.fuller@thenyjournal.com>
De : Genevieve Randolph Trent <grtrent@trentcapital.com>
Objet : Mon petit-fils

Chère Mademoiselle Fuller,

Nous n'avons jamais été formellement présentées, mais nous nous sommes rencontrées, très récemment, lors du gala au Lincoln Center. J'imagine que vous vous souvenez de moi : j'étais la femme d'un certain âge assise à côté de John, que vous preniez à l'époque pour Max Friedlander. Vous avez bavardé quelque temps tous les deux. Pour ma part, je n'ai pas eu le loisir d'en dire beaucoup, mon petit-fils ne souhaitant pas vous révéler la vérité sur son identité, pour des raisons qui, je l'espère, sont claires pour vous désormais.

Je ne peux m'excuser pour l'attitude de mon petit-fils… c'est une tâche dont il doit s'acquitter personnellement. J'espère qu'il l'a fait. Je crois comprendre que vous avez choisi de ne pas accepter ses excuses, ce qui, bien entendu, est votre droit.

Mais avant que vous ne rejetiez totalement mon petit-fils hors de votre vie, Mademoiselle Fuller, j'aimerais que vous considériez les points suivants :

John vous aime. Je le déduis d'après la manière dont il vous a traitée, ce que vous aurez peut-être du mal à admettre. Mais je vous demande de le croire.

J'aimerais beaucoup avoir l'occasion de vous convaincre de cette vérité en personne. Serait-il possible que nous nous rencontrions ou bien est-ce trop demander ? J'aimerais tellement avoir la chance de vous parler, de femme à femme. Tenez-moi au courant.

Genevieve Randolph Trent

À : Nadine Wilcock <nadine.wilcock@thenyjournal.com>
De : Mel Fuller <melissa.fuller@thenyjournal.com>
Objet : John

C'est pas vrai, maintenant, il a forcé sa grand-mère à m'écrire, en me suppliant de lui pardonner. Je ne plaisante pas. Comme c'est pathétique. Comme si quoi qu'elle dise pouvait faire une différence. Elle est de sa famille !

En plus, elle a sûrement été obligée d'écrire tout ça. Ils l'ont probablement menacée. Ils lui ont sûrement dit : « Écris cette lettre ou on te met à l'hospice, mamie. » À mon avis, ça ne les gênerait même pas. Ils en seraient capables et elle ne pourrait rien faire pour les en empêcher. Tout le monde sait que ces Trent ont à leur botte tous les membres du système judiciaire, de haut en bas de la côte Est.

J'ai tellement de chance d'avoir échappé à tout ça. J'aurais pu finir comme dans ce film de Sally Field où elle est forcée de s'enfuir avec sa fille. Sauf qu'au lieu de fuir l'Irak ou je ne sais quoi, je fuirais East Hampton.

C'est vrai. Dis-toi bien ça.

Mel

À : Mel Fuller <melissa.fuller@thenyjournal.com>
De : Nadine Wilcock <nadine.wilcock@thenyjournal.com>
Objet : John

Bon, cette fois, tu es complètement marteau. La mettre à l'hospice ? D'où tu sors des trucs pareils ?

Ce ne sont pas les Kennedy, enfin, quoi ! Personne n'a jamais été accusé de meurtre dans cette famille. Détention de drogue, peut-être, mais jamais rien de violent. Et la grand-mère, pour le moins, est un mécène bien connu et un fervent soutien de nombre d'associations caritatives que tu mentionnes avec admiration dans tes articles, comme chacun sait.

Alors, où vas-tu chercher tout ça ? Tu as une imagination débordante. Tu devrais peut-être laisser tomber le journalisme pour te lancer dans la fiction parce que c'est là que réside ton talent.

Nad

À : Nadine Wilcock <nadine.wilcock@thenyjournal.com>
De : Mel Fuller <melissa.fuller@thenyjournal.com>
Objet : John

Ah oui ? Eh bien tu ne me croiras probablement pas quand je t'annoncerai que je crois savoir qui a assommé Mme Friedlander.

Et ce n'était pas un membre de la famille Trent.

Retrouve-moi à la machine à café et je te dirai. George n'arrête pas de me tourner autour et de lire par-dessus mon épaule pour s'assurer que je travaille.

Et là j'ai dit : « Tu plaisantes ? George Sanchez est le type le plus sexy au monde. Un homme qui a autant de poils sur le dos doit forcément être bourré de testostérone... »

HA ! GEORGE, JE T'AI EU !!!

Mel

À : Stacy Trent <jehaisbarneys@freemail.com>
De : Geneviève Randolph Trent <grtrent@trentcapital.com>
Objet : Melissa Fuller

Voilà, je l'ai envoyé. Elle ne m'a pas répondu.
Quelle petite tête de mule.
Je pense qu'il est temps de passer au plan B.

Mim

À : John Trent <john.trent@thenychronicle.com>
De : Nadine Wilcock <nadine.wilcock@thenyjournal.com>
Objet : Mel

Cher John,

Quand j'ai suggéré que tu fasses quelque chose pour reconquérir Mel, je ne pensais pas exactement à demander à ta grand-mère de lui écrire. D'ailleurs, ce n'était pas une bonne idée du tout. Ça a eu l'effet contraire de ce que tu espérais.

Lorsque je t'ai soufflé de te faire pardonner, je pensais plutôt à quelque chose comme... Oh, je ne sais pas, une sorte d'énorme pancarte sur les fenêtres du bâtiment situé en face du nôtre avec les mots : MEL, ÉPOUSE-MOI.

Ou autre chose de ce genre.

Cependant, tu as opté pour une approche plus passive... et, souvent, cela peut fonctionner. Je te félicite d'avoir essayé, vraiment. Un homme plus faible aurait déjà abandonné. Mel a un côté obstiné extrêmement développé, qui donne à l'expression « chat échaudé craint l'eau froide » une nouvelle dimension.

Je crois tout de même que tu as le droit de savoir que Mel est persuadée que ta famille est pleine de femmes qui font tout ce que tu leur demandes parce qu'elles craignent que tu ne les envoies à l'hospice.

Je pensais que ça t'intéresserait.

Nad

À : Geneviève Randolph Trent <grtrent@trentcapital.com>
De : John Trent <john.trent@thenychronicle.com>
Objet : Mais ça va pas,

non ? Tu as écrit à Mel ? Que lui as-tu dit ?

Quoi que ce fût, ça n'a pas marché. Elle est encore plus en colère contre moi qu'avant.

Écoute, Mim, je n'ai pas besoin de ton aide, d'accord ? Je te demande gentiment de rester en dehors de ma vie amoureuse – même inexistante. Et c'est valable également pour Stacy, au cas où vous seriez de mèche toutes les deux, ce que je commence à soupçonner.

Je suis sérieux, Mim.

John

352

À: Stacy Trent <jehaisbarneys@freemail.com>
De: Geneviève Randolph Trent <grtrent@trentcapital.com>
Objet: John

Mon Dieu. Je viens de recevoir un e-mail très énervé
de John. Il semble qu'il ait appris que j'avais écrit un
message à Mlle Fuller. Il en était très contrarié et m'a
avertie en des termes on ne peut plus clairs de demeu-
rer hors de sa vie amoureuse. Il a ajouté que je devais
vous en dire autant.

Je suggère que nous passions sur-le-champ au plan B.

Mim

À: Sebastian Leandro <sleandro@hotphotos.com>
De: Max Friedlander <photoguy@stopthepresses.com>
Objet: Je sais

que cela ne sert sûrement à rien, mais tu ne m'as pas
trouvé de travail ces temps-ci, n'est-ce pas ?

Max

À: Max Friedlander <photoguy@stopthepresses.com>
De: Sebastian Leandro <sleandro@hotphotos.com>
Objet: Écoute,

ton comportement me tape sur le système. Je t'ai proposé plein de contrats, tu as choisi de n'en accepter
aucun. Ce n'est pas ma faute si tu refuses de travailler
pour moins de 2 000 dollars par jour, si tu as des préjugés
contre les fibres non naturelles ou dédaignes les photos
de mode pour ados.

Mon boulot est de te trouver des missions, je t'en ai
trouvé. C'est TOI qui les rejettes.

Max, il va falloir que tu acceptes de revoir tes tarifs à la baisse. Tu fais du bon travail, mais tu n'es pas Annie Leibovitz. Des photographes tout aussi talentueux que toi exigent beaucoup moins. Ainsi va la vie. Les choses changent… Alors suis le mouvement ou tu vas rester en rade.

Quand tu as tout laissé tomber pour passer des mois entiers en Floride avec la starlette de l'année dernière, tu t'es fait distancer. Je déteste te dire que je t'avais prévenu, mais bon, je t'avais prévenu.

Sebastian

À : Sebastian Leandro <sleandro@hotphotos.com>
De : Max Friedlander <photoguy@stopthepresses.com>
Objet : Oui, eh bien,

tu sais quoi ? Je n'ai pas besoin de toi ni de tes propositions ringardes. Je suis un artiste et, en tant que tel, j'irai offrir mes services ailleurs. À compter de cet instant, je résilie mon contrat avec ton agence.

Max Friedlander

À : Mel Fuller <melissa.fuller@thenyjournal.com>
De : Max Friedlander <photoguy@stopthepresses.com>
Objet : Ma tante

Je sais que vous êtes allée voir ma tante depuis qu'elle est à l'hôpital. Quels sont les horaires de visite ?

Max Friedlander

À : Nadine Wilcock <nadine.wilcock@thenyjournal.com>
De : Mel Fuller <melissa.fuller@thenyjournal.com>
Objet : Max Friedlander

Nadine ! Tu te souviens quand je t'ai dit que je croyais savoir qui avait agressé Mme Friedlander ? Eh bien, je commence à me demander si ce n'est pas Max. Vivica a mentionné qu'il était passé chez sa tante la veille de leur départ à Key West, ce qui doit correspondre à peu près à la date à laquelle a eu lieu l'agression, même si, bien sûr, Vivica est incapable de me préciser le jour exact.

Et maintenant Max veut connaître les horaires de visite de sa tante à l'hôpital. Les horaires de visite, Nadine. Il n'est jamais allé la voir jusqu'à présent...

Tout simplement parce qu'il ne savait pas comment l'achever. Mais à présent il le sait, parce que je le lui ai dit ! Tu te souviens ? Je lui ai raconté l'histoire de Sunny von Bülow et de Claus qui lui a injecté une surdose d'insuline et comment il aurait dû faire ça entre ses orteils parce que personne n'aurait jamais remarqué une piqûre à cet endroit...

Oui ! J'ai vraiment dit ça ! Tu sais que je lis beaucoup de romans policiers et je bavardais, c'est tout. Je ne pensais pas qu'il se servirait d'une seringue d'insuline de Tweedledum, et qu'il irait voir sa pauvre tante dans le coma à l'hôpital pour LA TUER !!

Nadine, que dois-je faire ?? Crois-tu qu'il faille contacter la police ? Je n'aurais jamais cru que Max ferait une chose aussi abominable – j'étais sur le point de faire un papier sur ce thème, pour prouver que je suis capable de faire de l'info, mais je n'ai jamais pensé... Je n'ai jamais cru...

Mais, là, je le sais. Je crois vraiment qu'il va essayer de tuer sa tante !! Que faire ??

Mel

Mel chérie. Calme-toi.

Max Friedlander ne va pas tuer sa tante. D'accord ?

Tu te laisses emporter par le stress de ta rupture avec John et cette histoire de suspension. Max Friedlander ne va pas injecter à sa tante l'insuline de son chat. Compris ? Les gens ne font pas de choses comme ça. Enfin, si, dans les films, et dans les livres, mais pas dans la réalité. Il faut que tu arrêtes de revoir *L'Ombre d'un doute*.

Prends une grande inspiration et réfléchis un peu. Pourquoi Max ferait-il une chose pareille ? Enfin, quoi, Mel. C'est un pauvre type, c'est vrai. Il s'est très mal comporté avec Vivica – et avec toi, aussi. Mais ça ne fait pas de lui un meurtrier. Un gros con, mais pas un assassin.

Vu ? Maintenant, si tu as envie de faire une petite balade, dehors, pour prendre un peu l'air et te rafraîchir les idées, je serais ravie de t'accompagner. Il paraît qu'il y a des promos chez Banana Republic. On peut aller jeter un coup d'œil, si tu veux, ils ont de jolis pulls en soie.

Mais je t'en prie, n'appelle pas la police pour signaler que Max Friedlander a l'intention de tuer sa tante. Ce serait leur faire perdre leur temps et toi, le tien.

Nad

À : Vivica@sophisticate.com
De : Mel Fuller <melissa.fuller@thenyjournal.com>
Objet : Max

Vivica, s'il te plaît. Je t'en supplie. Peux-tu te souvenir du moindre détail qui pourrait nous aider à mettre le doigt sur le jour où vous êtes venus dans l'immeuble, Max et toi ? Ce pourrait être une affaire de vie ou de mort.

Mel

À : Mel Fuller <melissa.fuller@thenyjournal.com>
De : Vivica@sophisticate.com
Objet : WAOU

DIS DONC, ÇA A L'AIR IMPORTANT POUR TOI DE SAVOIR DE QUEL SOIR IL S'AGIT, HEIN ? TON TEINTURIER T'A PERDU UN PULL CE JOUR-LÀ OU QUOI ? J'AI HORREUR DE ÇA, QUAND ÇA M'ARRIVE.

SI SEULEMENT JE POUVAIS ME SOUVENIR DE LA DATE EXACTE, POUR T'AIDER.

OH, ATTENDS. JE SAIS. IL DEVAIT Y AVOIR UN MATCH IMPORTANT, PARCE QUE, PENDANT QUE J'ATTENDAIS DANS LA VOITURE, TOUT LE MONDE ÉCOUTAIT LE MATCH À LA RADIO. ON PERDAIT, ALORS LES GENS ÉTAIENT ÉNERVÉS.

OH, ET IL N'Y AVAIT PAS DE GARDIEN, DANS LE HALL. C'ÉTAIT BIZARRE, PARCE QUE MAX EST ENTRÉ, TOUT SIMPLEMENT SANS QUE PERSONNE NE LUI DEMANDE RIEN. MAIS, PENDANT QU'IL ÉTAIT EN HAUT, IL Y A EU UNE LIVRAISON D'UN TRAITEUR CHINOIS, LE

LIVREUR A CHERCHÉ LE GARDIEN PARTOUT POUR QU'IL APPELLE LES GENS QU'IL VENAIT LIVRER ET LEUR ANNONCE QU'IL ARRIVAIT.

J'AI REMARQUÉ CETTE SCÈNE PARCE QUE LE LIVREUR PORTAIT UN JEAN «NEIGE», TELLEMENT ANNÉES 80, MAIS J'IMAGINE QUE, EN TANT QU'IMMIGRÉ, CE SONT DES CHOSES QU'ON NE PEUT PAS SAVOIR. J'ÉTAIS EN TRAIN DE ME DIRE QU'IL FAUDRAIT LANCER UNE SORTE DE PROGRAMME ÉDUCATIF POUR LES IMMIGRÉS, POUR QU'ILS SACHENT QUOI PORTER, POUR QU'ON NE LES REMARQUE PAS AUTANT. TU VOIS CE QUE JE VEUX DIRE? UN PEU COMME QUAND CHRISTIE, NAOMI ET CINDY ONT LANCÉ LE FASHION CAFÉ? JE ME SUIS DIT QUE JE POURRAIS LANCER LA FASHION SCHOOL, POUR LES GENS QUI ARRIVENT À NEW YORK, EN PROVENANCE DE CHINE, D'HAÏTI, DU MIDWEST ET TOUT ÇA.

BREF, POUR FINIR, M. JEAN NEIGE A TROUVÉ LE GARDIEN ET IL EST MONTÉ. ENSUITE, LE GARDIEN EST REPARTI, MAX EST SORTI ET ON S'EN EST ALLÉS.

ÇA AIDE?

VIVICA

À : Max Friedlander <photoguy@stopthepresses.com>
De : Mel Fuller <melissa.fuller@thenyjournal.com>
Objet : Votre tante

Cher M. Friedlander,
Votre tante est en service de soins intensifs, ce qui

signifie qu'elle n'est pas autorisée à recevoir de visiteurs. À aucun moment. D'ailleurs, l'hôpital supporte mal qu'on pose même la question des visites. Parce que les personnes en soins intensifs sont dans un état très, très instable et le moindre microbe venu du monde extérieur peut l'aggraver. Non seulement aucun visiteur n'est autorisé, mais en plus leur chambre est surveillée en permanence par des détecteurs de mouvement, donc même si vous essayiez de vous y faufiler, vous seriez pris sur-le-champ.

À votre place, je ne tenterais même pas d'aller voir votre tante. Désolée. Mais je parie que, si vous envoyez une carte, ils la lui montreront à son réveil.

Mel Fuller

À : Mel Fuller <melissa.fuller@thenyjournal.com>
De : Max Friedlander <photoguy@stopthepresses.com>
Objet : Ma tante

Cela vous intéressera peut-être d'apprendre que j'ai découvert, par le biais de son médecin, que ma tante a quitté les soins intensifs il y a un mois. Elle est désormais dans une chambre privée. Elle est, bien entendu, toujours dans le coma, mais on peut lui rendre visite tous les jours entre 16 et 19 heures. Le pronostic n'est pas bon, je suis désolé de le dire.

Max Friedlander

Chère Mademoiselle Fuller,

Vous ne me connaissez pas, mais vous connaissez mon beau-frère, John. Je suis désolée de vous écrire de cette façon, alors que nous n'avons jamais été présentées, mais je ne pouvais pas rester ainsi les bras croisés en regardant ce qui vous arrive, à John et vous, sans rien dire.

Melissa – j'espère que vous ne m'en voulez pas de vous appeler Melissa, j'ai l'impression de vous connaître, car John n'arrêtait pas de parler de vous –, je sais que ce que John et son copain Max ont fait était très, très mal. J'ai été très choquée en apprenant la vérité. D'ailleurs, depuis le début, je l'ai exhorté à tout vous dire.

Mais il craignait que vous soyez tellement en colère contre lui, que vous ne vouliez plus le voir… crainte qui s'est avérée justifiée depuis, malheureusement. Il avait donc choisi d'attendre le « moment idéal » pour vous l'annoncer.

Sauf que, comme vous ou moi aurions pu lui dire, il n'y a pas de moment idéal pour apprendre que la personne dont vous êtes tombée amoureuse s'est montrée sous un faux jour d'une façon ou d'une autre.

Je ne dis pas que vous n'avez pas largement raison d'être furieuse contre John. Et j'ai absolument adoré la manière très créative dont vous vous êtes vengée. Mais ne croyez-vous pas qu'il a assez souffert ?

Parce qu'il souffre énormément. Quand il est passé l'autre jour voir le bébé – je viens d'avoir mon troisième, un garçon que nous avons appelé John, d'après le nom de l'oncle préféré de nos jumelles (voyez ? Il est apprécié des enfants, ce qui signifie qu'il ne peut être foncièrement mauvais) –, il était dans un piteux état. Je suis certaine qu'il a dû perdre au moins 4 ou 5 kg.

Je sais comme les hommes peuvent être exaspérants (comment l'ignorer ? – je suis mariée au frère aîné de John, Jason, depuis 10 ans), mais j'ai aussi quelques souvenirs du temps où j'étais célibataire et je n'ai pas oublié combien il est difficile de trouver quelqu'un de bien… C'est exactement ce qu'est John, malgré ce que vous pouvez penser de lui, d'après son comportement envers vous jusqu'à présent.

Voudriez-vous lui donner une seconde chance ? Il est fou de vous – et je peux le prouver. J'aimerais que vous lisiez ses propres mots, dans les mails qu'il m'a envoyés au cours de ces derniers mois. Après les avoir lus, vous parviendrez peut-être à la même conclusion que moi : vous avez réussi à trouver ce que très peu d'entre nous ont la chance de découvrir un jour, une âme sœur.

> Que veux-tu savoir ?
>
> Si elle a cru que j'étais Max Friedlander ? Oui, à mon grand regret.
>
> Ai-je joué le rôle de Max Friedlander à la perfection ? J'imagine que oui, sinon elle ne m'aurait pas pris pour lui.
>
> Ai-je l'impression d'être un salaud de première catégorie à cause de ça ? Oui. J'ai besoin d'une bonne autoflagellation.
>
> Le pire… Enfin, je t'ai déjà raconté le pire. *Elle pense que je suis Max Friedlander*. Max Friedlander, cet

ingrat qui ne s'inquiète même pas qu'on ait mis K.O. sa tante âgée de 80 ans.

Melissa, elle, s'inquiète.

>

> C'est son nom. À la petite rousse. Melissa. On l'appelle Mel. C'est ce qu'elle m'a dit : « On m'appelle Mel. » Elle est venue à New York après la fac, elle doit donc avoir environ vingt-sept ans puisqu'elle vit ici depuis cinq ans. Elle est originaire de Lansing, dans l'Illinois. Tu as déjà entendu parler de Lansing, dans l'Illinois ? Personnellement, je connais Lansing, dans le Michigan, mais pas dans l'Illinois. Elle dit que c'est une petite ville et que les gens lui disent : « Oh, salut, Mel » dans la rue.

> Juste comme ça : « Oh, salut, Mel. »

> .

> Elle m'a montré où la tante de Max range la nourriture du chien et des chats. Elle m'a indiqué où je pourrais en racheter, si je venais à manquer. Elle m'a aussi expliqué quels étaient les parcours préférés de Paco pour sa promenade et comment faire sortir de sous le lit un chat qui s'appelle, je te jure que je ne plaisante pas, Mr Peepers.

>

> Elle m'a posé des questions sur mon travail pour Save the Children et sur mon voyage en Éthiopie. Elle m'a demandé si j'étais déjà allé voir ma tante à l'hôpital et si je n'avais pas été trop bouleversé de la voir comme ça, avec tous ces tubes partout. Elle m'a donné une petite tape sur le bras et m'a dit de ne pas m'inquiéter, parce que si quelqu'un était capable de sortir du coma, c'était bien ma tante Helen.

>

> Et moi, je suis resté là, à sourire comme un imbécile en faisant semblant d'être Max Friedlander.

> J'ai fait la rencontre de cette fille *absolument* géniale. Et je pèse mes mots, Stacy, elle est *absolument* géniale : elle aime les tornades et le blues, la bière et tout ce qui a un rapport avec les tueurs en série. Elle dévore les potins de stars avec autant d'enthousiasme qu'elle attaque un plat de canard laqué, elle porte des chaussures à talons bien trop hauts mais avec lesquelles elle est sublime – tout en parvenant à être aussi sublime en Converse et en sur-vêt.

>

> Et en plus elle est sympa. Je veux dire véritable-ment, sincèrement, authentiquement gentille. Dans une ville où personne ne connaît ses voisins, non seulement elle connaît les siens, mais en plus elle *s'inquiète* pour eux. Et elle vit à *Manhattan*. Manhattan, où les gens ont pour habitude de passer par-dessus les SDF pour atteindre leur restaurant préféré. Mel, c'est comme si elle n'avait jamais quitté Lansing, dans l'Illinois, 13 000 habitants. Broadway, c'est la grand-rue, pour elle.

>

> J'ai fait la rencontre de cette fille *absolument* géniale…

>

> Et je ne peux même pas me présenter sous mon vrai nom.

>

> Non, elle croit que je suis Max Friedlander.

>

> Je sais ce que tu vas dire. Je sais exactement ce que tu vas dire, Stace.

> Et la réponse est non, je ne peux pas. Si je ne lui avais jamais menti, peut-être. Si, depuis notre toute pre-mière rencontre, je lui avais dit : « Écoute, je ne suis pas Max. Il ne pouvait pas venir. Comme il se sent très mal à

cause de ce qui est arrivé à sa tante, il m'a envoyé à sa place », peut-être.

>

> Mais je ne l'ai pas fait, d'accord ? J'ai merdé. J'ai merdé dès le départ.

>

> Et à présent il est trop tard pour rétablir la vérité, parce qu'elle douterait de tout ce que je lui dirais à partir de maintenant. Elle ne l'avouerait peut-être pas. Mais ça resterait toujours au fond de son esprit. « Peut-être qu'il ment à propos de ça, aussi. »

>

> N'essaye pas de me persuader du contraire, Stace.

>

> Et voilà. Ma vie en enfer, en deux mots. Tu as un conseil pour moi ? Quelques mots de sagesse féminine à m'envoyer ?

>

> Non. J'en étais sûr. Je suis parfaitement conscient d'avoir creusé ma propre tombe. J'imagine que je n'ai pas d'autre choix que de m'y allonger.

>

> Que veux-tu que je te dise, de toute façon ? Que ces 24 dernières heures ont été les plus érotiques de toute ma vie ? Qu'elle est exactement la femme que je cherchais tout ce temps mais n'avais jamais osé espérer ? Qu'elle est mon âme sœur, mon destin, ma destinée cosmique ? Que je compte les minutes qui me séparent d'elle ?

>

> Bien. Voilà. Je l'ai dit.

J'ai trouvé ce passage particulièrement intéressant :

> je lui ai acheté une bague. Une bague de fiançailles.

364

>

> Et, non, ce n'est pas comme à Las Vegas. Je ne suis pas soûl depuis 3 mois. Je crois sincèrement que cette femme, entre toutes, est celle avec qui je veux passer le reste de ma vie.

>

> Je voulais d'abord lui avouer la vérité puis la demander en mariage, dans le Vermont.

>

> Et, maintenant, elle ne répond ni à mes coups de téléphone ni à mes mails.

>

> Ma vie est fichue.

Voilà, vous savez tout. J'espère que vous n'évoquerez pas ce que vous venez de lire avec John. Il ne m'adresserait plus jamais la parole s'il apprenait que j'ai partagé tout cela avec vous.

Mais je devais le faire. Je n'avais pas le choix. Parce que je pense que c'est important que vous sachiez… à quel point il vous aime.

C'est tout.

Cordialement,

Stacy Trent

À : Nadine Wilcock <nadine.wilcock@thenyjournal.com>
De : Dolly Vargas <dolly.vargas@thenyjournal.com>
Objet : Mel

Mon chou, as-tu une idée de la raison pour laquelle Mel est en train de pleurer aux toilettes ? C'est extrêmement agaçant. J'essayais de montrer au nouveau stagiaire comme le cabinet pour handicapés peut être confortable à deux, mais ses sanglots ininterrompus ont complètement tué l'ambiance.

Bisous bisous

Dolly

À : Dolly Vargas <dolly.vargas@thenyjournal.com>
De : Nadine Wilcock <nadine.wilcock@thenyjournal.com>
Objet : Mel

Je ne sais pas pourquoi elle pleure. Elle refuse de me l'expliquer. Elle m'adresse à peine la parole depuis que j'ai démoli sa théorie à propos de Max Friedlander, qu'elle suspecte de vouloir tuer sa tante.

Mais je ne suis pas la seule. Apparemment, personne ne veut la croire. Même pas Aaron.

Je dois reconnaître que je suis inquiète. C'est comme si Mel avait retourné cette histoire avec John dans tous les sens et qu'elle avait fini par soupçonner Max de tentative de tanticide.

On devrait peut-être contacter quelqu'un aux ressources humaines. Elle pourrait être en train de craquer.

Qu'en dis-tu ?

Nad

À : John Trent <john.trent@thenychronicle.com>
De : Mel Fuller <melissa.fuller@thenyjournal.com>
Objet : Max Friedlander

Cher John,
Je te pardonne.
Maintenant, j'ai un vrai problème : je crois que Max Friedlander va tenter de tuer sa tante ! Je pense qu'il a

déjà essayé, mais qu'il a raté son coup. Nous devons l'en empêcher. Peux-tu venir immédiatement?

Mel

À: Nadine Wilcock <nadine.wilcock@thenyjournal.com>
De: George Sanchez <george.sanchez@thenyjournal.com>
Objet: Où est donc passée

Fuller?

Je tourne le dos 5 minutes et elle disparaît. Ai-je déjà reçu son papier pour demain? Non, je ne l'ai pas. Comment peut-elle partir d'ici sans me donner sa chronique pour demain? COMMENT PEUT-ELLE FAIRE ÇA??

George

À: George Sanchez <george.sanchez@thenyjournal.com>
De: Nadine Wilcock <nadine.wilcock@thenyjournal.com>
Objet: Mel

Hum, je crois qu'elle avait quelques recherches à faire pour son article. Je suis sûre qu'elle le rendra avant la fermeture du service de correction. Ne t'en fais pas.

En attendant, as-tu lu mon papier sur Mars 2112? «Les restaurants à thèmes ne sont plus seulement réservés aux touristes». Ça sonne bien, non?

Nad

OÙ ES-TU ?? George est furax. J'ai essayé de te couvrir du mieux que j'ai pu, mais je crois que ça n'a pas marché.

Tu fais une dépression ? Parce que, sérieusement, si c'est le cas, je trouve ça plutôt égoïste de ta part. C'est moi qui devrais être en pleine dépression. C'est vrai, je vais me marier, ma mère est furieuse que je ne porte pas sa robe et je viens de dépenser 700 dollars pour en acheter une autre dans une boutique du New Jersey. Tu n'as aucun droit de faire une dépression.

Je sais que tu vas prétendre le contraire, à cause de l'histoire de John, qui a détruit toute ta confiance dans les hommes et tout ça, mais je vais te dire, Mel, ta confiance dans les hommes n'existait déjà plus depuis longtemps. Je reconnais qu'au début de votre relation j'ai trouvé John un peu fuyant, mais maintenant que je sais pourquoi, je dois dire que tu aurais pu tomber sur bien pire. BIEN, BIEN pire.

Et je sais que tu es amoureuse de lui, que tu es parfaitement malheureuse sans lui, alors s'il te plaît, appelle-le et remets-toi avec lui. Franchement, ça dure depuis trop longtemps.

Voilà, c'est dit.

Maintenant, où es-tu, à la fin ??

Nad

Tu veux savoir où je suis ? Eh bien, je suis accroupie sur l'escalier de l'issue de secours, dont le mur est aussi celui du salon de Mme Friedlander…

Je te jure ! Je me sers de la fonction de connexion par satellite que George a fait installer sur nos portables. Celle dont personne ne comprenait comment ça marchait ? Eh bien, Tim m'a expliqué…

Je sais que tu me crois folle, mais je vais te prouver le contraire. Je vais te retranscrire exactement ce que j'entends en ce moment : John Trent demande à Max Friedlander où il était le soir où sa tante a reçu un coup sur la tête.

Et je ne suis pas la seule à écouter, d'ailleurs.

John porte un micro.

Exactement. Un MICRO. Et il y a tout un tas de policiers dans mon appartement, qui écoutent la même conversation que moi. Sauf qu'ils se servent de casques. Moi, je n'en ai pas besoin. Je peux tout entendre en collant mon oreille au mur.

Je ne suis pas censée être là, mais au café, en face, pour ma propre protection. Quand ils m'ont annoncé ça, j'ai pensé : « Cause toujours ! » Comme si j'allais attendre de l'autre côté de la rue, alors que je pouvais être là, à décrocher le scoop.

Nadine, crois-moi, ça va être l'histoire de l'année, peut-être même de la décennie ! C'est moi qui l'écrirai et George ne pourra pas faire autrement que la publier. Il sera forcé de reconnaître que j'ai trop de talent pour rester en page 10, et de me mettre sur l'info. Je le sens, Nadine, j'en ai le pressentiment !

Alors, voici ce qui se dit :

John : Je dis juste que je pourrais comprendre, si c'était le cas.

Max : Ouais, mais ce n'est pas le cas.

John : Mais je pourrais comprendre. C'est vrai, prends ma famille. Ils sont pleins aux as. Bourrés de fric. C'est un peu différent, pour moi, mais imaginons que mon grand-père ne m'ait pas légué d'argent, et que tout soit revenu à ma grand-mère. Si elle refusait de me prêter quelques centaines de dollars de temps en temps, moi aussi, je péterais un câble.

Max : Je n'ai pas pété de câble.

John : Écoute, je sais ce que c'est. Enfin, pas vraiment, mais tu sais que j'essaye de vivre de mon salaire de journaliste ? Eh bien, c'est dur. Je me mets à ta place : je suis à sec, je ne vais pas voir de fric avant longtemps, j'ai un top model qui m'attend en bas et je viens voir ma grand-mère pour un prêt, qu'elle refuse… Je crois que je pourrais m'énerver, moi aussi.

Max : Ouais… Tu sais, attends, qu'est-ce qu'ils croient ? Qu'ils vont l'emporter au Paradis ?

John : Exactement.

Max : C'est vrai, elle trône sur un énorme tas de pognon et cette garce ne voulait même pas lâcher quelques billets ?

John : Comme s'ils allaient lui manquer.

Max : Sérieux. Comme si elle allait remarquer leur absence. Mais non, il a fallu que je me prenne un sermon : « Si tu savais gérer ton argent de manière responsable, tu ne serais pas à court tout le temps. Il faut que tu apprennes à vivre selon tes moyens. »

John : Et elle, pendant ce temps, elle crache 20 000 dollars pour aller à l'opéra à Helsinki tous les 2 mois.

Max : Ouais ! C'est vrai, ouais !

John : Ça suffit à faire perdre son sang-froid.

Max : Tu sais, c'est plus le ton qu'elle a utilisé. Un peu comme si j'étais un gamin. Merde, j'ai quand même 35 ans. Tout ce que je voulais, c'était 5 000 dollars. 5 000, c'est tout.

John : Trois fois rien, pour une femme comme elle.

Max : Parfaitement. Et après ça, elle a eu le culot d'ajouter : « Ne pars pas fâché. »

John : Ne pars pas fâché. Putain.

Max : Mais ouais. « Ne sois pas comme ça, Maxie. Ne pars pas fâché. » Et elle me tirait par le bras, tu vois. Moi j'étais garé devant l'immeuble, devant une bouche à incendie, avec Vivica qui m'attendait. Et elle : « Ne pars pas fâché. »

John : Mais elle refusait de te donner l'argent.

Max : Oui, merde. Et elle ne voulait plus me lâcher.

John : Alors tu l'as poussée.

Max : Je n'avais pas le choix. Elle était accrochée à mes basques. Je ne voulais pas la faire tomber. Je voulais juste qu'elle arrête. Mais… Je ne sais pas, j'ai dû la pousser trop fort. Elle est tombée à la renverse et sa tête a cogné le coin de la table de salon. Il y avait du sang partout et ce foutu chien qui aboyait, j'ai eu peur que sa voisine entende…

John : Tu as paniqué.

Max : J'ai paniqué. Je me suis dit que, si elle n'était pas morte, quelqu'un finirait bien par la trouver. Et si elle l'était…

John : Tu es son parent le plus proche ?

Max : Ouais. On parle de 12 millions, là. Pour toi, c'est de la petite monnaie, mais pour moi, à la vitesse où je le claque…

John : Alors qu'est-ce que tu as fait ?

Max : Je suis allé dans sa chambre et j'ai balancé des vêtements un peu partout, pour que les gens pensent au tueur travesti. Et puis je me suis barré, en me disant qu'il valait mieux me tenir à carreau.

John : Mais elle n'était pas morte.

Max : Eh non. Increvable, cette vieille carne. Et puis les choses… enfin. Vivica. Et mon agent, ce gros tas, qui ne lève même pas son cul pour aller me trouver du boulot. J'étais coincé.

John : Et elle est dans le coma depuis combien de temps ?

Max : Des mois, mec. De toute façon, elle va sûrement clamser. Mais si je la pousse encore un tout petit peu, qui remarquera ?

John : Pousse ?

Max : Oui. Si je la pousse vers la mort, comme on dit.

John : Et comment comptes-tu t'y prendre ?

Max : L'insuline, vieux. Il suffit d'en injecter trop. Comme ce type, Claus von Bülow. La petite vieille y resterait, c'est sûr…

Oh-oh… Des pas dans le couloir. Les flics doivent penser qu'ils en ont suffisamment. Ils frappent à la porte du 15A. Je te le dis, Nadine, le Pulitzer est à moi…

Attends un peu. Ils disent tous à Max de se rendre dans le calme. Mais Max n'obéit pas. Il…

À : Mel Fuller <melissa.fuller@thenyjournal.com>
De : Nadine Wilcock <nadine.wilcock@thenyjournal.com>
Objet : QUOI ??

MEL ?? OÙ ES-TU ??? Pourquoi tu t'es arrêtée comme ça ? Que se passe-t-il ?

TOUT VA BIEN ??

Nad

Pièce jointe : ✉ [1re éd. DITES CHEESE av. illustration : 1) Max Friedlander menotté, légendé comme suit : « Le suspect est emmené par la police de New York » ; 2) Helen Friedlander à skis, légendé comme suit : « Fan d'opéra et amie des bêtes »]

DITES CHEESE

Un célèbre photographe de mode arrêté pour tentative de meurtre.

Grâce à un coup monté organisé conjointement avec la police du 89e district, les journalistes John Trent, du *New York Chronicle,* et Mel Fuller, du *New York Journal*, ont rendu possible une arrestation dans l'affaire de la brutale agression de Mme Helen Friedlander.

Mme Helen Friedlander, âgée de 82 ans, avait été retrouvée inanimée dans son appartement de l'Upper West Side, victime d'une agression caractérisée. Les vêtements éparpillés sur le lit de cette grande amatrice d'opéra et amie des bêtes avaient orienté la police vers une intrusion du tueur travesti.

Mais, après l'arrestation, le mois dernier, d'Harold Dumas, qui a confessé le meurtre de sept femmes dans l'année, il est devenu évident que l'attaque dont a été victime Mme Friedlander était le fait d'un « copieur », selon les mots du sergent Paul Reese.

« L'agresseur souhaitait lancer les enquêteurs sur une fausse piste, a déclaré le sergent Reese, tôt ce matin. Il pensait pouvoir faire ressembler son acte à celui d'un tueur en série connu pour avoir assassiné d'autres femmes dans les environs. Cependant, plusieurs détails ne correspondaient pas. »

Parmi eux, le fait que Mme Friedlander connaissait apparemment son agresseur, sa porte n'étant pas verrouillée, pour lui permettre d'entrer librement et qu'aucun argent n'avait été dérobé sur les lieux.

« Le mobile de cet acte était bien le vol, explique le sergent Reese. Mais, après avoir poussé la victime et provoqué sa blessure potentiellement mortelle, le coupable a paniqué, oubliant l'argent. »

Le suspect interpellé hier soir n'aurait pas eu besoin des 200 dollars contenus dans le portefeuille de Mme Friedlander : si la victime était décédée, il aurait hérité de plusieurs millions de dollars.

« Mme Friedlander est excessivement aisée, confirme le sergent Reese. Et le suspect est son seul héritier. »

Le meurtrier présumé, Maxwell Friedlander, âgé de 35 ans, est le neveu d'Helen Friedlander. Photographe de mode connu traversant depuis peu une période difficile d'un point de vue financier, M. Friedlander a avoué à M. John Trent, journaliste au *New York Chronicle*, et ancien ami du suspect, qu'il avait besoin d'argent.

Expliquant que sa tante « trôn(ait) sur un énorme tas de pognon » alors que lui n'en avait pas, M. Friedlander a justifié ses actes en précisant qu'il ne souhaitait pas tuer sa tante, mais que si sa mort devait survenir, il profiterait de l'héritage.

Cependant, la victime n'est pas décédée. Elle a passé ces 6 derniers mois dans le coma. Selon Max Friedlander, il fallait remédier à cette situation. Et c'est ce qu'il a bien failli faire, hier soir, puisqu'il projetait, à en croire la conversation qu'il a eue avec M. Trent, secrètement enregistrée, d'assassiner sa tante sur son lit d'hôpital, par injection d'insuline.

Juste après cet aveu, la police est intervenue pour procéder à l'arrestation de M. Friedlander, dans l'appartement de sa tante. Le suspect ne s'est pas rendu dans le calme, il s'est échappé et a tenté de prendre la fuite par un escalier de secours.

M. Friedlander a alors reçu un violent coup au visage porté par l'auteur de ces lignes, grâce à son ordinateur portable, coup qui l'arrêta net et entraîna la pose de 7 points de suture à l'hôpital Saint Vincent de Manhattan.

Max Friedlander sera mis en examen pour meurtre ce matin. Les chefs d'inculpation sont ceux de tentative de meurtre sur la personne d'Helen Friedlander, de conspiration d'assassinat, de refus d'obtempérer, de rébellion contre les forces de police. M. Friedlan- der plaidera non coupable de toutes ces accusations.

George – c'est moi, Mel. J'ai été obligée de me servir de l'ordinateur de John, parce que le mien est immobilisé en tant que pièce à conviction. Qu'est-ce que tu en penses ? Je me suis bien débrouillée, non ?

Mel

À : Mel Fuller <melissa.fuller@thenyjournal.com>
De : Nadine Wilcock <nadine.wilcock@thenyjournal.com>
Objet : Je suppose que ça veut dire

que vous êtes de nouveau ensemble.

Je vais essayer de lui trouver une place à la table d'honneur au mariage. Même si je suis sûre que ce sera difficile, compte tenu des proportions qu'aura atteintes ta tête à ce moment-là.

Tony va être ravi. Il soutenait John en secret depuis le début.

Nad ; -)

P.S. : Et il m'a toujours plu, tu sais. Enfin, surtout après qu'il a déchaussé les molaires d'Aaron.

À : Mel Fuller <melissa.fuller@thenyjournal.com>
De : George Sanchez <george.sanchez@thenyjournal.com>
Objet : Bon, d'accord

j'imagine qu'on devrait pouvoir te caser un ou deux papiers d'info de temps à autre.

Vraiment de temps à autre.

Pour l'instant, tu restes en page 10. Et maintenant que j'ai vu ce que tu sais faire, je veux de bonnes choses dans ta rubrique. On arrête ces conneries sur Winona Ryder. Je veux entendre parler de vraies stars. Brando, par exemple. Plus personne ne parle de Marlon Brando, de nos jours.

George

P.S. Si quoi que ce soit arrive à ce portable, ne crois pas que tu échapperas aux frais, Fuller.

À : Mel Fuller <melissa.fuller@thenyjournal.com>
De : Dolly Vargas <dolly.vargas@thenyjournal.com>
Objet : Mon chou

Juste un petit message de félicitations avant qu'Aaron et moi ne nous envolions pour Barcelone – oui, je sais, moi non plus, je n'arrive pas à croire qu'il ait enfin cédé. Mais j'imagine qu'à la lumière de ton récent coup journalistique, il a enfin admis la défaite… et je suis le lot de consolation !

Peu importe. Tu sais, un homme solide, c'est vraiment difficile à trouver et, honnêtement, je me fiche bien de la musique qu'il écoute. Il est célibataire, sans enfant, il a de quoi faire des chèques. Que demander de plus ?

Enfin, bonne chance à toi et au petit lord Fauntleroy – je veux dire, M. Trent. Et, je t'en prie, pense à m'inviter à la maison de Cape Cod… Elle est sublime, d'après ce que j'ai vu dans *Architectural Digest*.

Bisous bisous

Dolly

OH, MON DIEU, MEL, JE SUIS ICI, À MILAN, POUR LES DÉFILÉS PRINTEMPS-ÉTÉ ET TOUT LE MONDE RACONTE QUE MAX EST EN PRISON POUR AVOIR ESSAYÉ DE TUER SA TANTE, ET QUE C'EST GRÂCE À TOI!!

OH LÀ LÀ! TU ES LA FILLE LA PLUS COOL DU MONDE! TOUTES MES COPINES VEULENT SAVOIR SI TU METTRAS AUSSI LEURS CRÉTINS D'EX EN PRISON!! ON POURRAIT PEUT-ÊTRE LANCER UNE AFFAIRE TOUTES LES DEUX: TU METTRAIS LES PETITS AMIS DES FILLES EN PRISON ET MOI J'APPRENDRAIS AUX IMMIGRÉS À S'HABILLER!!

EN TOUT CAS, JE VOULAIS TE REMERCIER D'AVOIR MIS MAX EN PRISON, IL EST À SA PLACE, AVEC LES AUTRES POURRITURES DE SON ESPÈCE. JE SUIS SURTOUT CONTENTE PARCE QUE JE ME SUIS FAIT UN NOUVEL AMI, ICI, À MILAN. IL S'APPELLE PAOLO, IL EST PROPRIÉTAIRE D'UNE GALERIE D'ART ET MILLIONNAIRE!! JE TE JURE!! IL EST TRÈS INTÉRESSÉ PAR MA COLLECTION DE DAUPHINS EN BOIS FLOTTÉ, IL DIT QU'ILS N'EN ONT PAS EN ITALIE ET IL PENSE QUE JE PEUX ME FAIRE UNE FORTUNE EN LES VENDANT ICI. CELA DEVRAIT NOUS RAPPORTER UN BON CAPITAL POUR LANCER NOTRE ENTREPRISE, HEIN, MEL?

L'une des filles vient de me dire que c'est très malpoli d'écrire les mails en majuscules. C'est vrai? Tu trouves ça malpoli? Pardon.

Bon, Paolo m'emmène dîner ; alors il faut que je te laisse. Je ne crois pas que je vais manger de très bonnes choses. Tu savais qu'il n'y a pas d'Applebee's à Milan ? Non, je te jure. Même pas un Friday's. Tant pis. On se voit à mon retour !!

Vivica

À : Mel Fuller <melissa.fuller@thenyjournal.com>
De : Don et Beverly Fuller <DonBev@dnr.com>
Objet : Je crains

que papa et moi n'ayons pas du tout compris ton dernier mail. Comment ça, tu ne reviens pas à la maison, finalement ? Papa a déjà débarrassé ta chambre de tous ses trophées de bowling. Il FAUT que tu rentres. Mabel Fleming compte sur toi pour reprendre la rubrique culturelle. Elle dit que si elle doit encore se charger du compte rendu de la moindre représentation théâtrale de l'école, elle pourrait bien…

Je suis trop bien élevée pour écrire la suite. Tu connais Mabel. Elle est toujours aussi… extravagante.

Je suppose que je dois me réjouir de te voir revenir pour Noël. Cinq jours, c'est mieux que rien. Mais Melissa, où va-t-on loger ce John qui t'accompagne ? Tu ne penses quand même pas que je vais le laisser dormir dans ta chambre. Que dirait Dolores ? Tu sais qu'elle peut voir tout ce qui se passe chez nous depuis la fenêtre de son grenier. Et ne crois pas qu'elle s'en prive, cette vieille chipie…

On l'installera dans l'ancienne chambre de Robbie. Je vais commencer à dégager mes affaires de couture.

Je suis contente pour ta voisine, en tout cas. On dirait un épisode des *Anges du bonheur* ou bien de cette nouvelle émission, comment ça s'appelle ? *Guérisons mira-culeuses* ? Je suis ravie qu'elle soit sortie du coma et qu'elle soit en si bonne forme, elle quittera l'hôpital à temps pour les fêtes, mais quant à son neveu qui a essayé de la tuer...

Je te le dis, Melissa, je n'aime pas te savoir dans cette ville. C'est trop dangereux ! Des neveux assassins, des tueurs en série qui portent des robes, des hommes qui te donnent un nom mais en réalité s'appellent tout autrement...

Réfléchis, si tu revenais vivre ici, tu aurais un crédit pour une maison avec trois chambres, pour le prix du loyer de ton minuscule appartement. Et tu sais que ton ancien petit ami, Tommy Meadows, est agent immobilier, maintenant. Je suis sûre qu'il te dénicherait de bonnes affaires.

Mais bon, si tu es heureuse, c'est tout ce qui compte, n'est-ce pas ?

Papa et moi sommes impatients de te voir. Tu es sûre que tu ne veux pas que nous venions te chercher à l'aéroport ? Je ne vois pas l'intérêt que ce John et toi louiez une voiture rien que pour aller de l'aéroport à Lansing...

Mais j'imagine que vous savez ce que vous faites.

Appelle avant le décollage, au moins, que nous sachions quand vous attendre. Et souviens-toi, ne bois pas dans l'avion : tu dois avoir tous tes réflexes au cas où l'avion tombe et que vous deviez rejoindre les issues de secours.

Je t'embrasse,

Maman

À : John Trent <john.trent@thenychronicle.com>; Mel Fuller
<melissa.fuller@thenyjournal.com>
De : Genevieve Randolph Trent <grtrent@trentcapital.com>
Objet : Dîner dominical

Votre présence est requise pour dîner ce dimanche chez moi, au 366 Park Avenue. Merci de bien vouloir être là à 19 heures précises pour le cocktail. La tenue sera informelle. Jason, Stacy, les jumelles et le tout dernier ajout à la famille sont également conviés.

Puis-je ajouter que je suis fort aise de vous adresser cette invitation, Mademoiselle Fuller. J'ai le sentiment que, à l'avenir, nous partagerons bien d'autres dîners dominicaux.

Stacy suggère que, puisque vous avez goûté aux plaisirs de l'écriture à deux mains, vous lanciez vous-même un journal. Je dois dire que je trouve l'idée du plus mauvais goût. Il y a déjà bien trop de journaux dans cette ville, à mon avis.

Mais je suis une vieille femme. Qu'en sais-je ?

Je suis impatiente de vous voir.

Mim

_____

À : Mel Fuller <melissa.fuller@thenyjournal.com>
De : John Trent <john.trent@thenychronicle.com>
Objet : Salut

Ça te dirait de quitter le travail plus tôt et de venir te balader avec Paco et moi ? On a quelque chose à te demander.

John

_____

À : John Trent <john.trent@thenychronicle.com>
De : Mel Fuller <melissa.fuller@thenyjournal.com>
Objet : Rien ne me ferait plus plaisir

Et, au fait, la réponse est oui.

Mel

Composition réalisée par Chesteroc Ltd.

Achevé d'imprimer en avril 2007 au Danemark sur Presse Offset par
Nørhaven, Viborg
Dépôt légal 1re publication : février 2007
N° d'éditeur : 87088
Edition 02 - avril 2007
LIBRAIRIE GÉNÉRALE FRANÇAISE – 31, rue de Fleurus – 75278 Paris Cedex 06